名代辻そば
NADAI TSUJI SOBA
異世界店
1
西村西
イラスト：TAPI岡
名代辻そば

登場人物紹介
Characters
セント
ハイゼン
マルス
ユキト

チャップ
テッサリア
ルテリア
ヘイディ

「それでは……名代辻そば異世界店！」
すると次の瞬間、ボフンと音を立てて
名代辻そばの店舗が現れた。
名代辻そば

目次

名代辻そば

初代雪人《はつしろゆきと》は大学卒業とほぼ同時に週刊連載の漫画家になったが、約三年間の連載終了と同時に筆を折って漫画家を辞めた。

辞めた理由は、週刊連載の漫画家という仕事が想像を絶するほど忙しかったからだ。

僅か七日で一九ページもの漫画を描く過酷な作業。

しかも、そこに単行本の作業までもが追加される。

極限まで神経を擦り減らしながら、昼夜の区別も土日祝日も関係なく描かなければとても作業が間に合わない。

あれはまるで無限に続く修業のようですらあった。

それでもどうにか三年間連載を続けたのだが、遂《つい》に身体《からだ》を壊して入院、見舞いに来た親に泣かれて漫画家を辞めたのだ。

大学を卒業したばかりの新米が週刊漫画誌で連載を取れるなど快挙だし、その連載が三年も続くのは奇跡にも等しいことなのだが、いざ辞めるとなると、さして未練は湧かなかった。

ようやくあの苦しみから解放されると、むしろ安堵《あんど》したくらいだ。

漫画家になってからの三年間は働き詰めでプライベートな時間も全くなかった。

だが、それでも日々の生活に楽しみが何もなかった訳ではない。

たったひとつだけではあるが、楽しみがあった。それは、辻《つじ》そばに行くことだ。

名代《なだい》辻そば。所謂《いわゆる》、立ち喰《ぐ》いそばの大手チェーン店だ。

二四時間営業の辻そばは、雪人のように昼も夜もなく働き、食事時間も不規則な者たちにとって心強い味方である。

何だかほっとする雰囲気が漂う店内に流れる、妙に耳馴染《なじ》みの良い演歌。

深夜だろうが早朝だろうが、いつ行っても手頃な値段で温かいそばが食えるありがたさ。

素朴なそばの香りと柔らかいつゆの味が、激務でヒビ割れた心に妙に染みるのだ。

今にして思えば、漫画家をしていた最後の方など、激務の合間に辻そばに行きたいが為《ため》に仕事場に通っていたようなものだろう。

働く大人たちにとっての癒やしの場所、名代辻そば。

最初は仕事が終わった深夜に飲食店を探していて、その時たまたま見つけて入った店だった。

だが、雪人は一発で辻そばに魅了されてしまった。

仕事場の周辺には他にもそば店があったのだが、雪人は頑《かたく》なに辻そばに通い続けた。

単純に、そして熱狂的に辻そばを愛していたからだ。

だから、漫画家を辞め、療養を終えると、雪人はすぐさま辻そばでアルバイトを始めた。

日々の激務で擦り減った自分を優しく癒やしてくれた辻そばで、今度は自分が働く大人たちに心温まる一杯のそばと癒やしの時間を提供したいと、そう決意したからだ。

それから更に三年間。漫画家時代ほど過酷ではないが、雪人は必死に働いた。

自発的に目的を持ち、真摯な態度で日々ひたむきに。

その甲斐《かい》あってか、雪人は勤務姿勢を評価され、三年でアルバイトから正社員に昇進。

何と、新たに開店する水道橋《すいどうばし》店の店長を任されることになったのだ。

そうして迎えた新店舗開店初日。

その日は春先だったのだが、季節外れの雪が降っていた。

雪深い北海道の地で育った雪人。

雪人にとっては雪など慣れっこなのだが、東京の人たちはそういう訳にもいかない。

雪に慣れていない東京の人たちは雪が降れば簡単に転んでしまうし、交通事故も多発する。

早朝からツルツルと転ぶ人たちを横目に、しっかりとした足取りで職場へと向かう雪人。

そんな雪人に対し、雪でスリップしたトラックが突っ込んで来たのは何の皮肉だろうか。

タイヤにチェーンも巻いていない、恐らくはスタッドレスタイヤですらないトラック。

「へ……？」

いきなりのことに状況を正しく理解出来ず、そんな間抜けな声が洩《も》れてしまう。

その間抜けな声が、まさかそのまま雪人の生涯最後の言葉になるなど、この時はそんなことを考える余裕すらなかった。

異世界で何がしたい？ 辻そばしかねえだろ

雪人《ゆきと》が目を覚ますと、そこは空だった。

眼下には絨毯《じゅうたん》のように敷き詰められた雲が切れ間なく何処《どこ》までも続いている。

それ以外は全て空の青。宇宙の深淵《しんえん》を思わせるほどただただ青く澄み切っている。

飛行機が雲の上に行った時の景色に似ているが、しかして天に太陽はなし。そんな状況だ。

覚醒した直後ではあるが、案外意識ははっきりとしている。

雪人はどうも雲の上で仰向《あおむ》けに寝ていたらしい。

随分とメルヘンな状況ではあるが、不思議と慌てる気持ちは湧いてこない。落ち着いている。

手で少し雲を押してみると、高級なマットレスのような柔らかな抵抗を見せた。

「…………俺、助からなかったのか。どう見ても天国だもんな、ここ」

のそりと立ち上がり、怖くなるほどの晴れ晴れとした青い空を見つめたまま、雪人は呟《つぶや》く。

この場所で目を覚ます前、自分が何処で何をしていたのか。

雪人はちゃんとその時のことを覚えていた。

春先には珍しい雪の日。

自分が店長を任された名代辻《なだいつじ》そば水道橋《すいどうばし》店に出勤している最中、幹線道路の交差点で信号待ちをしていると、凍った路面でスリップした大型トラックが横転したまま眼前に迫って来たのだ。

その直後からの記憶がないということは、きっとそのまま即死したのだろう。

他に信号待ちしていた人はいなかったから、恐らくは事故に巻き込まれたのも雪人だけ。

「俺の人生、もう終わりなのか？　人生これからだって思ってたのに。これから……せっかくこれから、俺は辻そばで…………」

その先の言葉を飲み込み、雪人はぎゅっと拳を握った。

自分自身を哀れむようなことはしたくない。そんなことはあまりに惨めだ。

が、いくら何でも、こんな救いのない終わり方はあんまりではなかろうか。

週刊連載で己自身を擦り減らしながら漫画を描いていた中で見出《みいだ》した、名代辻そばという光。

その光の下に行く、その直前だったというのに。

頭が回ってくると、先ほどまではあれだけ凪《な》いでいた心が激しく波打ち始める。

雪人の心が途端に暗い海の底に沈んでいく。

それだけ雪人は辻そばに入れ込んでいたのだ。

口にはせずとも、これ以上のことを考えると思わず涙が出てしまうかもしれない。

「そう悲観することもない」

ふと、背後から何者かが声をかけてきた。青年らしき声だ。

「えッ？」

雪人が驚いて振り向くと、はたして、そこには一人の青年が立っていた。

古代ギリシャ人を思わせる純白の貫頭衣のようなものを着て、額には月桂樹《げっけいじゅ》の冠、金色に発光する長髪を後ろに流した、何とも涼やかな雰囲気を纏《まと》う美青年だ。

ここが本当に天国であるならば、恐らくは彼が神様と見て違いない。

それが証拠に、思わず手を合わせて拝みたくなるほどの後光が彼の背後から差している。

「やあ、ハツシロユキトくん。はじめまして」

口元に爽やかな微笑を浮かべたまま、青年が鷹揚《おうよう》に片手を上げた。

「貴方《あなた》は、もしかして………」

雪人が皆まで言うまでもなく、青年は肯定するように頷《うなず》く。

「そう。君が思っている通り、私は神だよ」

「そ、そうか……」

やはり、彼が神だったのだ。

日本人の雪人としては神道風の神を想像していたが、どうやらギリシャ神話風が正解らしい。

「ただ、私は君がいた地球の神ではないけどね」

「え？　地球の神様じゃないってどういうことだ？　別の星……月とかの神様なのか？」

雪人がそのような疑問を口にすると、神はそうではないと苦笑を浮かべた。

「ああ、いや、そうではない、そうではない。別の世界の神なんだよ、私は。別の宇宙の神と言ってもいいかもしれないね」

「べ、別の宇宙って……異世界ってことか？　いや、でも、そんな………」

創作上の概念として、パラレルワールドというのは知っている。地球とよく似ているが、しかし少しだけ異なる別世界のことだ。

しかしながら、それはあくまで創作上の、空想の話という認識。

そんなものが実在していて、目の前の青年がそのパラレルワールドの神だと言うのだから、常人の雪人に混乱するなと言う方が無理だろう。

「なあに、そんなに難しく考えることはないさ。あれだよ、所謂《いわゆる》、異世界転生さ。きみ、ネット小説とか読まないかい？」

ネット小説文化が存在するのは雪人も知っている。

だが、残念ながらその文化に触れたことはない。

元は漫画家だっただけに、学生時代は小説より漫画を多く読んだし、漫画家時代はそもそもプライベートな時間すらなかったので資料以外の本を読んでいる暇がなかった。

それに本を読む時間があれば一分一秒でも長く眠っていたかったのだ。

単純に寝ないと心身が持たないから。

筆を折った後は辻そばに入れ込み、麺料理をはじめとした料理関連の本を貪るように読んでいたので、やはり小説は読まなかった。

「…………読まないな。そもそも小説自体あまり読んでこなかった人生だ」

雪人がにべもなく答えると、神は困ったように「ううむ……」と唸《うな》る。

「……じゃあ、ゲームはどうかな？　ロールプレイングゲームとかやらなかったかい？」

「ああ、それはやったかな。まあ、気楽だった学生時代の話だけど」

そう雪人が言うと、神は安堵《あんど》したように頷く。

「良かった。ならば話は早いね。私が担当している世界はね、ゲームに出て来るような、ちょっとファンタジーな世界なんだよ」

「モンスターだとか魔物だとか呼ばれる怪物がいて、剣と魔法で戦う感じのアレか？　ふわっとした中世ヨーロッパ風の？」

雪人はそこまで詳しい訳ではないが、それでも有名どころの名作ロールプレイングゲームはプレイしているので抽象的な雰囲気は分かる。

ちなみにではあるが、雪人は高校が舞台のギャグ漫画を描いていたのでファンタジーにもあまり明るくはない。持っている知識もゲームのそれだけだ。

雪人の言葉に、神はその認識で十分だと頷いた。

「そう、そんな感じだね。ちなみに、私の世界の人々には、魔物と戦う為《ため》の『ギフト』と呼ばれる異能もあるよ。君がさっき言った魔法も、ギフトの一種だね」

言ってから、神は「まあ、全部が全部、戦闘向きのギフトでもないんだけどね」と付け加える。

「そのファンタジー世界の神様が、俺みたいな勇者でも英雄でもない一般人に何の用だ？」

神ともあろう者がまさか何の用事もなく雪人の前に現れたとは思えない。何か目的がある筈《はず》。

が、しかし本当に雪人を勇者として異世界に連れて行こうとしているとも思えない。

仮に自分の世界に勇者を連れて行くにしても、雪人のような一般人ではない、もっと戦うことに特化した、格闘家や軍人のような人たちを連れて行くのではないだろうか。

一体、この神様はそば店で働くただの男にどんな用があるというのか。

雪人が怪訝《けげん》な顔をして訊《き》くと、彼は意味深にニコリと微笑《ほほえ》んだ。

「とても単純な話なんだがね、君、蘇《よみがえ》りたくはないかい？」

「は？　え？　そ、そんなことが……可能なのか!?」

神の権能をもってすれば、人の生死など自由自在に決められるのだろう。

神としてはごく当たり前の力なのかもしれないが、ただの人間である雪人にとっては驚愕《きょうがく》に値するものだ。まさしく神の奇跡である。

そして、だ。もしもそんなことが本当に出来るというのならば、終わったと思っていた雪人の夢の続きを歩むことも不可能ではない。

かつての自分のような人たちに、辻そばという癒やしを提供するという夢が。

驚きに目を見開く雪人に対し、神は勿論《もちろん》だと頷いた。

「可能だとも。何せ、私は神だからね」

「な、なら……ッ！」

俺を蘇らせてくれと、そう言おうとした雪人を、しかし神は「慌てるな」と片手で制する。

「君が望むなら蘇らせてあげよう。ただし、地球ではなく私の世界でね。さっきチラッと言ったと思うが、所謂、異世界転生さ」

「えぇッ!?　地球じゃないの!?」

雪人は思わず驚きの声を上げてしまった。

はっきり言って意味が分からない。

雪人のような何の特技も持たない一般人をファンタジーの異世界に転生させる。

そんなことをして何の意味があるというのか。

神にとっては暇潰し程度のことなのだろうが、彼の言葉に翻弄される雪人にしてみれば、こんなにタチの悪い冗談はない。

見事に期待を裏切られた雪人は、意気消沈して肩を落とした。

そういう雪人の様子を見て、神はまたも苦笑を浮かべる。

「それはそうだろう？　さっきも言ったけど、私は地球の神ではない。君を蘇らせること自体は地球の神と交渉して許しを得ているが、地球に蘇らせることまでは許されていない。それは越権行為だからね。そんな勝手なことをすれば地球の神の怒りを買う」

神同士の事情など、矮小《わいしょう》ないち人間でしかない雪人にとっては知ったことではない。

怒りに任せて「ふざけるな！」と叫びたかったが、相手は他ならぬ神だ。

雪人はぐっと堪《こら》えて口を開いた。

「……さっきも言ったけど、俺は戦う力もない一般人だ。そんな奴《やつ》にファンタジーの世界に行って何をやれってんだ？　せっかく蘇っても、すぐ魔物とか盗賊とかに殺されるのがオチだろ？」

そう雪人が疑問を口にすると、神は「いやいや」と首を横に振った。

「流石《さすが》にそのまま放り出したりはしないよ？　当然、君にもギフトを与える。私から誘っているんだから、特別に君が望むギフトを与えようじゃないか。ギフトの力を駆使すれば、君は勇者にも国王にもなれるだろう。働かずに遊んで暮らすことも、欲望のままハーレムを築くことも、全ては君の思いのままさ。まあ、勇者になったところで倒すべき邪悪な魔王とかはいないけどね」

神の話が本当なら、雪人にも一応の救済措置はあるようだ。

ギフトの力とやらがあれば、とりあえずすぐ死ぬことはないだろう。

しかしながら雪人は戦う力などは求めていない。

それに勇者にも国王にもなりたいとは思わないし、ハーレムにもさして興味はない。

そもそもからして、ファンタジーの世界で生活してみたいという願望がないのだ。

神を相手に不敬ではあろうが、しかし雪人を選ぶのは明らかな人選ミスである。

「……その誘い、断れば俺はどうなる？」

雪人が窺《うかが》うように訊くと、神は「ううむ……」と困った表情を浮かべた。

「別に断ってもいいのだがね、君の為にもそれはあまりオススメしないな」

「どうして？」

「断った場合、もう死亡している君の魂は記憶を消去して再び地球側の輪廻《りんね》の渦に戻される」

「輪廻の渦って？」

「生物に宿る魂の集合体のようなものだ。新しい生物が誕生すると、輪廻の渦から魂が選別されてその生物に宿るんだよ」

「分かるような、分からないような……」

何とも抽象的、かつスピリチュアルな話なので、雪人にはいまいち明確な想像がつかない。

雪人がうんうん唸って考え込んでいると、神が「それは後から存分に考えればいい」と言って言葉を続けた。

「君は生前、悪行に走った訳ではないから、一〇〇年も待てば次の生を得られるだろう。だが、次も人間に生まれるという保証はないよ？」

「えッ？」

「何を驚くことがある？　地球だけじゃない、どんな世界にだって人間以外の生物は存在するものだし、どんな生物にだって等しく魂は宿る。我々神が直接干渉しない限り、輪廻の渦から生まれ変わる先はランダムなんだよ」

「そうなのか……」

雪人はより深刻な顔をして考え込んだ。

記憶を消去されて次の生を待つ。

そうなれば、仮に運良く人間に生まれ変われたところで、今この胸の中にある辻そばへの情熱は消え去ってしまうだろう。

辻そばとは縁もゆかりもない外国人に生まれ変われば、恐らくはそばそのものに触れることなく一生を終える可能性すらある。

というか、むしろ人間ではない別の生物に生まれ変わる確率の方が遥《はる》かに高い筈だ。

昆虫か、それとも、もっと矮小な微生物か。

どんな生物に生まれ変わるにしろ、雪人最大の願望、辻そばで働くことは出来そうもない。

なら、この辻そばへの情熱を保ったまま転生するにはどうすればよいのか。

「どうする？　私の世界に転生してみるかい？　ギフトは君の望み通りのものをあげるよ？」

「…………」

神の問いかけにも答えず、雪人は必死に思考を巡らせる。

「私の世界でやってみたいこと、ないのかい？」

「……やりたいことは、あるよ。でも、異世界とかファンタジーとか関係ないことだ」

ここまで考えて、雪人はある可能性に思い当たっていた。

自分が異世界でも辻そばをやれる可能性。

ただ、それはかなり荒唐無稽なことだし、正直、神の力をもってしても難しいことだろう。

「それでも構わないよ。君のやりたいことをやるといい。君の人生なんだからね。まあ、世を乱す行いや悪行に走ろうとするのはやめてもらいたいところだけど」

神にそう促され、雪人は意を決して口を開く。

「俺は……」

「お？　心は決まったようだね？」

「俺は辻そばがやりたい」

雪人がそう告げると、神はほんの一瞬だけ困惑した表情を浮かべた。

「はい……？　あ、ああ、いや、そうだったね、確かに君は生前そば屋の店員だったね。君は、私の世界でそば屋がやりたいのかい？」

そう言う神に対し、雪人はそうじゃないと首を横に振る。

「いや、ただのそば屋じゃなくて『名代辻そば』だ。他の店じゃ駄目なんだ。店の場所が異世界でも構わないから、俺は辻そばがやりたいんだよ」

「お、おお……？」

神は恐らく普通のそば屋と辻そばの違いが分かっていない。

というか、そば屋に関心のない人なら誰でも違いなど分からないだろう。

何処で食べても味など変わらないと、そう言われるかもしれない。

だが、雪人にとっては辻そばでなければ駄目なのだ。

自分が情熱を傾けた辻そばでなければ。

そこだけは絶対に譲れない。

雪人の辻そばに対する情熱が伝わったものか、神は気圧《けお》されたように声を上げた。

「そ、そうか、つ、辻そばね、辻そば……」

「ああ、そうだ。俺は辻そばがやりたい。ギフトとかいう能力を俺が好きに決めていいのなら、俺は異世界でも辻そばが出来るギフトをもらいたい」

短時間ながらも雪人が考えに考えて辿《たど》り着《つ》いた唯一の可能性、ギフト。

雪人のような一般人ですら、ギフトの力があれば一国の王になれると神は言った。

ならば、その力で辻そばがやりたい。

それだけが雪人唯一の、そして最大の願いだ。

異世界の名は【アーレス】

異世界への転生について一通りの説明を終えると、神は苦笑しながら腕を組んだ。

「しかし、君は随分と不思議な子だね。今まで何人も異世界人を私の世界に転生させてきたが、そば屋をやりたいと言ったのは君が初めてだよ」

雪人《ゆきと》も神がそう言うのは分かる。

普通の人、若者あたりは勇者か権力者、或《あるい》いは資産家あたりになりたいと望むのだろう。若者よりももう少し年齢を重ねて落ち着いた年代ならば、のんびりとした生活、所謂《いわゆる》スローライフが送りたい、といったところか。

ともかく、雪人が選んだ道はそのいずれでもない。

辻《つじ》そばであくせく働く道だ。

自分から進んで労働したいと願う者を見るのは、神にとっても珍しいことなのだろう。

「ただのそば屋じゃないぞ、名代《なだい》辻そばだ。辻そばじゃなければ駄目なんだよ」

念押しするように雪人が言うと、神は若干苦笑しながら勿論《もちろん》だと頷《うなず》いた。

「分かっているとも。名代辻そば。そんなに何度も聞いていれば嫌でも覚える」

「確認するが、本当にあんたの世界でも俺は辻そばが出来るんだな？」

神によると、雪人には異世界で辻そばを営む為《ため》のギフトが与えられるらしい。

だが、その詳細はまだ雪人にも知らされていない。

内容を訊《たず》ねても「後のお楽しみだから今は内緒」とはぐらかされてしまうのだ。

相手は神、全知全能の存在。

だから雪人も基本的には神のことを信じてはいるのだが、しかし彼が細部まで辻そばのことを理解してくれているのか、そのことだけが気がかりだった。

そんな雪人の不安を見て取ったのだろう、神は自信あり気に頷いて見せる。

「君の記憶を基に作ったギフトだから問題はないと思うが、十全に店を営む為にはギフトを使い込んでレベルを上げる必要がある」

レベル上げ、という不穏なワードを聞いた途端、雪人は思わず驚きの声を上げてしまった。

「え!?　レ、レベル上げだって？　そんなゲームみたいなことしなきゃいけないのか？　魔物と戦うなんて御免だぞ？　自慢じゃないが、俺はケンカとかはさっぱりなんだ！」

雪人は完全な文系で、武術は全く習ったことがないし興味もなく、また、幸いにして暴力とは縁遠い人生を送って来た。

それ故、戦いというものを全く経験したことがない。

魔物のような恐ろしい存在と対峙《たいじ》したところで、恐怖に震えているうちに喰《く》われるのがオチだ。

神はまたしても苦笑して「大丈夫だよ」と言いながら雪人の肩を叩《たた》いた。

「君のギフトは戦闘向きじゃないから、ちゃんと別の方法でレベルが上がるように調整してある」

「そうか、ならいいんだ……」

安堵《あんど》して胸を撫《な》で下《お》ろす雪人を見ながら、神はうんうんと頷く。

「詳しいことは現地に到着してからゆっくり確認するといい。ステータスオープン、と唱えればギフトの詳細も分かるよ。口に出して唱えても、心の中で唱えてもいい」

ステータスオープン。

雪人の勘が間違っていないなら、恐らくはそれでロールプレイングゲームのように自分のステータスを確認することが出来るのだろう。

神がくれたギフトの使い方やレベルを上げる方法なども、そのステータスを見れば分かる筈《はず》だ。

「分かった。しかし、現地ねえ……。俺はあんたの世界で赤ん坊から人生をやり直すのか？」

そう雪人が訊《き》くと、神は「違う違う」と首を横に振った。

「地球で亡くなった時の姿のままやり直すんだよ。私の力で肉体を現地で再構築してから、魂を肉体に転送する。君は、人生の続きを私の世界で送るのだと思えばいい」

それは転生と言うよりも転移に近いんじゃないか、と思ったが、実際問題雪人は確かに死んでいるので、これも転生と言うのだろう。

過去にプレイしたゲームでもこういう描写は見たことがある。

「何処《どこ》に送られるのか知らないけど、なるべく治安が良くて人が多い地域にしてくれよ？　目覚めたらいきなり魔物に囲まれていた、なんてのは勘弁だからな」

せっかく転生したというのに、早々に危機的状況の中に放り込まれるなど御免被りたい。

月並みな願いではあるが、次の人生では出来るだけ長生きしたいのだ。

長生きして、ずっとやりたかった辻そばをやる。

異世界の人たちが相手であろうと、きっと、雪人の愛する辻そばは受け入れてもらえる筈だ。美味《うま》いものに国境はない。世界の隔たりすらも関係ない。

辻そばは必ず異世界の人たちにも愛してもらえると、雪人はそう強く信じている。

雪人の懸念を否定するよう、神は首を横に振った。

「魔物はダンジョンにしか生息していないから、その心配はしなくてもいい。肉食の野生動物とか山賊とかはいるけど、そういうのも心配しないでいいよう、なるべく安全な場所に送るから」

「そうしてくれると助かるけど、でも山賊とかいるのか……」

山賊。現代日本にはまずいない存在だが、異世界の山賊とはどのような者たちなのだろう。やはり、猪《いのしし》か熊の毛皮でも着て、大きな斧《おの》を持っているのだろうか。

「不安だなあ……」

神はもう一度「心配しなくていいから」と言うと、右手を上げて掌《てのひら》を雪人に向けた。

見れば、その掌が白く発光している。

「では、そろそろ送るよ。準備はいいね？」

「全然良くないけど、それでも送るんだろ？」

雪人が訊くと、神は、ふ、と苦笑しながら頷く。

「まあね。じゃ、行っておいで、地球の子よ。我が世界、アーレスでの人生を楽しんでおいで」

神がそう言い終わるや否や、雪人の身体《からだ》が眩《まばゆ》いばかりの白光に覆われた。

熱さなどはないが、目も眩《くら》まんばかりの強い光だ。

発光はしばらく続き、やがてその輝きが失《う》せると、雪人の姿もその場から消えていた。

神の力によって異世界に送られたのである。

「願わくばアーレスに新たな風を吹かせておくれ、地球の子よ」

残されたのは自分だけとなった天界で一人、神は届かないと分かっていつつも、下界に向かった雪人に最後の言葉を送った。

ギフト【名代辻そば異世界店】

「んぅ……？」

雪人《ゆきと》が目を覚ますと、眼前には真っ青な大空が広がっていた。

一瞬だけ「また天国？」と思ったが、空には雲も浮いているし、何より太陽が昇っている。

しかも鼻孔から吸い込む空気に濃い土と草の匂いが混じっていた。

その場で地面に手を突き立ち上がると、はたして、そこは何処《どこ》かの道の上だった。

舗装されている訳ではないが、踏み固められて土が剝《む》き出《だ》しになっている道。

道幅は日本の平均的な二車線道路くらいあるだろうか、かなり広い。

一直線に続く道の先は目視では確認出来ず、雪人の目には彼方《かなた》まで続いているように見える。

土が露出していない場所は背の低い草で埋め尽くされた草原然としており、その草原が途切れた先の場所は鬱蒼《うっそう》とした森のように見える。

遥《はる》か彼方に見えるのは山だろうか。

富士山を彷彿《ほうふつ》とさせるような雄大さだ。

爽やかに頬《ほお》を撫《な》でる風に磯《いそ》の香《か》は感じないから、現在地は内陸部だと思われる。

周囲に人の気配はなく、懸念していた大型の獣などもいないようだ。

目に見える範囲にいる生物は、せいぜいが小鳥か昆虫くらいか。

「あ、そうだ、俺の身体《からだ》……」

神は雪人の身体を死亡した時そのままの姿で再生したようなことを言っていた筈《はず》。

念《ねん》の為《ため》に自分の姿を確認してみると、いつも見慣れた自分の身体であった。

鏡がないので顔は確認出来ないが、この分ならそちらも寸分違《たが》わず再生されているだろう。

ちなみに、着ている服は何故《なぜ》か辻《つじ》そばの制服である。

これは恐らく、雪人の記憶の中で最も印象の強い服装だからだと思われる。

雪人が狐《きつね》か狸《たぬき》に化かされているのでもなければ、ここはあの神が管理する異世界だ。

そして雪人は本当に地球からこの異世界に転生したことになる。

しかしそれを確認しようにも生憎《あいにく》周囲に人影はなく、誰かに何かを尋ねることも出来ない。

これからどうしようか、当てなどないが、とりあえずこの道を歩いてみるか。

大きな街か、それとも小さな村か、ともかく道の先には必ず何かはある筈だ。

などと考えていた雪人だったが、ふと、あることを思い出した。

「そういえばあの神様、確かステータスオープンって唱えろ、とか言ってたよな……？」

神は雪人に、辻そばを異世界でも営めるギフトを授けた、と言っていたが、その詳細は現地で確認しろ、とも言っていた。

確認方法はステータスオープンと唱えること。

ここで、ああでもない、こうでもない、と途方に暮れる前に、とりあえずギフトの詳細でも確認するかと、雪人は気を持ち直した。

「よし、やってみるか！　ステータスオープン！」

雪人がそう唱えた瞬間、眼前にテレビゲームのステータス画面のようなものが浮かび出た。

「うわあッ！」

いきなりのことに情けない声を出して驚く雪人。

普通に生きてきた日本人の感覚としては、驚くのも無理はない。

しかしながら、ここは魔法も魔物も実在するファンタジーの異世界だ。

これくらいで驚いているようでは、この先、身が持たないだろう。

誰に聞かせるでもなく、雪人は一人で「コホン！」と咳払《せきばら》いをしてから自分を落ち着かせると、改めて眼前に表示されたステータス画面を検《あらた》めた。

名前：初代雪人
年齢：三〇
性別：男
種族：人間
レベル：一
筋力：一〇
体力：一〇
魔力：一
俊敏：一〇
器用：三〇
知力：五〇
次のレベルアップ：一〇ＥＸＰ（現在〇ＥＸＰ）
ギフト：名代辻そば異世界店レベル一（ギフト名に触れると詳細が表示されるよｂｙ神）

「はあ？」
自分のステータスを見た瞬間、雪人は思わず素っ頓狂な声を上げてしまった。
別にステータスの数値が低いことに驚いたのではない。
雪人は勇者でも英雄でもない一般人、そんなことは最初から分かっている。
ギフト名の下に表示されていた、
『ギフト名に触れると詳細が表示されるよｂｙ神』
というふざけた一文に対して声を上げたのだ。
「神様さあ……。もっとこう、雰囲気とか考えてくれよ…………」
先ほどまで途方に暮れていた雪人の陰気を吹き飛ばすかのような神による一文。
全く気が抜けてしまうが、暗く沈んでいるよりは幾分マシなのかもしれない。
雪人は苦笑しながらそっとステータスのギフト欄に指で触れてみた。

ギフト：名代辻そば異世界店レベル一の詳細
名代辻そばの店舗を召喚するギフト。
店舗の造形は初代雪人が勤める予定だった店舗に準拠する。
店内は聖域化され、初代雪人に対し敵意や悪意を抱く者は入ることが出来ない。
食材や備品は店内に常に補充され尽きることはない。
最初は基本メニューであるかけそばともりそばの食材しかない。
来客が増えるごとにギフトのレベルが上がり、提供可能なメニューが増えていく。
神の厚意によって二階が追加されており、居住スペースとなっている。
心の中でギフト名を唱えることで店舗が召喚される。
召喚した店舗を撤去する場合もギフト名を唱える。
次のレベルアップ：来客一人（現在来客〇人達成）
次のレベルアップで追加されるメニュー：わかめそば、ほうれん草そば

「店舗の召喚？　俺が店長を任される予定だった水道橋《すいどうばし》店がそのまま現れるのか？」

ファンタジーの異世界に、現代日本の名代《なだい》辻そばの店舗が現れる。

字面だけ見ると、何と荒唐無稽なのだろうか。

しかも食材はどれだけ使っても尽きることがなく、二階に居住スペースまであるという。

この世界において、ギフトという異能が一般的にはどういう認識になっているのか。

今や異邦人となった雪人には知る由もないが、自分のそれが破格のものであるということは、漠然とではあるが理解出来る。

どうやら神は、雪人にかなりサービスしてくれたようだ。

頼れる者は誰もいない異世界。

この厚遇はそんな中にあって実に心強い。

「…………誰もいないし、ちょっと試しに店を召喚してみるか」

そう言いながら、雪人は道から草原まで移動する。

このまま道の真ん中に店を召喚してしまったら、万が一誰かが通りかかった時、通行の邪魔になってしまうからと配慮したのだ。

雪人は改めて気持ちを引き締めてから声を発した。

「よし！　名代辻そば異世界店！」

そう唱えた次の瞬間である。

まるで魔法のようにボフンと音を立てて、それまで雑草しか生えていなかった場所に、いきなり名代辻そばの店舗が出現した。

「お、おお……ッ!?　凄《すご》い、本当に水道橋店だ！」

興奮のあまり、雪人は思わず感嘆の声を上げてしまった。

眼前に突如として出現した、見慣れた辻そばの店舗。

それが思った通り、自分が店長として切り盛りしていく筈だった水道橋店の店舗そのものだったからこその興奮である。

これで、この異世界でも辻そばをやることが出来る。

この未知の世界で、本来は死んでしまったあの日から始まる筈だった、名代辻そば従業員としての人生第二幕を開始することが出来る。

最初は、こんな辺鄙《へんぴ》な場所に送りやがって、と、ちょっと憤っていた雪人だったのだが、今はむしろ神の粋な心遣いに感謝していた。

「どれ、早速……」

いつもは従業員用の裏口から店に入るのだが、今回は堂々と表から入る。

雪人が近付くと、一体何処から電力が供給されているのか、人感センサーが反応して自動ドアが開いた。

誰もいない店内だが、天井のスピーカーから流れる、聞き覚えのある演歌が雪人を出迎える。

辻そばと演歌は切っても切り離せないもの。

この演歌がなければ辻そばの落ち着ける雰囲気が出ないのだ。

まさか異世界でもこうして演歌が聞けるとは思っておらず、自然と目頭が熱くなった。

「へっ、神様も粋なことなさるね」

この場に一人きりだというのに、雪人は照れ隠しのように鼻の下を擦《こす》る。

「しかし、本当に寸分違わず水道橋店だな」

店の中央に位置する特徴的な細長いU字のテーブルと、スクエア型のテーブル。

奥は厨房《ちゅうぼう》になっており、その厨房の更に奥に従業員用のバックルームがある。

店の隅には男女兼用の手洗い用個室。

その個室の横にある階段は初めて見るものだが、恐らくはこれが居住スペースになっているという二階へ続く階段なのだろう。

本来なら入り口付近に券売機が設置してあるのだが、それは見当たらない。

代わりに会計用らしきカウンターと古めかしいレジスターがある。

異世界では食券というものが浸透しないと考え、神が券売機を排除したのだろうか。

卓上のメニューを手に取って見てみると、日本語のメニュー表記の上に、解読不能な謎の文字で何か書かれていた。

恐らくではあるが、これがこの異世界で使われている文字なのだろう。

地球の、少なくとも雪人の知る限りの文字とは全く共通点がない。

今のところメニューに載っているのはかけそばともりそばのみ。

これはやはり、ステータスの説明文通り、ギフトのレベルを上げなければ増えないのだろう。

かけそば、もりそば、値段はどちらも三四〇コルとなっている。円ではない。

「ん？　コル？　この世界の通貨単位のことか？」

辻そばのかけそばともりそばはどちらも本来三四〇円。

こちらの世界でも同じ三四〇だということは、一コル一円と考えて良いということだろう。円とコルとのレート差を考えるような面倒なことにならず、雪人としてはありがたいのだが、実に奇妙な一致である。

「ま、いっか。早速厨房を覗《のぞ》いてみよう」

二階がどうなっているのかも気になりはするのだが、やはり最も気になるのは厨房だ。

ここがちゃんと本来の辻そば式になっていなければ話にならない。

カウンターの脇から厨房に入ると、見慣れた道具の数々が雪人を出迎えた。

大きな寸胴《ずんどう》の中で湯気を立てる温かい出汁《だし》、芳醇《ほうじゅん》な香りを漂わせるかえし、棚に並んだ食器、バットに盛られた薬味のねぎ、巨大な業務用冷蔵庫。

「ああ……これだ……本当に辻そばだ…………」

異世界でも変わらずそこにある、名代辻そばの厨房。

雪人の身体は感動で小刻みに震えていた。

そして何より、寸胴から漂う出汁の香りが鼻腔《びこう》を満たし、抗《あらが》い難《がた》いほどの郷愁を掻《か》き立《た》てる。

もう辛抱堪《たま》らんと、雪人は早速生のそばをひと玉手に取り、大鍋で茹《ゆ》で始めた。

数分茹でてからてぼを寸胴から取り上げ湯切り、そばつゆを注いだどんぶりにさっとそばをあけてねぎとわかめをひと摘《つま》み。

長年の手癖でささっと作ってしまったが、ともかくかけそばの完成だ。

熱々のどんぶりを手に持ってテーブル席へ。

パパッと七味をかけてから割り箸をパキリと割り、一息にずぞぞ、と啜《すす》り込む。

「ああ、ああ、美味《うま》い……。これだよ、これ、うん、うん…………！」

そのまま一気にそばを喰《く》らい、つゆまで飲み干す雪人。

ギフトによって生じたものなので少し不安だったが、これは見事に名代辻そばのかけそばだ。

心地よいコシのある七三のそば。

鰹《かつお》と昆布の合わせ出汁と特製のかえしを合わせた薫り高いそばつゆ。

ぴりりと辛味が利いたねぎ、わかめ、そして七味唐辛子。

この温かさも、喉を通る感覚も、胃に溜《た》まる感覚も、全てが本物。

そこに嘘《うそ》は、作りもの、偽物だという感覚は何もない。

これならば大丈夫だ。この異世界でも辻そばをやっていける。

雪人がそう確信し、思わず笑みを浮かべたところで、不意に、店の自動ドアが開いた。

「すまんのだが、よろしいか？」

驚いて雪人がどんぶりから顔を上げると、店の入り口付近に一人の男が立っているのが見えた。

大公ハイゼン・マーキス・アルベイルと始まりのかけそば

一般に旧王都と呼ばれる大公領の領都アルベイル。

当時、第二王子であったハイゼン・マーキス・カテドラルは、兄ヴィクトル・ネーダー・カテドラルが王位に就くと同時に降臣して大公位を賜り、ハイゼン・マーキス・アルベイルと名を改めた。

そしてハイゼンが大公として与えられた領地は、旧王都と呼ばれるアルベイル一帯であった。

旧王都という呼び名の通り、アルベイルはかつてこのカテドラル王国の王都であった。

だが、五〇年も続いたウェンハイム皇国との戦争によりアルベイルの地は大いに荒れ、結果として王家は新たな土地に遷都することとなったのだ。

ハイゼンが大公位を賜った時点で終戦から一五年が経過していた。

降臣の際、兄王からハイゼンに与えられた使命は、アルベイルの立て直しである。

ハイゼン青年が大公となってより早三〇年。

かつての青年も今や貫禄《かんろく》ある壮年となり、今日においてはアルベイル大公ここに在り、とまで言われるようになっていた。

この三〇年、ハイゼンはともかく旧王都の復興に尽力してきた。

ウェンハイム皇国との戦争に手を取られ、満足に修繕されることもなく放置され続けてきたかつての王都アルベイル。

王家は遷都して新しい王都を築き、アルベイルを見放したと国民は誰もが思っていた。

王家に置き去りにされたアルベイルの民は当然のことながら怒りや不安、不満といったネガティブな感情を抱き、ともすればそれは爆発して矛先が王家に向くことすらも考えられたが、それを阻止して荒れた旧王都を立て直したのが他ならぬハイゼンである。

王家はアルベイルを見捨ててなどいない、王弟ハイゼンが領主となったのがその証拠だと言わんばかりに、ハイゼンは粉骨砕身アルベイルの為《ため》に働いた。

自身の生家でもある旧王城の修繕は後回し、まずは民家や教会、官営施設の修繕及び復旧から始まり、遷都と同時に流出した領民の数を回復させる為の施策の数々、戦後や遷都の後も残ってくれた領民へのケア等、私事は後回しにし、最後に行ったのが旧王城の修繕だった。

旧王城の修繕が終わったのは、ハイゼンが大公となってから二八年後、今から僅か二年前のことである。

ハイゼンにとって、この三〇年間は長いようで短いものであった。

寸暇を惜しみ、妻《めと》すら娶る暇もなく滅私奉公し続けた。全てはアルベイル領民の為、カテドラル王国の為、そして何より王となった兄の治世を支える為。

その結果、アルベイルは三〇年前とは見違えるような活気溢《あふ》れる街となった。

人々には笑顔が戻り、街は風光明媚《ふうこうめいび》な古都として名声を取り戻したのだが、それに反比例するようにハイゼンの顔からは年々笑顔が消えていった。

私心を殺して三〇年間も民の為、国の為と常に気を張って働き続け、心癒やされる家庭を作る暇すらもなかった故だろう。

気が付いた時には眉間に深いシワが刻まれたまま戻ることがなくなり、その心楽しまぬ険しい表情も相まってか、いつからか王都の法衣《ほうえ》貴族たちから「憤怒の獅子《しし》大公」などと陰口を叩かれるようになってしまった。

別に怒っている訳ではない。ただ単に気を抜く暇もなく張り詰めているだけで、本人は大公として私心抜きにごく真面目に公務に取り組んでいるだけなのだ。

が、それがどうも周りからすると怒っているように見えるらしく、噂話《うわさばなし》が好きな口さがない貴族たちの間では、ハイゼンはボロボロになったアルベイルを国王から一方的に押し付けられたことに怒っており、今でもその怒りの炎は鎮火していないと、そう言われているらしい。

ハイゼンも貴族なので、一年のうち数ヶ月はどうしてもアルベイルを離れて王都に滞在する。

そして、王都に行く度に自らに関する先の噂話が耳に入るのだ。本人は別に怒りなど感じていないのに、大公閣下は国王陛下の沙汰に対してお怒りだと。

当初は馬鹿な話だと一笑に付していたのだが、その噂話があろうことか兄である国王の耳にまで上るようになると、そういう訳にもいかなくなる。ボロボロになったアルベイルを押し付けたことで弟が自分のことを恨んでいる、まさか復讐《ふくしゅう》を企《たくら》んでいるのではないか、何か理由を付けて弟を抹殺すべきではないか、などと兄に思われては堪《たま》ったものではない。

ハイゼンには他意など一切ない。なのに国王に対して自らの潔白を証明する羽目になったのだ。

自分は怒ってなどいないし、国王に翻意を抱いたこともない、そもそも復讐などという物騒な考えに至ったことすらもない、お疑いなら誰か監視を寄越《よこ》してくれても構わないと、ハイゼンはわざわざ王都に赴き、そう王の前で弁明した。

我がことながら、実に虚《むな》しい口上である。

結果として、国王はハイゼンの忠誠を疑ったことは一度もない、むしろその献身に対し深く感謝しているとまで言ってくれたのだが、当のハイゼン本人の心労は筆舌に尽くし難いものがあった。

わざわざ確認したことなどないが、恐らくは王の息がかかった者が配下に紛れ込み、逐次王都に情報を届けられているだろうから、言葉の裏は取れている筈《はず》。故にハイゼンが罰せられることもなかったのだろうが、疑心暗鬼や不幸が重なれば、最悪の場合、血を分けた実の兄に手を下されることもあり得たのだ。

夜会において噂話に華が咲くのは貴族の常だが、その無責任さには憤るばかりである。

実の兄に対する虚しい弁明を終えた帰り、王都から領都アルベイルに帰る道中、ハイゼンは馬車の中でずっと意気消沈してため息を洩《も》らしていた。

昔はこんなことなどなかった。ハイゼンと兄は同腹の兄弟、しかも双子だ。腹違いの者も含めて弟妹は何人もいたし、仲も悪くはなかったのだが、ハイゼンと兄の絆《きずな》の強さとは比べものにならないと、当時は本気でそう思っていたのだ。

まだ若かったあの頃、降臣したところでその絆の強さは変わらないだろうと、ハイゼンも兄も笑い合っていた。それが今や遥《はる》か大昔のことのように感じてしまう。

国王と家臣の関係と考えれば今現在のそれが適切な距離なのかもしれないが、双子の兄弟としては隔絶されてしまったと言っても過言ではない。

ハイゼンはもう五〇を超えた壮年だが、それでも今回のようなことがあると言い様のない淋《さび》しさが心の中に去来する。昔のような関係に戻りたい、仲の良い兄弟、お互いに温かな家族であったあの時間に戻りたいと、そんな埒《らち》もない考えが頭の中をグルグルと渦巻くのだ。

「…………ふう」

こんな心持ちで、これから先も大公としてやっていけるのだろうか。

そろそろ国王に暇をいただいて、何処《どこ》か静かな田舎《いなか》町にでも引っ込んで、世俗から距離を置いた方がよいのではないだろうか。

長い間ずっと頑張り続けてきたのだから、ここいらでもう肩の荷を下ろして、後は若者にでも任せてホッと一息つきたい、兄もきっとそれくらいは許してくれるに違いない。

そんな弱気なことばかり考え、いや、まだ自分は頑張れる筈だと重い息を吐く。今日だけでそんなことを何度繰り返しただろうか。

「閣下……」

対面に座る中年の護衛騎士、アルベイル騎士団の団長アダマントが、何か言いたそうな顔をしているが、しかしハイゼンの眉間に刻まれたシワが普段より一層深いのを見て黙り込む。

いらぬ心配をさせたかな、と、ハイゼンは思わず苦笑してしまった。

「案ずるな、アダマントよ。別にな、何でもないのだ。いつもの気鬱だ。王都からの帰りはいつもこんなものであろう。な？」

「は……」

アダマントは静かに頷《うなず》くが、行動に反して納得している様子はない。

彼とは王族時代からの長い付き合いである。きっと、ハイゼンの内心を見抜いているのだろう。

そういう彼にもう一度苦笑してから、ハイゼンは口を開いた。

「それよりも腹が減ったな。貴公はどうだ、アダマント？　何ぞ……」

簡単に摘《つま》めるものでもなかろうかと、ハイゼンがそう訊《たず》ねようとした時、何故《なぜ》だか急に馬車が停止した。領都アルベイルはまだまだ先で、付近に村や町もない筈だ。

急停止による馬車の揺れに耐えてから、一体何事だとアダマントと顔を見合わせる。

「何事だ!?」

「どうしたというのだ!?」

何か緊急事態でも生じたのだろうかと、二人は慌てて声を上げた。

すると、外にいた一人の歳若《としわか》い護衛騎士が馬車の扉を開けてその場に跪《ひざまず》く。

「ご報告いたします！　街道の脇に、往路では見なかった不審な建物を発見いたしました！」

その報告を聞いた途端、ハイゼンとアダマントが揃《そろ》って首を傾《かし》げる。

「不審な建物とな？」

「は！　これまで見たこともない様式の怪しい建物でございます！」

「見たこともない様式？　どうにも要領を得んな。怪しい建物とは何か、具体的に説明せよ」

アダマントがそう言うと、騎士は少し困った様子でゆっくりと答え始めた。

「それが、その……如何《いかん》とも形容し難く、実際に見ていただいた方が早いかと…………」

どうも歯切れの悪い言葉である。

この騎士は普段から何事も言い淀《いよど》むことなくハキハキと答えるのに、それが言葉に詰まっている様子。ということは、件《くだん》の建物とやらはそれだけ言い表すのが難しいものなのだろう。

アダマントは顎に手を当てて「ふむ……」と唸《うな》り、考え込んだ。

「……そんな奇妙な建物が、こんな何もない草原の真ん中にあるのか？」

「は！　左様にございます！」

「アダマントよ。我らがアルベイルを発ってより……」

言いながらハイゼンが顔を向けると、アダマントがゆっくりと頷く。

「は。約二ヶ月でございます」

たった二ヶ月の間に、何もない場所に建物を建てる。

掘っ建て小屋のような粗末なものならば可能かもしれないが、しっかりとした建物であるならば

ならなら名工も仰天の早業だ。

それはいささか難しいだろう。


　地盤を固め、基礎を築き、骨組みを作り建物にしていく。これを僅か二ヶ月でやったというのなら名工も仰天の早業だ。

「こんな目立つ場所に盗賊の拠点……ということもなかろうな」

「巡回の兵もおりますれば、可能性は低いかと」

　街道はアルベイルの兵士が巡回しているので、誰かが無断で建物を建てていればそれを見逃す筈もない。ハイゼンの覚えている限り、官の側でこんな場所に何かを建設する予定はなかったし、民の側からもそういう届け出はなかった。仮に盗賊が勝手に拠点を建設しているのならば、尚《なお》のこと見逃される筈がない。ないとは思うが、万が一、巡回の兵士が盗賊から袖の下を受け取って見逃していたのだとしても、街道を通る一般市民が通報する筈だ。

「ふむ。まあ、民家や商店の線も薄かろうな。とすれば、何だ？」

「こんな場所で勝手に農家や牧場をやるとも思えません」

　税金が高いから、都会の生活に辟易《へきえき》した、或《ある》いは人間関係に疲れたからと、都市の暮らしを捨てる者は一定数ではあるが存在する。そういう者たちは、普通であれば村か町へ移り住む。人里から離れた場所で暮らしていると、盗賊や野生動物などに襲われる危険性が高まるからだ。いくら牧畜に適しているからと、街道からも外れた草原に家を建てて暮らすなど恐れ知らずが過ぎるだろう。

「何だか妙に気になってきたな。どれ、ちと見てみようか」

　そこに住んでいる者もさることながら、言葉として表現するのも難しい建物というのも気になる。ハイゼンは孫がいてもおかしくない老成した男性ではあるが、持ち前の好奇心は衰えていない。

そして今、その好奇心が大いに刺激されている。その建物とやら、是非とも見てみたい。

だが、腰を上げようとしたハイゼンをアダマントが慌てて制止した。

「閣下！　何があるか分かりません！　ここは我らにお任せを！」

アダマントの心配は護衛としては当然のことだし、本来ならばありがたいことなのだが、いささか過保護が過ぎるのではないかと、ハイゼンはそのように思う。

「そう堅いことを言うな、アダマントよ。何も入りたいと言うのではない。遠目に見てみるだけだ」

「そうは言われますが、しかしですな、閣下……」

それでも弓矢なり遠距離攻撃魔法などで攻撃されれば危険だし、何か罠《わな》を仕掛けられている可能性も十分にある。

だが、それを言ったところでハイゼンの好奇心が留《とど》まることはない。長い付き合いのアダマントだから分かることだが、これは正直彼の悪い癖だ。

言葉にこそ出さないものの、アダマントは露骨に渋面を作ってハイゼンに無言の抗議をする。

が、やはりそれで止まるハイゼンでもない。

「貴公より前には出んようにする。それでどうだ？」

護衛騎士たち、特にアダマントの顔を潰す訳にもいかず、ハイゼンはそう譲歩案を出す。

すると、アダマントは深いため息をついてから渋々といった様子で緩慢に頷いた。

「………はぁ。いざとなったらすぐにお逃げくだされよ？」

「心得ておる。さ、行こう」

そう言って揚々と馬車を降りるハイゼン。

アダマントはもう一度深くため息をついてから、少し遅れて馬車を降りた。

ハイゼンはカテドラル王国で唯一大公位に就く貴族だ。

若い頃は煌《きら》びやかな王族の生活も体験したし、公務でいくつかの外国に赴いたこともある。世界有数の大国と言われるアードヘット帝国の帝都にさえも行ったことがある。だが、そんなハイゼンをして、目の前に佇《たたず》む謎の建物はこれまで見たこともない異質なものだった。

建物の規模自体はそこまで大きくもない。民家にしては大きいかもしれないが、商家や宿であればこのくらいの大きさは珍しくない、妥当というところだ。

だが、前面がガラス張りになっており、しかも一切濁りも歪《ゆが》みもない透明な板ガラスなのだ。

ガラスというものはここ数十年で製法が発見された、希少で高価なものである。少しくらい濁りやと歪みがあろうと、その価値はいささかも揺らぐものではない。

しかも、ガラスはそれそのものが一種の芸術品として扱われており、ごくごく一部の王族や上位貴族の屋敷、都会の大きな教会くらいでしか目に触れる機会はない。平民の中には、そもそもガラスというものを知らない者も多いだろう。

そんな貴重なガラスが惜しげもなく使われたこの建物。ここまでの精度のガラスは、若き日に赴いた帝都ですらも見たことがない。このガラスを製作した職人は神域に達した名工だろうか。

そして、建物の前に設置された、これまた見事なガラスケースに鎮座する謎の料理。表面がテカテカと輝いているから恐らく本物の料理ではない、ハイゼンの見立てでは蠟細工《ろうざいく》だろうが、これも精緻ここに極まれりといった見事な出来栄えだ。蠟でこのような精緻な細工をする職人など、博識なハイゼンをして一人として知らない。ギフトの力によるものだろうか。

また、建物に掲げられた大きな看板も見事なものだ。大陸の共通言語を含め、五ヶ国語を話すハイゼンですら知らぬ謎の文字が記されているのだが、これは恐らく店名と思われる。

俄《にわ》かには信じ難いことではあるが、この建物は食堂であり、ハイゼンですらも知らぬ異国の料理を提供している。そうと見てまず間違いない。

こんな場所に異国の食堂とは、何と妙な光景なのだろうか。

今現在、騎士たちが油断なく建物を囲んでいるが、食堂側に特に変わった様子はない。

店内から誰かが出て来る気配もないし、そもそも内部に人の気配が感じられないのだ。ガラスから覗《のぞ》く店内には誰の姿も見受けられない。中から謎の音楽に合わせた歌声が微《かす》かに聴こえてくるのだが、これもやはりハイゼンの知らぬものである。曲調からしてもカテドラル王国の音楽とは大きく異なっている。これも異国の音楽だろう。だが、妙に耳馴染《なじ》みのいい歌だ。店内に歌手や楽隊がいる訳でもないので、多分、音を記録して流す魔導具を使っているのだろう。何とも豪奢《ごうしゃ》なことだ。

「…………のう、アダマントよ」

呆然《ぼうぜん》として謎の店を見つめたまま、ハイゼンはおもむろに口を開いた。

「は……」

ハイゼンの前に佇むアダマントも静かに口を開く。

「これは確かに奇妙だな」

「で、ありますな」

同意してアダマントも頷く。ハイゼンほどではないにしろ、アダマントもまた博識な貴族。この店の異質さはハイゼンに言われるまでもなく理解している。

「アダマントよ」

もう一度ハイゼンがそう呼んだところで、アダマントは向き直って首を横に振った。

「いけませんぞ、閣下」

「おいおい、まだ何も言うておらぬぞ？」

そう言って苦笑するハイゼンに、アダマントもまた苦笑を返す。

「ここに入ってみたいと仰《おっしゃ》られるのでございましょう？」

「うむ」

「いけません。まだ、何があるか分かりません。まずは我らが……」

と、アダマントが最後まで言う前に、ハイゼンはあることに気付き、カッと目を見開いて店の中を指差した。

「お！　アダマント、見よ、人がおるぞ！」

「え？」

アダマントも慌てて店の方に振り返る。

いつの間に現れたものか、確かに店の中に一人だけ人がいた。

見たところ、人種はハイゼンたちと同じヒューマン。

恐らくは厨房《ちゅうぼう》の中にいたか、二階から降りて来たのだろう。見たこともない珍妙な服装、恐らくは異国のものだろうが、それを着た青年が、ガラスケースのものと同じ器に盛られた料理を食べている。

武装はしていないようだし、殺伐とした雰囲気も纏《まと》っていないことから盗賊ではないだろう。

彼はこちらに背を向けているから器の中身も表情も分からないが、それにしても凄《すご》い勢いで食べている。見ているだけで、あの料理は美味《うま》いのだろうな、と、そう思わせる食いっぷりだ。

空腹も手伝ってか、思わずゴクリと喉が鳴る。

青年が美味そうに料理をがっついている様子を黙って見つめるハイゼンの一団。

ややあってから、ハイゼンは静かに口を開いた。

「……………なあ、アダマントよ」

「は」

「これは、危険はないのではないか？」

歳若い騎士たちはそうでもないだろうが、ハイゼンやアダマントは戦争を経験した世代だ。ハイゼンよりも年上のアダマントなどは、実際に戦場すら踏んでいる。キナ臭さが漂う場所ならば多少は鼻が利くのだが、今のところ、この場所からはそんな殺伐とした空気は感じない。それどころか、とても穏やかな、心安らぐ雰囲気すら感じる。

「一見すると、そう思えますな」

アダマントもハイゼンの言葉に同意するよう頷いているが、しかし騎士団長としての責任感から警戒を解いてはいないようだ。

相変わらずの堅物っぷりだと苦笑してから、ハイゼンは彼に向き直り店を指差した。

「入ってみぬか？　人がいるのだから事情を訊《き》いてみればよかろうて」

「いや、しかしですな……」

彼も感覚的にはこの店に危険がないことを理解しているのだろうが、しかし万が一のことを考えて難色を示しているようだ。

だが、こういう時のハイゼンは悪い意味で行動的だ。

「そう言わず入ってみよう。私はあれを食してみたい。貴公もそうであろう？」

青年が美味そうにがっついていた謎の料理。王族として、そして大公として各国の様々な美食を口にしてきたハイゼンではあるが、あの料理は食べたことはおろかこれまで見たことすらもない。実に興味深いことである。ごく単純に、あれを食べてみたい。

アダマントも似たようなことを考えているのだろうが、役目柄簡単には頷けないらしい。

「ですが、まずは念入りに調べてみぬことには。毒を盛られる可能性もあるのですから、軽々に閣下を入店させることは出来ません」

「ならば調べてみるか。どれ……」

と、ハイゼンは唐突にアダマントよりも前に出て、右掌《てのひら》を店の壁に押し当てた。

「あ！　閣下!!」

罠などあっては一大事だと、アダマントは慌ててハイゼンを止めようと動くのだが、その前にハイゼンが自ら右手を下げる。

「………ふむ。大丈夫だ、アダマントよ。ここに『赤』は出ておらぬ。この店は『青』だ」

ハイゼンが神から授かったギフト『危機察知』。

このギフトの力は自らの手で触れた物体に、自分に対する敵意や害意、単純に言えば危険がないかが分かるというものだ。危険があれば赤く発光して見え、無害ならば青く発光して見える。ハイゼンの目に、この店は青く発光して見えた。危険はない、つまりは安全だということだ。

「閣下、軽々にそういうことをなされますな。肝を冷やしましたぞ。そういうことは……」

何事もなかったことに安堵《あんど》しつつも、ハイゼンの突飛な行動に対し、アダマントは窘《たしな》めるような言葉を口にしようとした。

が、ハイゼンはそんなことを気にする様子もなく、好奇心に突き動かされるまま、ずんずんと歩を進めて店の入り口に向かって行く。

「先に入るぞ」

「あッ！　もう、閣下！」

アダマントも慌ててハイゼンの後を追うのだが、ほんの一瞬だけ振り返り、残された騎士たちに指示を与える。

「私が閣下の隣に付く。可能性は低いだろうが、お前たちは決して警戒を解くな。異変があれば即時店内に突入せよ。分かったな？」

「「「「は！」」」」

騎士たちが返事をしたことを確認してから、アダマントも小走りでハイゼンの隣に付く。そうして二人揃って店の入り口に立ち並ぶと、何と手も触れていないのに自動的にガラス戸が開いた。恐らくは魔導具だろう。扉を開く為だけに高価な魔導具を設置するとは何とも豪奢なことである。こんな仕掛けは王城にすらもない。

ハイゼンもアダマントも内心では驚いていたが、それはあえて顔にも声にも出さず、表面上は平静を保ったまま店内に歩を進めた。

「すまんのだが、よろしいか？」

店の入り口から一歩踏み込み、ハイゼンが青年の背に声をかける。

すると、青年は驚いた様子でビクリと肩を震わせてから立ち上がり、何やらぎこちない動作でハイゼンたちの方に顔を向けた。

黒髪黒目に少し日焼けした肌。ここいらではあまり見ない特徴だが、エルフやドワーフのようなヒューマンに似た人種ではなく、やはりハイゼンたちと同じ純血のヒューマンのようだ。他人種との混血の特徴も見られない。

「え？　ん？　あれ、いつの間に……？」

青年はどうやらハイゼンたちが現れたことに戸惑っている様子。店に客が来たというのに、どうして戸惑っているのだろうか。

「「……？」」

ハイゼンとアダマントが不思議そうに見つめていると、青年は瞠目《どうもく》した様子で静かに口を開いた。

「……も」

「も？」

「も、も、も……もしかして、お客様ですか!?」

青年が突如大きな声を出したもので、ハイゼンとアダマントは多少驚きつつも頷いて見せる。

「え？　あ、ああ……。そう……だな、うむ、そうだ。客だ」

本当はどうしてこんな場所に店を建てたのか、どうやって巡回の兵に見つかることなく建てたのかなど、最初に事情を訊こうと思っていたのだが、青年の勢いに圧《お》されてつい頷いてしまった。

ハイゼンが頷いたのを見た途端、青年はそれまでの様子が嘘《うそ》のようにニッコリと笑顔を浮かべ、姿勢を正して二人の前で頭を下げた。

「いらっしゃいませ、お客様。当店、名代辻《なだいつじ》そばへようこそいらっしゃいました。うちはそば屋なのですが、今はかけそばかもりそばしかお出し出来ないんです。それでも構いませんか？」

青年はツラツラと流れるような言葉運びでそう訊いてくる。

が、しかしハイゼンもアダマントもそれには答え様がない。青年の言う、ソバなるものを二人とも知らないからだ。カケソバとモリソバというのは、多分ソバとやらの種類のことなのだろうが、それらがどう違うというのかも二人には見当が付かない。

元は王族であったハイゼンをして未知なる料理、ソバ。知らぬとなれば俄然《がぜん》興味が湧いてくる。

「ソバ屋とな？　ソバとは一体何だろうか？」

「あれ？　お客様はそばを御存知《ごぞんじ》ないのですか？」

「うむ、知らんな。アダマントはどうだ？」

「私も存じませんな。初めて耳にする名称です」

ハイゼンたちがそう答えると、青年は顎に手を当てて少し思案してから顔を上げた。

「そうですか……。なら、せっかくですから試しに召し上がってみますか？　食の好みは人それぞれなどと言いますが、うちのそばは美味《おい》しいと思いますよ？」

「おお、是非に！」

打てば響くといった具合にハイゼンはすぐさま頷く。というか、元々はその為に入店したのだ。これを断る選択肢は最初から存在しない。

「お外にお連れ様が大勢いらっしゃるようですが、お食事は二名様でよろしいですか？」

「構わん。頼む」

「かしこまりました。では、御注文の方、どうなされますか？」

「えーと、そうだな……。アダマントよ、何であったかな？」

ハイゼンに訊かれて、物覚えの良いアダマントが答える。

「確かカケソバとモリソバですな」

「そうであった、そうであった。店主、では、カケソバを二つ頼めるか？」

カケソバとモリソバの違いが分からないので、勘でカケソバにしてみたのだが、青年の言を信ずるに、どちらを頼もうとハズレということはないだろう。

「かけ二つ、承りました。それではお客様、空いているお席へどうぞ」

そう言って、青年は厨房の方へ行ってしまった。

店内には自分たち以外に客はいないので、ハイゼンとアダマントはU字テーブルの中央に二人並んで腰掛ける。

「いやはや、何とも楽しみだのう、アダマント」

少年のようにウキウキとした様子で、楽しそうにそう言うハイゼン。

王都への往復の旅が本当に心楽しまぬものであっただけに、その反動から、ただ見知らぬ料理を食べるというだけのことが随分と楽しいものに思えてならない。

「閣下。可能性は低いでしょうが、それでも一応毒見はさせていただきますぞ？」

楽しそうなハイゼンとは対照的に、若干渋い表情でそう言うアダマント。

敵国、政敵、家督争い、愛憎、醜聞。貴族という人種が毒殺の危険に晒《さら》されているのは今も昔も変わらぬことだ。故に王族や上位貴族の食事は常に毒見役が毒見をしてから食べるのが常となっている。確かにハイゼンには危機を察知するギフトがあるが、何事も過信は禁物。

今回はハイゼンに随伴しているのがアダマントだけなので、毒見は彼がやるしかない。

不承不承ではあるが、ハイゼンもそれについては否《いや》と言うことはない。

「まあ、しょうがないことよな……」

「お客様、こちら、お水でございます」

と、厨房に行った筈の青年が、さして時を置かず戻って来て、二人の前に水の入ったガラス製のコップを置いた。

成形に寸分の歪みもない均一な、そして全く濁りのない透明なグラスに、同じように濁りのない澄んだ水。しかもどうやって調達したものか、冬でもないのに水の中に氷まで浮いている。

この一杯の水の何と贅沢《ぜいたく》なことか。

「いや、ありがたいのだが、しかし頼んでおらぬぞ？」

ハイゼンもアダマントも喉が渇いているので水はありがたいのだが、しかし注文したものではないのでいささか困惑している。

だが、青年は涼やかな笑みを浮かべたままこう答えた。

「お水はサービスになっております。おかわりもございますのでお気軽にお申し付けください」

普通は店で水を頼むと金を取られる。それは下町の食堂でも貴族街の上等なレストランでも変わらないことであり、身分の貴賤《きせん》など関係ない一般常識でもある。冬でもない季節に氷が入っているとなれば、下手をすれば料理より水の方が高いということもあり得る。しかしながら青年はそんな貴重な水をサービスだと言ってのけた。しかもおかわりまであると。これは驚愕《きょうがく》に値することだ。

「何と、こんな濁りのない澄んだ水が、しかも氷まで入ったものがサービスとな……」

グラスの水を凝視したまま、ハイゼンは呆《あき》れ半分に呟《つぶや》いた。

言い得て妙ではあるのだが、自身が王弟であることも大公であることも忘れ、まるで王侯貴族の食卓のようだなと、そのような素っ頓狂なことを思ってしまった。

「そばが出来上がるまで、もう少々お待ちください」

そう言って青年は再び厨房へ戻る。今度こそカケソバを作るのだろう。

アダマントが呆然と青年の背を見送っていると、不意に、横から「うむ！」と声が洩れた。

「美味い！」

何と、アダマントが目を離した隙にハイゼンが毒見前の水を飲んでしまったのだ。

「何をしておられるのですか、閣下！」

アダマントが慌てた様子で声を荒らげると、ハイゼンは、してやったり、といったふうにニヤリと唇の端を持ち上げた。

「毒はないようだぞ、アダマントよ。安心して飲め。実に上質な水だ。真冬の清流が如くキンキンに冷えておるわ。いや、甘露、甘露」

そう言ってクツクツと笑うハイゼン。普段はこんなに陽気な様子を見せない彼である、王都での鬱憤もあって、今は本当に楽しいのだろう。

「全く……。閣下が毒見をしてどうするのですか？」

はしゃぎ過ぎだと呆れるアダマントの肩を、ハイゼンは楽しそうにポンポンと叩《たた》く。

「この分だとカケソバの毒見もいらんだろうよ。な、アダマント？」

「そんなわけがないでしょう？」

そんなふうに他愛《たあい》のないやり取りをしていると、青年が盆にどんぶりを二つ載せて戻って来た。

どんぶりから立ち昇る湯気が鼻孔を擽《くすぐ》り、ふんわりと良い匂いが鼻腔《びこう》に満ちる。どうやら今度こそ料理が完成したようだ。

「お待たせいたしました、こちら、かけそばになります」

ゴトリ、と重量を感じさせる音を立てて二人の前に置かれるカケソバ。

ハイゼンとアダマントは同時にどんぶりを覗き込んだ。

茶色いのに濁りなく澄んだスープに沈む、等間隔で細切りにされた灰色の麵。そして麵の上に載るのは薬味であろう何かの野菜を薄く輪切りにしたものを一摘《ひとつま》みと、黒っぽいような深い緑色を湛《たた》えたペラペラとした何か。

アダマントはこの緑のペラペラが何なのか分からなかった。が、ハイゼンは恐らく、漁師町のごく一部でしか食べられていないとされる海藻の類《たぐい》だろうと見立てている。

表のガラスケースに置いてあった蠟細工と寸分違《たが》わぬ謎の料理、カケソバ。実にシンプルな、しかして妙に食欲を誘う料理だ。

「おお、これが……」

「カケソバか……」

ハイゼンとアダマントが同時に感嘆の声を洩らす。

アダマントは純粋に美味そうだなと思っているのだが、ハイゼンはこの麺がスパゲッティではないことを見抜き、それに驚いていた。

確かに小麦以外の穀物でも製粉は可能だし、実際にトウモロコシやライ麦、燕麦《えんばく》などを粉にしたものは存在している。だが、それでも小麦粉以外の麺というのは、少なくともこの大陸には存在していない。仮に大麦やライ麦の粉を使ったとしても、ここまで見事な灰色に発色することはないだろう。しからば何の粉を使っているのかというと、そこが謎なのだ。

更に言うと、麺をスープの具にする料理というのもカテドラル王国には存在しない。麺はソースを絡めて食べるものであり、何かの具になるものという認識ではないからだ。

このカケソバ、一見するとただの麺料理でしかないが、深く鋭い洞察力を持ったハイゼンからすると、現物を見てその謎は更に深まった。元は王族であり、数々の国の料理を口にしてきたハイゼンですら知らぬ、未知の穀物が使われた料理。これは実に興味深いものだ。

「店主、フォークもスプーンもないようだが？」

ハイゼンが考え込んでいる横で、どんぶりから顔を上げ、アダマントがそう青年に質問した。青年がカトラリーの類を持って来るのを忘れたのだと、そう思ったのだ。

すると、青年は何かに気付いた様子で「ああ……」と声を洩らした。

「当店のそばは割り箸を使って食べるものなのですが、お客様、お箸は使えますか？」

青年が微笑を浮かべたままアダマントに質問を返す。

「オハシとは何だろうか？」

察するに、オハシとはカトラリーの類、それも料理と同じく異国のものなのだろうが、しかしアダマントはそんなもののことは全く知らない。ナイフでもフォークでもスプーンですらもないものなど存在するのかと困惑するばかりだ。

「ああ……。これのことです。こう……」

と、青年は卓上に置いてあった、何に使うのか分からなかった木の棒の束からおもむろに一本を手に取った。そして、ハイゼンとアダマントの前で実演するよう、手にした木の棒を割れ目に沿ってパキッと二つに割って見せる。

「こういうふうに割って、この二本の箸で料理を摑《つか》んで食べるんです」

言いながら、シャツのポケットにオハシなる木の棒を差し込む青年。

「それは何ともまあ……」

「面妖だな……」

明らかなる異文化。カテドラル王国の文化ではないのは勿論《もちろん》のこと、そもそもからしてこの大陸の文化体系にはないものだ。

ハイゼンの認識では、この大陸においてはどんな国でも普通はナイフやフォーク、スプーンといったものを使って食事をする。南方には未《いま》だ食器を使わず、大きな葉に料理を盛り、手摑《てづか》みで食事をする文化が残っていることも知っているが、どの国にもただの棒を使って食事をする文化はないし、歴史書にも棒で食事をする民族の記述はない。

故に異文化。カテドラル王国とは国交さえない、恐らくは別大陸の文化だろう。ということは、この青年はその別大陸からはるばるここまで旅をして来たということだろうか。そこらへんの事情は後々聞けばはっきりするだろう。

いずれにしろ興味、そして驚きの尽きない店である。

「お箸を使うにはある程度練習が必要だと思いますので、フォークをお出ししましょうか？」

オハシを前に呆然とする二人に苦笑し、気遣いから青年がそう申し出てくれた。

「いや、折角《せっかく》の機会だ、私はこのオハシとやらを使ってみるぞ」

「私はフォークを頼む」

オハシに興味が湧いたハイゼンはあえて提案を断り、慣れないことをするより慣れ親しんだスタイルで食べた方が良かろうと判断したアダマントはフォークを頼む。

これについては好みやこだわりの問題なのでお互いに干渉したりはしない。

「かしこまりました」

そう言って青年は厨房に引き返し、すぐに戻って来てアダマントにフォークを手渡す。

「それでは、ごゆっくりどうぞ」

青年は丁寧にお辞儀をすると、また厨房に戻って行った。

「どれ……」

「早速食べてみますか……」

ハイゼンは青年の実演を思い出しながらワリバシを手に取り、見様見真似《みようみまね》でパキリと割る。綺麗《きれい》に割った青年とは違い、後ろの方が少し歪《いびつ》に割れてしまったがこれもご愛嬌《あいきょう》。

「まずはスープからであろうな」

スプーンがないのでどんぶりに直接口をつけてスープを啜《すす》るハイゼン。貴族として少々下品ではあるが、郷に入れば郷に従え、という言葉もある。ここはこのスタイルが正解なのだ。

ずず、ずずず……。

音を立てて口の中に入った温かいスープが舌の上に広がる。

瞬間、ハイゼンの口内で味覚の華が開いた。

「う、美味い……ッ！」

感動のあまり、ハイゼンは意識すらせず唸っていた。

喉から鼻に抜ける芳醇《ほうじゅん》な香り、まろみを帯びた柔らかな塩味《えんみ》、喉を通り胃の腑《ふ》に落ちる温かさ。

王宮で一流の美食を食べて育ったハイゼンをして、このスープはそれらを凌駕《りょうが》するものと言わざるを得ない至極の逸品である。何という美味さなのか。

この独特な旨味、これは恐らく海産物由来のものだろう。料理人に腕がなければ海産物は余計な臭みが出てしまうものだが、このスープにはその余計な部分が全くない。南国の青い海を想起させるような、一点の曇りもなく澄み渡ったスープだ。

スープを啜った時に輪切り野菜が一片ほど口に入ったのだが、これも歯ざわりがシャキシャキとしていて、かつ程よい辛味が良いアクセントになっていた。

「これは、何と美味な……」

隣を見れば、アダマントもスープの美味さに声を失っている様子。まあ、この美味さを思えばさもありなんといったところか。

不味《まず》くはない、きっと美味いだろうとはハイゼンも思っていた。

だが、これは正直、想像以上だ。国の頂点とも言える、王宮の料理人たちとてここまでの味を出すことは難しいだろう。こんな場所で思いがけずここまでの美味に出会えるとは。何たる僥倖《ぎょうこう》だろうか。実に嬉《うれ》しい誤算である。

「よし、次は麺だな……」

ゴクリと喉を鳴らし、どんぶりを覗き込む。慣れぬオハシを歪に握りながら、どうにかこうにか先端に麺を引っかけ、それをツルツルと口に運ぶ。

よくスープが絡んだ麺の味とコシのある嚙《か》み応え。スパゲッティともまた違う細切りの麺の強い歯応えは実に心地よく、嚙めば甘みと共に独特な芳香が鼻に抜ける。それは何処か牧歌的で郷愁を思い起こさせる、心を落ち着かせてくれるような香りで、麺を嚥下《えんげ》した時、ハイゼンは思わず、

「ほ……っ」

と、息を洩らしていた。

一息ついた、とでも言えばいいのか、ともかく心に平穏をもたらす味だ。これは王都の心ない噂に気を揉《も》んでいたハイゼンに久しく訪れることのなかった感覚である。

王弟としての重責、大公としての使命、気鬱や心労といったものに押し潰されそうになっていたハイゼンが、最も求めていた心の平穏。それがまさか、これまで食べたこともなかった異国の料理によってもたらされることになるとは。何と不思議な巡り合わせなのだろうか。

スープと麺に少々の具。実にシンプル、しかして実に奥が深い。

このソバという料理には、人生と同じ妙味が詰まっている。

声に出して何度でも言いたい、何たる美味であろうか、と。

ずず、ずずず、ずずずず。

ツルツルツルツル。

ずずず……。

気が付けば、ハイゼンは夢中になってオハシを進め、あっと言う間にカケソバ一杯をたいらげてしまった。スープの一滴すらも残さずにだ。

「…………ああ、美味かった。実に、美味かった」

ふう、と熱い息を吐き、満足そうに呟くハイゼン。

ハイゼンの隣では、同じくカケソバを食べ終わったアダマントが美味そうに水を飲んでいる。

「どうでしたか、うちのそばは？　ご満足いただけましたか？」

ハイゼンたちが食べ終わるタイミングを見計らっていたのだろう、大きな水差しを持って、青年が厨房から出て来た。

普段の険しい表情が嘘のように穏やかな笑みを浮かべ、ハイゼンは青年に水を注《そそ》いでもらう。

「いや、満足も満足、大満足よ。店主、馳走《ちそう》になった。実に美味であったぞ」

言いながら、美味そうにグビリと水を飲むハイゼン。カケソバの熱と未知の美味に巡り合った興奮で火照《ほて》った身体《からだ》に、キンキンに冷えた水が染み渡るようだ。

「私も満足だ。こんなに美味いものは正直、王都にもなかった」

そう言うアダマントも口元に笑みを浮かべている。彼とは長年の付き合いであるハイゼンだが、アダマントがものを食べて嬉しそうに笑うところなど初めて見た。きっと、本当にカケソバが、それこそ笑ってしまうくらいに美味かったのだろう。

満足そうな二人の様子に、青年も嬉しそうに頭を下げる。

「ありがとうございます。しかしお客様方……」

何だか含みのある様子で言葉を切った青年に、ハイゼンも何だろうかと顔を上げた。

「ん？」

「七味唐辛子をお使いになりませんでしたね？」

言われて、ハイゼンは一体何のことだろうかと首を傾げた。

「んん？　シチミトウガラシ、とな？」

シチミトウガラシ。ハイゼンの知らない言葉だ。語感すら馴染みがない。アダマントの方に顔を向けてみると、彼も分からないと首を横に振った。

「これのことです」

青年は卓上に手を伸ばし、ワリバシが収めてある筒の隣に置かれていた、何に使うのか分からなかった、赤い粉が詰まった謎の瓶を手に取って見せる。

「それがシチミトウガラシとかいうものか？」

「ええ、その通りです」

「して、これが何か？」

「これもまあ薬味なんですがね、そばの上に一振り、二振りするとまた一味違った味わいになるんですよ。ピリリと辛くて、味が引き締まるんです」

にこやかに笑いながら、シチミトウガラシの瓶を卓上に戻す青年。

ソバとは何とも奥が深い料理だと思っていたが、どうやら懐すらも深いもののようだ。ハイゼンはまだまだその深奥を目にしてはいないらしい。

「何と！　それはまことか!?」

先ほどの興奮が蘇《よみがえ》ったかのように、ハイゼンは大きな声を出した。

「ええ、勿論です」

そう言って頷く青年を見て、ハイゼンの中で決心が固まってゆく。

「シチミトウガラシ……味わってみたい………ッ！」

ソバというものの奥深さ、これはただ一杯のカケソバのみを食したところで、まだまだ底など見えないだろう。それが知りたいのであれば、もっと杯を重ねるしかない。

ハイゼンももう若くはない、随分前に人生の折り返し地点を過ぎたような歳だが、それでも胃にはまだ若干の余裕がある。ここで更にソバの深奥に一歩踏み込まず引くことは出来ない。

老いたとてハイゼンは爪も牙も未だ折れてはおらず、闘争心も衰えてはいない。愚直に前進あるのみ。

「おい、アダマント！　もう一杯だ！　もう一杯カケソバを頼むぞ！　良いな!?」

ハイゼンの意気が伝わったのだろう、アダマントも苦笑しながら頷く。

「仕方がありませんな。不肖アダマント、老骨に鞭《むち》打ってお付き合いいたしましょう」

ハイゼンは満足そうに頷き、青年に向き直った。

「その意気や良し！　店主、カケソバのおかわりを頼む！　私にも、このアダマントにもだ！」

「かしこまりました」

青年はペコリと頭を下げ、空になった食器を下げて厨房に戻る。

その背を見送りながら、ハイゼンは次のカケソバはまだか、まだかと少年のように心を逸《はや》らせていた。

働く人たちにこそ食べてもらいたい辻そばです

どうにか無事、異世界に降り立った雪人《ゆきと》。

試しにと、神から与えられたギフトを発動させ、異世界初の辻《つじ》そばを口にして、その変わらぬ美《う》味《ま》さに感動していると、唐突に来客があった。何やら豪奢《ごうしゃ》な身なりの中年男性二人組だ。片方の男性は鍛え込まれたごつい体格で、腰には剣まで差している。

ファンタジーについてはとんと疎い、ゲームの知識程度しかない雪人だが、この二人が恐らく貴族と護衛の関係だろうということはすぐに分かった。ごつい男性の方は、恐らくこの手ファンタジーに付きものの、所謂《いわゆる》騎士というやつだろう。

店の入り口がガラス張りになっているので、外に他の護衛たちが多数待機しているのも見える。きっと、何処《どこ》かに行く途中かその帰り道、雪人が召喚した辻そばの店舗をたまたま発見し、この二人が代表して店内の様子を窺《うかが》いに来たのだろう。

経緯はどうあれ、異世界に来て早々、初めてのお客様だ。この二人の反応如何《いかん》で、今後、名代《なだい》辻そばが異世界でもやっていけるかどうかが分かるというもの。

雪人は日本にいた頃と同じよう、真心を込め、丁寧に接客をした。

その結果は上々で、二人の客はそれぞれ二杯のかけそばを食べた。

異世界人にもそばが受け入れられるかどうか。辻そばの味に対しては絶対の信頼があるものの、それでも不安を拭い去ることは出来ない。だが、どうやら辻そばのかけそばはかなり喜んでもらえたようで、二人は会話もせず食事に集中していた。

そばを食い終わり、ゴクゴクとつゆまで飲み干した二人。

その顔の何とも満足そうなこと、彼ら二人は満面に笑みを浮かべている。そう、この顔だ。この幸せそうな顔を見るのが嬉《うれ》しくて、雪人は辻そばで働いているのだ。

二人が食い終わったタイミングで、おかわりの水を雪人が差し出すと、貴族風の男性が雪人に笑顔を向けてきた。

「店主よ、大変馳走《ちそう》になった。ソバとは実に美味いものだな。移動続きで美食に餓《う》えていたところにこのカケソバ、何とも骨身に染みたぞ。今は腹に余裕がないので無理だが、次はモリソバなるものも食べてみたいものだ」

「いや、全く閣下の言う通り。店主よ、まこと美味であった。礼を申す」

貴族風の男性に合わせ、騎士風の男性も満足そうに頷《うなず》く。

異世界ではあっても、やはり美味いものを食って満たされた人間の顔というのは変わらないものらしい。実に良い笑顔だ。

雪人も満足そうに頭を下げた。

「当店、名代辻そばのそばをお褒めいただき、まことにありがとうございます」

雪人の丁寧な言葉に対し、貴族風の男性が微笑を浮かべながら頷き、口を開く。

「私はハイゼン・マーキス・アルベイル。名前から分かると思うが、アルベイルの領主だ。そして隣のこやつがガッシュ・アダマント。アルベイル騎士団の団長である」

言いながら、貴族風の男性、ハイゼンは隣に座る護衛を指で差す。すると、アダマントと呼ばれた騎士風の男性も呼応するように頷いた。

「只今《ただいま》ご紹介に与《あずか》った、ガッシュ・アダマントだ」

領主ということは、まず間違いなく貴族だ。アルベイルという場所のことは分からないが、外にも護衛たちが大勢いることを考えると、このハイゼンという男性は相当上位の貴族だと思われる。

そして上位貴族ということは庶民よりも豪華なものを口にし、格段に舌が肥えているということに他ならない。つまりは美食家だということだ。

そんな美食家をも唸《うな》らせることが出来たのだから、やはり辻そばは異世界でも通用するらしい。

雪人はそう確信し、心の中でガッツポーズを決めた。

今はまだ接客中、心の高揚が顔に出ぬよう努めて自制しながら、雪人は丁寧に頭を下げる。

「御丁寧にありがとうございます。私は当店の店長、初代《はつしろ》ゆき……」

と、ここで、海外では姓名逆に言うのだった、恐らくはこの西洋風の異世界でもそうなのだろうなと思い、雪人は自分の名前を言い直した。

「ユキト・ハツシロと申します」

雪人がそう名乗ると、二人は何故《なぜ》だか驚いたような、或《あ》いは困惑したような表情を浮かべる。

「閣下、これは……」

「ふむ、家名があるか……」

まるで訝《いぶか》しむような顔でそう言うハイゼン。

雪人としては普通に名乗ったつもりだったのだが、何か引っかかるところでもあるのだろうか。

「家名？　苗字《みょうじ》のことですか？　苗字はあるのが普通だと思いますが……？」

地球では、少なくとも現代日本では法律上誰にでも苗字がある。庶民に苗字がないというのは江戸時代までという認識だ。

だから苗字があるのが普通だと言ったまでのことなのだが、ハイゼンは更に考え込むように顔を伏せてしまった。見れば、アダマントまでもが何やら考え込んでいる様子。

「ふうむ、それが普通とな……」

「お客様……？」

一体何をそこまで考え込む必要があるのか。

雪人が不思議そうな表情を浮かべていると、それに気付いたハイゼンが苦笑しながら顔を上げた。

「ああ、いや、何、気にせんでくれ。少しばかり考えていただけだ。してな、店主……いや、ハツシロ殿、少しばかり訊《き》きたいことがあるのだが、よろしいか？」

「はい、何でしょうか？」

「ハツシロ殿はどうしてまた、このようなところに店を出したのだ？」

「え？」

質問されたところで明確な理由などない。ギフトがちゃんと使えるかどうか、その確認をしたのがたまたまここだったというだけのこと。

質問に答えようにも、そのことをどう説明すればよいのか。

雪人がどうにも言いあぐねていると、それを沈黙と取ったハイゼンが更に言葉を重ねてきた。

「というか、どうやってこのようなところに店を建てたのだ？　私の覚えている限り、このような場所に店を出す許可は出しておらんし、無許可で出しているにしても巡回の兵の目を欺いて店を建てることが出来るとも思えんのだ。まるで、ある日ある時、唐突に現れたようにしか思えん」

「あ………」

そう指摘されて、雪人は初めて自分が怪しまれているのだと気が付いた。

考えてみれば、確かに怪しまれてもおかしくはない。

何しろ、つい先刻まで何もなかった場所にいきなり謎の店舗が立ち、その内部には見た目からしてそうと分かる容貌の異邦人がいたのだ。

言葉が通じるだけまだ少しは救いがあるものの、これで言葉すら通じなかったとしたら、最悪の場合、土地の不法占拠などの罪で投獄されたり、問答無用で斬り殺されていたかもしれない。

そう考えると、言葉が通じるようにしておいてくれた神には感謝しなければならないだろう。ついでに文字も読めるようにしておいてほしかったが、そこまで望むのは贅沢《ぜいたく》というもの。文字についてはおいおい覚えていくしかない。

ともかく、雪人は自分の現状が如何《いか》に危ういものかということをようやく自覚した。ここは中世ヨーロッパのような世界なのだ。人命は二一世紀の日本よりも遥《はる》かに軽い筈《はず》。ここから先は慎重に言葉を選ばなければならないだろう。口は禍《わざわい》の元、慎重を期すに越したことはない。

雪人が緊張した面持ちでゴクリと生唾を飲み込むと、その音が聞こえたものか、アダマントが苦笑しながら口を開いた。

「そう緊張せずともよい。店主よ、貴公は恐らく他国から来たのであろう？　しからば我が国の法を知らぬも道理。あまりに滅茶苦茶《めちゃくちゃ》な理由でもなければ閣下も罪には問わんだろう。貴公にどんな事情があるのかは分からぬが、ここは素直に話してもらえんか？」

言いながら、同意を得るようハイゼンに顔を向けるアダマント。ハイゼンも勿論《もちろん》だと頷くのだが、雪人としては未《いま》だ緊張が解けるものではない。

「あ、ああ、ええと、あの……」

何か言わなければならない。この場合、沈黙は命取りだ。が、下手なことを言ってはいけないと気持ちばかりが焦り、言葉にもならない声が洩《も》れてしまう。

だが、その煮え切らない態度が否定的と取られてしまったのだろう、見れば、ハイゼンもアダマントも少し眉間にシワが寄っている。

「答えられぬか？　まあ、こちらも無理にとは言わぬが……」

そう言って、難しい顔で思案するハイゼン。

これは不味《まず》い。一気に雲行きが怪しくなってきた。

ここで否《いな》やはない。沈黙であったり、適当な嘘《うそ》をつけば状況はもっと不利になるだろう。しかし雪人の事情をどう説明すればよいものか。そもそも神によって転生したことは口外してよいことなのだろうか。神はその点についてよいとも悪いとも言っていなかったが、雪人の素直な人間性からして、誤魔化《ごまか》すとすぐにバレそうな気がする。ここは覚悟を決めて正直に言うしかない。

「いえ、お話しいたします……」

鬼が出るか蛇《じゃ》が出るか、意を決して、雪人はこれまでのことを話し始める。

自分はそもそも異世界の人間だということ、事故に遭って死亡したこと、天国と思《おぼ》しき場所で神に邂逅《かいこう》したこと、その神の力でこの世界に転生したこと、そして神から『名代辻そば異世界店』のギフトを授かったこと、そのギフトを試している最中にハイゼンたちが訪れたこと。

ファンタジー世界の住人である彼らにも分かり易《やす》いよう、地球的な要素については可能な限り噛《か》み砕《くだ》いて、全ての事情を話した。

「……………ということでありまして。私はつい先ほど、この世界に来たばかりなんです」

最後に「以上です」と付け加えて話を締める雪人。

長い、長い話が全て終わると、知らぬ間に何とも重々しい空気がその場に漂っていた。

ハイゼンとアダマントは話の当初こそ驚いていたものの、話が進むにつれて表情が険しくなっていき、今は完全に押し黙って何事か深く考え込んでいる様子。

こういう様子を見ると、どうにも気が重くなるし不安感が掻《か》き立《た》てられる。ごく端的に言うと、気が気ではない。

やがて、雪人の肺がたっぷりと重い空気で満たされた頃、ハイゼンが静かに口を開いた。

「……………そうであったか。只者ではなかろうと思っていたが、まさか『ストレンジャー』であったとはな」

ハイゼンが感慨深げにそう言い、アダマントも同意を示すよう深く頷く。

「ストレンジャー？　ですか？」

ストレンジャー。あまり聞き馴染《なじ》みのない言葉である。確か、余所者《よそもの》であったり、珍しい人、という意味の言葉だったか。

余所者。珍しい人。雪人は日本では何処にでもいる平凡な人間だったが、この異世界においては異邦人。ストレンジャーとは言い得て妙である。

雪人が訊き返すと、ハイゼンはそうだと頷いた。

「異世界からの来訪者のことをそう呼ぶ。異世界の者がこのアーレスに転生するというのは、珍しいことではあるが、過去にも幾度かあったことなのだ」

「え!?　そ、そうなんですか!?」

あの神様の性格からして、異世界の人間を自分の世界に転生させるのは初めてのことではないだろうなと思ってはいたが、やはりそうだったのだ。しかもハイゼンの口振りから察するに、転生者は定期的に現れているらしい。

驚いている雪人に対し、ハイゼンは「うむ」と頷く。

「我がカテドラル王国で最後にストレンジャーが発見されたのは、今から三〇年近くも前のことだが、世界的に見ればもっといるのであろうな。そうであったな、アダマント?」

「は。我が国で最後に確認されたストレンジャーは、確か地球という世界のケニアなる国から転生された御方《おかた》だったと記憶しております」

「ケニア!　アフリカのケニアですか!?」

地球、そしてケニア。自分の知っている単語が続けて出たことで、雪人は思わず驚きの声を上げてしまった。これは雪人の偏見なのだが、転生者というのは皆、日本人ばかりなのだと思い込んでいたのだ。だが、転生者を選んでいるのは他ならぬ神である。地球規模で考えれば、日本以外の国の者が選ばれても何らおかしなことはない。ただ、それでもケニアというのは意外だったが。

「アフリカ？」

アダマントが不思議そうな顔をしているので説明する。

「地球には幾つか大陸がありまして。そのうちのひとつがアフリカ大陸です。ケニアはアフリカ大陸の国家のひとつなんですよ」

「ほう、そうだったのか。アフリカ大陸……」

「ちなみに私は地球の日本という島国から転生してきました」

「ニホン、か。聞いたことのない国だな。恐らくは過去の記録にも残ってはおるまい」

そう言ってハイゼンとアダマントが頷き合う。

雪人は少なくともこの国では初の日本人転生者ということになるのだろう。同じ日本人の先達がいれば心強かったのだが、いないものは仕方がない。

それに何より、この国においては雪人こそがそばという日本の食文化を広める先駆者となるのだから、考え様によっては光栄なことだ。

「そのケニアの方は、地球の情報を残したりはしなかったんですか？」

雪人が疑問に思ったことを訊いてみると、ハイゼンは首を横に振った。

「何でも転生した当時、そのストレンジャーはまだ一二歳の子供だったらしくてな、あまり地球の情報を持っていなかったそうだ」

「ああ、なるほど……」

一二歳といえば、小学六年生くらいか。遠くアフリカの小学生が日本のことを知らなくても無理はない。ケニアの知識水準がどれほどのものかは知らないが、下手をすると大人だとて日本のことを知らない可能性もある。大卒の雪人ですら地球上のあらゆる国の名前や場所を覚えている訳ではないし、ケニアのことも詳しくは知らないのだから。

「ハツシロ殿、どうだろうか、貴公が良ければ我が領都アルベイルに来ぬか？　アルベイルは三〇年前まで王都だった場所でな。遷都したので今は旧王都と呼ばれているが、国内では現在の王都に次いで大きな街だ。住民も大勢おる故、貴公のソバを食べに来る者も多かろう。堅苦しく聞こえるかもしれんが、出来れば貴公を私の庇護《ひご》の下に置きたいのだ」

大きな街、つまりは都会。都会で働く人たちならば、きっと大なり小なり何かに疲れていることだろう。肉体的に、精神的に、そして人生そのものに。

そういう疲れている人たちに、ほっと一息つく時間と明日への元気を、そして何より美味《おい》しいそばを提供するのが名代辻そばの仕事。漫画家時代、締め切りに追われ、激務によって自身を擦り減らす生活を送っていた雪人も、そうして辻そばに救われていた。

都会へ行けるというのは渡りに船、大歓迎だが、しかし気になることがないでもない。

「大きな街に行けるというのはありがたいのですが、しかし庇護とは……？」

このハイゼンという貴族の庇護下に入るということは、つまり彼の勢力、傘下に入るということだろう。雪人としては、出来れば誰の世話になることもなく、独立独歩で自由にやりたいものなのだが、しかしそれが無理なら大人しく庇護下に入るくらいの分別はある。

雪人に対し、ハイゼンはその理由を説明し始めた。

「この世界にとって、ストレンジャーは良くも悪くも常識外れな存在なのだ。良くない輩《やから》から護《まも》る為《ため》にもそうさせてもらいたい」

「常識外れですか？」

一度死んで転生して来たのだから、確かに常識外れではあろう。だが、それ以外はごく普通の人間でしかない。ギフトという異能がストレンジャーだけのものならまだしも、この世界の人間ならば誰でも持っているものなのだからさして珍しくもない筈。

だが、そういう疑問も分かっているとばかりに、ハイゼンは「うむ」と頷く。

「神様が手ずから与えたギフトに、異世界の知識や技術。これらは少なからず世界に影響を与えるものだ。その強大な力を狙う者たちは今も昔も絶えたことがない」

例えばの話、火薬や銃といったものの製造技術や知識ならば脅威と捉えられるのも分かるが、しかし雪人は普通の飲食業者。特別な知識など持っていないし、さしたる脅威はないように思える。ギフトとて強力なものではない、というかそもそも戦ったりするようなギフトでもない。

「でも、私のギフトはそば屋の店舗を出すだけですよ？」

雪人がストレートにそう訊いてみると、しかしハイゼンは首を横に振った。

「そうは言うがな、ハツシロ殿。現に、何もない場所に店を召喚するギフトなど、私はこれまで見たことも聞いたこともなかったぞ？　それに食材を無限に補充出来るというのは、考え様によってはとてつもない脅威だ」

「食材が尽きないことが脅威なんですか？」

「軍隊というのは動く胃袋だからな。食費のことを考えずに済むというのは、将からすれば垂涎《すいぜん》の能力だ。ウェンハイム皇国のような侵略国家ならば喉から手が出るほど欲しがるだろうて。誰の庇護下にもなければ、まず間違いなくそなたの身柄が狙われることになる」

言われてみれば確かにそうだ。たとえ雪人に戦う力がなくとも、兵站《へいたん》ということを考えれば雪人ほどうってつけの人材はいない。ウェンハイム皇国というのが異邦人の雪人にはいまひとつ分からないが、ともかく雪人を狙うような者たちは世の中にごまんといるということだろう。

「そうですか、だから庇護下に……」

「このカテドラル王国では、ストレンジャーは世に革新をもたらす貴人として捉えられている。そんな貴人を保護するのは貴族の務め。どうだろう、税は取らぬし場所も提供する故、アルベイルに来てはもらえんだろうか？　そして私を含め、アルベイルの者たちに異世界の美味なる料理、ソバを振舞ってはもらえんだろうか？　ああ、振舞うといっても無論、タダというわけではない。料金は相応に取ってもらって構わない」

ハイゼンがそう言って頭を下げる。それを見たアダマントはほんの一瞬だけ驚いた様子だったが、彼もハイゼンに倣い頭を下げた。

これはあくまで雪人の予想でしかないのだが、ハイゼンは普段、人に頭を下げるということがないほどに高位の貴族なのだと思われる。何せかつて王都だった街の領主なのだ、そんな大役を任される者が下位貴族の訳がない。

その高位貴族が頭を下げてまで雪人を庇護しようとしてくれている。

この短い時間でも分かる、彼はきっと悪い人間ではない。むしろ善良な人間なのだろう。権力者特有の驕《おご》り高《たか》ぶり、庶民への嘲りも感じられない。

ハイゼンほどの人物がここまでしてくれたのだから、応えなければ男が廃る。

「分かりました。そのアルベイルという街、行かせていただきます。不肖の身ではございますが、何卒《なにとぞ》よろしくお願いいたします」

そう言って雪人が深々と頭を下げると、ハイゼンとアダマントは、ほっと胸を撫《な》で下《お》ろし、笑顔を見せた。

名代辻そば異世界店、開業です！

ハイゼンたちの馬車に同乗させてもらうことおよそ半日。とっぷりと陽《ひ》も暮れ、暗い空に月が昇るような時刻になってようやくハイゼンが領主をしているという街、アルベイルに到着した。

ハイゼンによるとアルベイルの街は王都に次ぐ大都市とのこと。ただ、現代日本のように電気が普及している訳ではない、中世ヨーロッパ風の世界なので、夜の闇に沈んだ街の全景はおぼろげにしか見えなかった。

それでも相当大きな街だということだけは分かったので、それは僥倖《ぎょうこう》と言えよう。これだけ大きな街ならば商機もまた大きいというもの。名代辻《なだいつじ》そばのそばを食べてくれる人たちもきっと大勢いることだろう、店の開店が実に楽しみだ。

街に到着した雪人《ゆきと》は、そのままハイゼンが住む旧王城まで案内されたのだが、これは暗い夜の中にあっても相当に巨大だということが分かった。大学生の頃、親しい学友たちとの旅行で訪れた、ドイツはバイエルン州で見たノイシュヴァンシュタイン城のようである。きっと、昼間に見ればもっと風光明媚《ふうこうめいび》に映ることだろう。これもまた楽しみだ。

その巨大で豪奢《ごうしゃ》な城の、これまた豪奢な客室に通された雪人。

時間も遅かったので夕食は摂《と》らず、そのままその客室で一夜を明かし、翌朝、硬くてボソボソしたパンと塩のみで味付けされたサラダにちょっと臭みのあるゆで卵の朝食を御馳走《ごちそう》になると、ハイゼンと数人の護衛騎士に連れられて城の外へ出ることになった。

何でも、雪人の為《ため》に用意した土地を見てもらいたいということである。

ちなみに今回、アダマントは同行していない。彼の役職は騎士団長、つまりはこのアルベイルにおける軍事部門のトップだ。旧王都を空けていた間に仕事が山ほど溜《た》まっているとかで、彼はしぶしぶ同行を諦めた次第。

ともかくハイゼンに連れ出されて雪人が案内された場所は、はたして、旧王城をぐるりと囲む、分厚い城壁の一角であった。

「あの……本当にここなんですか？」

と雪人が唖然《あぜん》とした様子で顔を向けると、ハイゼンは「如何《いか》にも」と頷《うなず》く。

「この壁の裏は何もない城の庭になっているのだが、ここならばどうだろうか？」

ハイゼンはそう訊《き》いてくるのだが、雪人としてはどうにも返答に困る。

「いや、私のギフトは障害物とかも関係なく出せるんで、多分大丈夫だとは思うんですが、でも本当によろしいんですか？」

雪人の言う通り、ギフト『名代辻そば異世界店』は障害物があってもそれを無視して店舗を召喚することが可能だ。そして店舗を引っ込めれば、その場所は元通りに復元される。それは昨日のうちに試したから分かっている。

しかしだからといって、城を護《まも》る城壁を貫通するような形で店を出してよいものなのか。城の防衛もさることながら、防犯の観点においてもよろしくないことのように思える。

どうにも雪人が考え込んでいると、ハイゼンが心配無用とばかりに肩を叩《たた》いてきた。

「構わん構わん。気にせんでくれ。というか是非にもここに出してもらいたい。この場所ならば城から通い易《やす》いのでな、我々にとっても都合が良いのだ」

昨日はいたくかけそばを気に入っていたハイゼンである、きっと、これからも足繁《あししげ》く辻そばに通おうと思っているのだろう。

風光明媚な古城にチェーン店のそば屋という組み合わせはミスマッチ全開だろうし、雪人としてもちょっと罪悪感を覚えるのだが、他ならぬ城の主《あるじ》本人が良いと言うのだから従うしかあるまい。

「大公様がここに出して良いと言われるのなら、私としては素直に出そうと思うのですが……」

「是非ともそうしてくれ。その方が私も城の者たちも来やすい」

「確認しますが、お城の方たちだけじゃなくて、一般の方たちも入れていいのですね？」

これは昨日の夜にもハイゼンたちと話し合ったことなのだが、雪人は基本、職業や立場の貴賤《きせん》なく誰にでも辻そばを味わってもらいたいと思っている。故に話し合いの場では最初から、貴族や騎士だけでなく、一般市民も店に入れたいと要望を伝えていた。

雪人は確かにハイゼンの庇護下《ひごか》に入ると決めたが、しかし彼専属のお抱え料理人になった訳ではないし、皆に広く辻そばを提供するという望みは絶対に譲れない。

昨日の時点ではハイゼンもそれで構わないと言ってくれたのだが、彼は約束を違《たが》えることなく、今回も頷いてくれた。

「うむ、勿論《もちろん》だ。ナダイツジソバはハッシロ殿の店。経営方針も好きに決めるとよろしい」

「ありがとうございます。是非ともそうさせていただきます」

「よろしい。では、早速ナダイツジソバを出してはもらえんだろうか？」

ハイゼンは待ち切れないとばかりに雪人を急《せ》かしてくる。昨日は随分とかけそばが気に入っていた様子だったので、きっと、今回も御相伴に与《あずか》ろうという腹積もりなのだろう。ソワソワとしたその様は、実に無邪気で少年のようだ。

思いがけず微笑《ほほえ》ましいものを見た。雪人は苦笑してから表情を正し、城壁に向き直る。

「それでは……名代辻そば異世界店！」

本当は心の中で唱えるだけでもいいのだが、ハイゼンたちにも分かり易いよう、あえて声に出してそう唱える雪人。

すると次の瞬間、ボフンと音を立てて名代辻そばの店舗が現れた。

昨日と同様、雪人が店長を任された水道橋《すいどうばし》店と同じ造形の店舗が、城壁に埋まるというか、同化するようにしてその場に佇《たたず》んでいる。

異世界の街並みに突如として現れた、現代日本のそばチェーン店。思っていた通り、随分とミスマッチな光景だが、これも時間が経《た》てば見慣れたりするものなのだろうか。

願わくば、この街にとってお馴染《なじ》みの店と言われるようになりたいものだ。

「はっはっは！　これは凄《すご》いな！　見事に城壁を貫通しておるわ！」

ハイゼンが愉快そうに笑い声を上げ、護衛の騎士たちは圧倒された様子で「おお……」と声を洩《も》らしている。偶然その場を通りかかった一般市民もいたようだが、彼らも見慣れぬ異様な様式の店が突如その場に現れたことに驚愕《きょうがく》し、何事かと足を止めて見入っていた。

自分の能力ではあるのだが、雪人本人もギフトの力に目覚めたばかりで、店を召喚するのは今回で僅か二回目。やはり騎士たちと同じように、圧倒された様子で店舗を見つめていた。

「折角《せっかく》の機会だ、城に帰る前にソバを一杯馳走になりたいのだが、良いかな、ハツシロ殿？」

ハイゼンにそう声をかけられ、雪人はハッと我に返り、彼に向き直る。

「え、ええ、構いませんが、しかし朝食は召し上がりましたよね？」

正直あまり美味《おい》しくない朝食だったが、振舞ってもらったものを残すのも失礼なので、とりあえずは食べた。大公であるハイゼンの食事ですらあのレベルだというのは驚きだったが、ともかく腹はそれなりに膨れている筈《はず》だ。

だが、雪人がそう指摘しても、何故《なぜ》だかハイゼンは不敵な笑みを返してきた。

「ソバの美味を知った今となっては、あれではどうにも満足出来ん。実はいつもより朝食の量を少なくしておいたのだ」

言ってから、ハイゼンは「まあ、作ってくれた料理長には悪いのだがな」と付け加えて苦笑し、言葉を続ける。

「だから私の腹にはまだ若干の余裕がある。正直に申すとな、今日もあの美味なるソバが食べられるのではないかと期待していたのよ」

言いながら、再びカラカラと笑うハイゼン。まるで、お菓子を沢山食べたくてあまり食事に手を付けない子供のようだなと、雪人はそう思った。

だが、そこまで期待されてそばの一杯も出さないのでは、辻そば店員の名折れというもの。是非とも食べて行ってもらおうではないかと、雪人はそう意気込んだ。

「かしこまりました。そうだ、どうせなら昨日と同じものではなく、追加された新メニューを食べて行かれませんか？」

雪人がそう言うと、ハイゼンは驚きに目を見開く。

「何!? 新メニューとな!?」

「はい。ギフトのレベルが上がってメニューが増えたんです」

昨日、転生してから最初にステータスを確認した時点で、あと一人の来客があればギフトがレベルアップし、提供可能なメニューが増えると表示されていた。

あんな原っぱのド真ん中で客など来るものかと思っていたところへ、ハイゼンとアダマントが客として来たのだ。

結果、雪人のギフトはレベル二となり、新たに『わかめそば』と『ほうれん草そば』がメニューに追加された。

ちなみに今現在、雪人のギフトに関するステータスは次のようになっている。

ギフト：名代辻そば異世界店レベル二の詳細
名代辻そばの店舗を召喚するギフト。
店舗の造形は初代雪人が勤めていた店舗に準拠する。
店内は聖域化され、初代雪人に対し敵意や悪意を抱く者は入ることが出来ない。
食材や備品は店内に常に補充され、尽きることはない。
最初は基本メニューであるかけそばともりそばの食材しかない。
来客が増えるごとにギフトのレベルが上がり、提供可能なメニューが増えていく。
神の厚意によって二階が追加されており、居住スペースとなっている。
心の中でギフト名を唱えることで店舗が召喚される。
召喚した店舗を撤去する場合もギフト名を唱える。
今回のレベルアップで追加されたメニュー：わかめそば、ほうれん草そば
次のレベルアップ：来客一〇人（現在来客一人達成）
次のレベルアップで追加されるメニュー：特もりそば、冷したぬきそば

どうやら、次に追加されるメニューは冷たいそばらしい。前回は温かいそばだったので、もしかすると温と冷が交互に追加されるのかもしれない。

ともかく、雪人の名代辻そば異世界店は、レベルアップしたことでまた一歩、本家名代辻そばに近付いたようだ。これでより異世界の人々を喜ばせることが出来るだろう。

ハイゼンも新メニューが追加されたと聞き、目を輝かせている。

「いやはや、新メニューとはまことに重畳《ちょうじょう》！　是非とも馳走になろうではないか!!」

店主である雪人に先んじて、意気揚々と店に向かって歩を進めるハイゼン。きっと、もう待ちきれないということだろう。

その様子に苦笑しながら、雪人も彼に続いて店に入った。

次のレベルアップはカレーライス？　超楽しみです！

予想通りとでも言おうか、ハイゼンとその護衛たちがそれぞれ一杯ずつそばを食べて出て行った後、雪人《ゆきと》の辻《つじ》そばは途端に暇になってしまった。

明らかに異世界の街並みから浮いている辻そばの店舗。しかも場所が旧王城を囲む城壁の一角とあり、興味を引かれて遠巻きに店を覗《のぞ》く者はちらほらといるのだが、しかしそういう者たちは店内に入ろうとしない。きっと、あまりに異質なもので警戒しているのだ。

多少は期待していたところもあるが、しかし現実が見えないほど雪人も若くはない。

このまま座して待っていたところでお客は集まらないだろう。

これは表に出て呼び込みでもした方が良いかな、と雪人が考えていたところ、今度はアダマントが自身の若い部下たちを五人ばかり引き連れ、昼飯を食いに辻そばを訪れた。

朝の時は溜《た》まった仕事が立て込んでいるとかで来られなかったようだが、どうやら昼休憩に外食するくらいのことは許されるらしい。

彼は連れて来た部下たちに、そばがどういう料理かを熱弁し、新メニューのわかめそばとほうれん草そばを両方ともたいらげ、満足そうに帰って行った。

部下の若い騎士たちもそばの美味《うま》さに驚き、やはりそれぞれ二杯ほどたいらげた次第。若者の豪快な食いっぷりというのは、やはり見ていて気持ちの良いものである。それは地球だろうと異世界だろうと変わらないことのようだ。

帰り際、彼らは「必ずまた来る。まだソバを知らない同僚たちにもツジソバのことを伝える」と言ってくれた。彼らの口コミ力に期待したいところだ。

ともかく、この来客によって雪人のギフト『名代《なだい》辻そば異世界店』はレベル三に成長した。

そのステータス内容は次の通り。

ギフト：名代辻そば異世界店レベル三の詳細
名代辻そばの店舗を召喚するギフト。

店舗の造形は初代雪人が勤めていた店舗に準拠する。

店内は聖域化され、初代雪人に対し敵意や悪意を抱く者は入ることが出来ない。

食材や備品は店内に常に補充され、尽きることはない。

最初は基本メニューであるかけそばともりそばの食材しかない。

来客が増えるごとにギフトのレベルが上がり、提供可能なメニューが増えていく。

神の厚意によって二階が追加されており、居住スペースとなっている。

心の中でギフト名を唱えることで店舗が召喚される。

召喚した店舗を撤去する場合もギフト名を唱える。

今回のレベルアップで追加されたメニュー：特もりそば、冷したぬきそば
次のレベルアップ：来客一〇〇人（現在来客三人達成）

次のレベルアップで追加されるメニュー：カレーライス、カレーライスセット、ミニカレーセット

次のレベルアップは一〇〇人と、前回の一〇人から一気に必要人数が一〇倍に跳ね上がった訳だが、しかし追加されるメニューはカレーライスとそのセットメニュー。

正直、カレーライスというのは異世界で戦う上でかなり心強いメニューだと、雪人はそう考えている。カレーこそは万国共通の美味。仮にそばが口に合わないと言う者があっても、カレーが口に合わないと言う者はいない筈《はず》だ。

地球だろうと異世界だろうと、カレーの強烈な美味さに抗《あらが》える者などいない。

雪人はカレーライスという料理にそれだけの自信がある。これは名代辻そば異世界店にとって必ずや強力な武器となってくれる筈だ。

「むふふ……」

次のレベルアップは来客一〇〇人と前途は多難。しかし次に追加されるメニューが最強の一角カレーライスとあって、雪人は一人ほくそ笑んでいた。

昨日のかけそばで証明済みだが、店のメニューは雪人も食べることが出来るのだ。

名代辻そばのカレーライスには特別な思い入れがある。何を隠そう、漫画家時代の雪人が最も食べていたのが、他ならぬカレーライスセットなのだ。

カレーライスとかけそばがセットになったカレーライスセットは、雪人にとってつらい時期を支えてくれた、当時を象徴するような味。次はこのカレーライスセットがメニューに追加されるというのだから、楽しみでない訳がない。

一人で気色の悪い笑みを浮かべながら、厨房《ちゅうぼう》で食器を洗う雪人。時刻はそろそろ夕方に差しかかる頃だろうか、最後のコップを洗い終えたところで、不意に店の自動ドアが開いた。来客だ。

「あっ、いらっしゃいませ！」

雪人が慌てて接客に出ると、はたして、そこに一人の若い女性が呆然《ぼうぜん》と立っていた。見た感じ、二〇代前半といったところか。かなりの美人だ。

碧眼《へきがん》、長い金髪、白い肌。典型的な西洋人らしい、整った顔立ちの女性だが、革鎧《よろい》と細身の剣で武装し、後ろに石弓を背負っている。

明らかに騎士ではない。ダンジョンに潜って魔物と戦うことを生業《なりわい》とするダンジョン探索者というやつだろう。昨夜、簡単にではあるがハイゼンからそういう者たちがいると説明を受けた。

「あ、あああああああぁ…………」

雪人のことを見るや、女性はいきなり目に涙を溜《た》めて、言葉にもならない声を洩《も》らし始める。

「え？　あの……お客様？」

「あああッ！　あああぁ……ッ!!」

困惑しきりの雪人が声をかけると、女性は遂《つい》に声を上げてわんわんと泣き始めた。

転生者ルテリア・セレノと懐かしの冷したぬきそば

ルテリアは生まれも育ちもフランスのパリだが、幼い頃から日本が大好きだった。

それというのも、フランスでは日本のアニメがよくテレビで放送されており、書店に行けば日本の漫画コーナーも常設されていたからだ。

そういう日本の創作文化に親しんで育ったルテリアは、高校を卒業すると同時に日本へ留学、絵を学ぶ為《ため》に東京のとある芸大に入学した。選んだ先は美術学部絵画科だ。

しかしながら画家になる為に芸大を選んだのではない。漫画家になる為だ。最初から漫画の絵を描くのではない、まずは絵描きとしての地力を養う為。

本来であれば遠く日本の地で孤軍奮闘することになるところなのだが、心強いことに、ルテリアの叔母が日本人男性と結婚し、東京に住んでいた。

ルテリアは叔母夫婦の家に厄介になる形で、他の留学生たちよりも気軽に日本に行くことが出来た次第である。

大学で学ぶ傍ら、ルテリアは大好きなアニメも観《み》ていたのだが、日本ではファンタジーの異世界に転生する作品が流行《はや》っていた。そして、それら転生モノの原作の多くがインターネット上に投稿された小説であることを知り、そこから異世界モノのウェブ小説にどっぷりハマることとなる。

また、日本の料理にもルテリアは大いにハマッた。特に大学の近くにあった名代辻《なだいつじ》そばには、店員に顔を覚えられるくらい通い詰めたほどだ。

フランス料理とは違う、鰹節《かつおぶし》と昆布からなる出汁《だし》の文化にルテリアはすっかり魅了された。

母国フランスでもガレットなどでそばに親しんでいたので、麺として打たれたそばも違和感なく口に馴染《なじ》んだ。

ルテリアが特に好きなのは冷たいそばで、暑い夏の日に食べた冷したぬきそばには一発でノックアウトされてしまった。

強いコシが際立つ冷たい麺と、風味豊かなそばつゆ、そしてサクサクと香ばしい揚げ玉。この魅惑のハーモニーは他国の料理では得難《えがた》いものである。

叔母の夫である義理の叔父は、たまにルテリアを連れて近所の辻そばに行き、そこでコロッケそばの麺抜き、通称台抜きを肴《さかな》にビールを飲んでいたのだが、そういう、辻そばのちょっとした飲み屋的な雰囲気も、一〇代のルテリアにとっては好印象だった。酒という大人の世界を垣間《かいま》見せてくれたと、そう思えたのだ。

ルテリアの日本生活は順調そのものだったのだが、しかし二年生の時に事件は起きた。

二年生になったその年の夏休み、ルテリアは久しぶりに母国フランスに里帰りしたのだが、空港からパリ市内に向かうシャトルバスに乗っていたところ、武装して目出し帽で顔を隠した男たちにバスジャックされてしまったのだ。

犯人たちは警察に金を要求していたようだったが、さして時を置かず特殊部隊がバス内に突入、犯人たちはあっさり捕まってしまった。

が、話はそれだけでは終わらない。犯人の一人が特殊部隊を銃で撃とうとして、逆に発砲を受けてしまい、その衝撃で持っていた銃を誤射、更にはその誤射された銃弾が運悪くルテリアの頭部に命中、痛みを感じる暇すらなくルテリアは即死してしまったのだ。

死の実感すらなく、気付けば訪れていた雲の上の世界。

そこは天国で、ルテリアは異世界の神だという青年と邂逅《かいこう》、彼に勧められるまま剣と魔法のファンタジー世界アーレスに転生することとなった。

自分が死んだことは確かに悲しかったし、家族にお別れすらも言えなかったことはもっと悲しかったが、大好きな日本のアニメと同じ、ファンタジーの異世界に自分が転生するのだと知り、テンションが上がるルテリア。

今にして思えばそれこそが最大の過ちだったのだが、その時のルテリアは興奮のあまり神の話の半分も理解せぬまま、悪を討ち世界を救う為『剣王』という強力なギフトを得て転生した。

小説の主人公のように活躍することを夢見ていたルテリア。

だが、そもそもからして今のアーレスに世界を脅かすような巨悪は存在しておらず、国家間の大規模な戦争もなく、ダンジョン以外には魔物もいなかった。

かろうじて魔王という存在がいることだけは後に分かったのだが、それも魔族という人種が暮らす国の王というだけで、別に悪ではないのだという。

つまり、ルテリアは転生して早々に目的を失ってしまったのだ。

倒すべき巨悪はおらずとも与えられたギフトのおかげで戦う力はある。だから浪漫《ろまん》を求めてダンジョン探索者になったのだが、探索者としての生活は思っていたよりずっとドライなものだった。

危険なダンジョンに潜り、命懸けで危険な魔物と戦い続ける。時に仲間を失い、時に自身も大きく傷付く。こんな生活が二年も続くと、ルテリアは異世界での生活に疲れ果ててしまった。

代わり映えのない殺伐とした日々。どうにか生活出来るくらいには稼げるが、暮らし向きは一向に良くならず、常にギリギリを生きているヒリつく感覚。いつ何時でも不安が頭を離れず、心は常に沈んだまま。

部屋で一人きりになるといつも思うのだ、こんな筈《はず》ではなかったのだ、と。

本当は漫画家になりたかったが、志半ばで無念の死を遂げた。だが、異世界の神にセカンドチャンスを与えてもらったからと心機一転、せっかく異世界に来たからには自分もアニメで見た勇者のように頼れる仲間たちと一緒に巨悪と戦い、英雄と呼ばれる存在になりたかったのだ。断じて、こんな明日をも見えないような刹那的な生活が送りたかった訳ではない。

近頃は毎日、地球のことを思い出し、枕を涙で濡《ぬ》らすような生活を送っている。フランスに残してきた家族に会いたい、友達に会いたい、大学に通いたい、地球に帰りたい。望郷の念は日に日に募るばかりで、このままでは肥大化した悲しみに心が押し潰されてしまう。

憧れの日本で大学に通い、大好きなアニメを観て、漫画を読み、大好物の辻そばで腹を満たす充実した日々。そんな日々は彼方《かなた》へと去り、今や何もかもが懐かしい。

希望を見失い、死んだ目で灰色の日々を送っていたルテリアだったが、ある時、本当に偶然、何の気なしに通りかかった場所で、後に自分を救ってくれる奇跡に出会った。

厄介になっている定宿から探索者ギルドへと向かう道中、旧王城の城壁、その一角でルテリアはとんでもないものを目にしたのだ。

旧王城の堅固な城壁と同化するように佇《たたず》む、景観と全く馴染んでいないその威容。しかし大学時代のルテリアが通い詰めていた愛《いと》しの店、名代辻そばの店舗がそこに堂々立っていたのだ。

「え？　え……え？　え!?」

往来のド真ん中で硬直したまま、ルテリアは混乱の極みに陥った。

自分があれだけ愛していた辻そばの店舗が眼前に存在している。看板に堂々と『名代辻そば』と日本語で書かれているのがその証拠だ。

日本語はこの世界には存在しない地球の文字。しかもこのアーレスは、ルテリアの知る限り日本の要素など皆無のファンタジー世界。

昨日までこの場所には店舗らしきものなどなかったという事実が混乱に拍車をかける。何かの店を建てるなど、そんな素振りすら見せてはいなかった筈。

ルテリアがあまりにも地球のことばかり考えるので、脳が幻覚でも見せているのだろうかと一瞬思ったのだが、往来を行く他の人たちも見慣れない辻そばの店舗に目が釘付《くぎづ》けになっているようだから、それはないだろう。

「え、ほ……本当に？　本当に辻そばなの…………？」

こうして目の前に店舗が存在しているというのに、それでも俄《にわ》かには信じられない。自分の脳が見せている幻覚ではないのなら、幻覚系の魔法でもかけられているのではないか。

眼前の光景を疑う気持ちばかりが湧いてくるものの、これが本当に辻そばであるならば是が非でも中に入りたい。そして、遠い日に食べた冷したぬきそばをもう一度食べてみたい。

何ともささやかな、しかしながら強烈な渇望である。

まるで街灯の光に惹《ひ》かれる蛾《が》のように、ルテリアはふらふらとおぼつかない足取りで辻そばの入り口に歩を進めていた。

日本にいた頃と同じように、ルテリアを認識したガラスのドアがひとりでに開く。

自動ドア。地球では当たり前にあったものだが、この異世界にそんな便利なものはない。魔力を電源代わりに動く魔導具というものはあるが、あれらは地球の電化製品ほど技術的に進んだものではない。同じ自動ドアをアーレスの技術で製造すれば、その装置は巨大なものとなるだろう。

自動ドアが開いたその瞬間、ルテリアの鼻孔に、あの独特な和風出汁の良い香りが届いた。

柔らかく、優しく、そして懐かしい辻そばの香り。地球を離れてから二年が経過しているが、ルテリアの鼻は大好きな辻そばの香りをはっきりと覚えていた。

あまりにも懐かしい、そして恋焦がれた地球の、日本の香り。ただ単に出汁の香りを嗅いだだけでルテリアの郷愁は大いに刺激され、目頭は熱くなり、鼻先がひくひくと痙攣《けいれん》し始める。

「あっ、いらっしゃいませ！」

店の奥から現れる店員。黒髪黒目に少し日焼けした東洋人の肌、服装は辻そばの制服。

間違いない、日本人だ。

ルテリアの知る限り、このアーレスに東洋人の特徴を持つ人種はいない。従って彼は本物の日本人であり、考えられる可能性として最も高いのは、自分と同じ転生者、この世界の流儀で言うとストレンジャーだということだ。

転生後の二年間で独自に調べたからストレンジャーという存在のことはルテリアも知っている。だが、実際に自分以外のストレンジャー、それも地球から来た者と会うのは初めてのことだ。

「あ、ああああああぁ…………」

自分と同じ地球人。そう思うと、もう我慢が出来なかった。

ルテリアの喉の奥から絞り出したような声が洩《も》れ、目の奥からもジワジワと涙が滲《にじ》み始める。嬉《うれ》しいような、悲しいような、それでいて懐かしいような。ともかく名状し難い感情がルテリアの身体《からだ》を支配し、その感情のままに涙も声も溢《あふ》れ出す。

「え？　あの……お客様？」

困惑する店員を前に、ルテリアは遂《つい》に大きな声を上げてわんわんと泣き出してしまった。

「ああああッ！　ああああぁ……ッ!!」

両手で顔を覆い、ルテリアはそれでも赤子のように泣き続ける。

この異邦の地で、ようやく自分の心を理解してくれるかもしれない存在と出会えたのだ。そう思うと、ルテリアの涙は止まることなく次から次へ滂沱《ぼうだ》のように流れ落ちた。


時間にしてたっぷりと一〇分も泣いていただろうか、ルテリアはようやく泣《な》き止《や》むと、困惑した様子でおろおろしている店員に対し、自嘲気味な笑みを浮かべて見せた。

「…………ごめんなさい、店の入り口で泣いてしまって。ご迷惑でしたよね？」

ルテリアにも事情があるとはいえ、店に来た客がいきなり大泣きに泣き出したのだから、店員からすれば訳が分からないだろう。

「あ、いえ……。昼も過ぎて店は閑古鳥が鳴いてましたからね、それはいいんですけど…………」

困惑した様子のままそう言う店員。ルテリアとしてももう落ち着いているのだが、どうやら彼はまだルテリアのことを訝《いぶか》しんでいるようだ。

それはそうだよね、と苦笑してから、目元に残った涙を拭い、ルテリアは表情を正して店員に向き直り、静かに口を開いた。

「このお店は……名代辻そば、ですよね？」

ここが辻そばだというのは見れば分かる。看板にもはっきりとそう書いてあった。しかし、それでも確認せずにはいられない。この店が幻なんかではなく、この異世界に本当に実在しているという確信が欲しいのだ。

「え、ええ、そうです。当店は名代辻そばになります」

ぎこちないながらも、店員は確かに肯定した。

「そうですか、良かった……」

思わず安堵《あんど》の息が洩れる。やはりここは名代辻そばで間違いないのだ。

一体、何をどうすれば日本にあったままの名代辻そばの店舗をこの異世界に出店出来るのかは分からないが、ともかくルテリアが大学時代に愛した日本の辻そばがこの異世界に、しかも拠点としている旧王都に誕生したのだ。

聞きたいこと、言いたいことは山ほどあるが、それらは全て後回しでいい。今この瞬間、何をおいてもまずやるべきことはたったひとつ。

「…………冷したぬき、ありますか？」

「え？」

「冷したぬきそばです。ありますか？」

ルテリアが辻そばのメニューで最も好きだった冷したぬきそば。辻そばに来たのなら、まずはこれを食べなければ始まらない。

「え、ええ、勿論《もちろん》ございます。あっ、お召し上がりになられますか？」

本当にあるのか少し不安だったのだが、店員があると頷《うなず》いてくれたので、ルテリアは内心でガッツポーズを決めた。

この世界に転生した以上、地球に帰ることは出来ない。だが、祖国フランスの次に愛した国、日本のそばがこうして食べられるのだ。日々募る望郷の念に押し潰されそうになっていたルテリアにとって、こんなに嬉しいことはない。

「ええ、お願いします。冷したぬきそば、食べさせてください」

そう言ってルテリアが頭を下げると、店員はそれまでの動揺が嘘《うそ》のように落ち着いた様子で、ニコリとスマイルを浮かべて頷いた。

接客となれば一切取り乱さない。プロフェッショナルだ。

「かしこまりました。お好きなお席にどうぞ」

「ありがとうございます」

店員に促され、ルテリアはU字テーブルの一席に腰を下ろした。そうして改めて、冷したぬきそばが来るまで店内を見回してみる。

天井のスピーカーからは耳馴染みのある演歌が流れ、テーブル上にはメニューの他、七味や割り箸などの備品もしっかり置いてあるようだ。券売機はないようだがトイレはちゃんとあるし、奥の厨房《ちゅうぼう》にもガスコンロなどアーレスにはないものが置かれているのが見える。

一体どうやって地球の道具をこの異世界に持ち込んだのか。ルテリアの想像が正しければ十中八九ギフトの力だろうが、どうなっているにしろ、ルテリアにとって大変ありがたい話だ。

と、ここで店員が水を持って厨房から戻って来た。

「どうぞ、お水です」

「どうもありがとうございます」

水の入ったコップを受け取り、それをまじまじと見つめる。

この世界ではまだ実現出来ていない、一切濁りも歪《ゆが》みもないガラス製のコップに、恐らくは水道水だろう、これまた濁りのない水。このコップなど、貴族や商人に売れば軽く金貨一〇枚はくだらない筈だ。浮いている氷も製氷皿で作られたと思《おぼ》しきキューブ状のもの。徹頭徹尾、寸分違《たが》わず名代辻そばのそれである。

ぐびり、と水を一口飲む。キンキンに冷えた雑味のない水が渇いた喉に染みる。

たかが水だが、されど水。異世界の水は基本的に一切浄水されていない生水だ。どうしても雑味が残るし、場所によっては変な臭いがすることもある。ルテリアもアーレスに来たばかりの頃は水が原因で随分と腹を下したものだ。

しかしながら、ここの水はそんな心配をせずともグビグビ飲める。地球では当たり前だったことだが、今はそれが何より嬉しい。この異世界では、冬でもない季節に濁りのない冷たい水を飲むだけのことですら贅沢《ぜいたく》なのだから。

「ふう、美味《おい》しい……」

コップの水を半分ほど飲んでから、おもむろにメニューを手に取り目を通してみる。

ラミネートされたメニューのツルツルとした手触り。今はこんなことですらも懐かしい。

辻そばには本来沢山のメニューがあり、店舗ごとのオリジナルメニューもある筈なのだが、この店ではどうやら六種類のそばしか提供していないらしい。かけそば、わかめそば、ほうれん草そば、もりそば、特もりそば、冷したぬきそば。この六種だ。

日本語で書かれたメニューの上に、異世界の共通語の文字も書かれている。

辻そばのメニューでも一番好きな冷したぬきそばがあるのは素直にありがたいのだが、どうして品数がこんなに少ないのか。何かやんごとない事情でもあるのだろうか。

ルテリアがそんなことを考えていると、いつの間にか店員がどんぶりを持って側に立っていた。

それに気付いたルテリアが反射的に顔を上げると、店員は先ほどと同じアルカイックスマイルを口元に浮かべる。

「お待たせしました、冷したぬきそばです」

コトリ、と音を立てて眼前に置かれた、内側が朱塗りになった黒いどんぶり。その中に鎮座するのは間違いなく辻そばの冷したぬきそばだ。

冷水で締められた冷たいそばに、これまた冷たいそばつゆがかかり、その上にたっぷりと揚げ玉が盛られている。そして脇役ではあるが良い仕事をしてくれるねぎとわかめ。

これだ。これを求めていたのだ。シンプルながらも和風の滋味が詰まった逸品。

異世界に来てからというもの、この冷したぬきそばをどれだけ夢想したことか。硬いパンと味の薄いスープで義務的に餓《う》えを凌《しの》ぐ食生活がどれだけつらかったか。

だが、これからはそんなつらい想《おも》いをしなくても済む。何故《なぜ》なら、この異世界にも名代辻そばの店舗が出店しており、こうして目の前に大好きな冷したぬきそばが実在しているのだから。

「ありがとうございます」

ルテリアが礼を言うと、店員も「では、ごゆっくりどうぞ」と慇懃《いんぎん》に頭を下げ、厨房に戻る。

そうして再び冷したぬきそばとサシで向かい合うルテリア。何とも静謐《せいひつ》な時間だ。

「いただきます……」

日本で覚えた、食事に対する感謝の文言を唱える。そばという日本の料理を食べるに際し、これほど似合いの言葉もないだろう。

割り箸を手に取り、パキリと小気味良い音を立てて割る。

ゴクリ、と思わず喉が鳴ってしまった。その音には美味《うま》そうだというだけでなく、僅かに緊張の色が含まれている。何せ二年ぶりの地球の料理、辻そばの冷したぬきそばなのだから。

箸先を震わせながらそばを摑《つか》み、持ち上げる。存分につゆが絡んだ茹《ゆ》で立《た》てのそばが、キラキラと照明の光を反射している。この光沢の何と美しいことか。

この美しいそばを、そろそろと口に運ぶ。

ずる、ずるる、ずるるるる……。

サクサクサク……。

日本の麺は音を立てながら食べるのが粋なんだよ、と、そう教えてくれたのは叔母の夫、日本人の義理の叔父だ。彼の教えに従い、二年ぶりのそばも粋に音を立てて啜《すす》るルテリア。

嚙《か》み締《し》めれば冷たく締まったコシのあるそばが舌の上でプリプリと踊り、豊かなつゆの風味とそばの素朴な香りが鼻に抜け、一緒に含んだ揚げ玉がサクサクと香ばしく弾《はじ》ける。

「ああ、あぁ、美味しい…………」

その一口を飲み込むのと同時に、ルテリアの頰《ほお》を一筋の涙が伝った。

まさしく万感の想いがこもった、ルテリアの「美味しい」という言葉。その言葉に嘘偽りは欠片《かけら》もない。本当に、ただただ純粋に美味しい。かつては何度も食べた料理だというのに、その美味しさに感動して涙が出た。こんなことは生まれて初めてだ。それくらい美味しい。

次はわかめを口に運ぶ。祖国フランスでは食べることのなかったものだが、このクニクニとした食感が不思議とそばに合う。

次は辛味の利いたねぎと一緒にそばを。

次はまた揚げ玉と一緒にそばを。

次はわかめと一緒にそばを。

次の一口。

次の一口……。

ずるる、ずるるるる……。

サク、サクサク……。

ゴクゴクゴク……。

気付けばつゆまで全て飲み干し、どんぶりが綺麗《きれい》に空になっていた。

食べる前、ルテリアはあれだけ色々なことを考えていたのに、食べ始めてから今に至るまでの間は無心であった。ただただ、美味しいそばに向き合う。それだけの静謐な時間であった。

そして残ったのは、空になったどんぶりと、満たされた心のみ。

「美味しかった……。本当に、美味しかった…………」

そう言うルテリアの顔には、実に満足そうな笑みが浮いている。あんなふうに激しく泣きながらこの店に入って来た者が、食べ終わればこの笑顔。それは紛れもなく辻そばの持つ力だ。

「綺麗に召し上がっていただき、ありがとうございます。どうですか、お口に合いましたか？」

空になったどんぶりを回収しに来たのだろう、いつの間にか店員がルテリアの側に立っていた。

店内の客はルテリア一人。きっと、ルテリアが食べる様子を厨房から見ていたのだろう、彼もまた嬉しそうに微笑《ほほえ》んでいた。

そして、店員にルテリアも微笑みを返す。

「ええ。本当に……本当に美味しかったです。御馳走様《ごちそうさま》でした」

「ご満足いただけたようで何よりです」

店員は笑顔のまま頭を下げると、どんぶりを回収してルテリアに背を向けた。

そうして厨房に向かおうした彼の背に、ルテリアは「待って！」と慌てて声をかける。

「はい？　どうされました、お客様？」

店員が足を止め、ルテリアに向き直った。

仕事中に呼び止めたのは後で謝罪するが、でも、彼にはどうしても訊《き》いておかねばならないことがある。十中八九そうだと分かってはいても、やはり本人の口から直接聞いておかなければ確信が持てないからだ。

「店員さん……」

意を決したように顔を上げ、ルテリアは正面から店員の顔を見据える。

「はい、何でしょう？」

ほぼ分かり切った答えを訊こうとしているだけなのに、緊張感に胸がドクドクと脈打ち、掌《てのひら》にじっとりと汗が滲む。もし、違っていたらどうしよう。心の中でそんな不安が鎌首をもたげる。

だが、訊かない訳にはいかない。これはとても大事なことなのだ。

「店員さんは転生者……ストレンジャーですよね？」

ルテリアが思い切ってそう問いかけると、店員は明らかに動揺した様子で目を見開いた。

「えッ!?」

喉の奥が見えるほど大口を開け、瞬《まばた》きも忘れてルテリアを凝視する店員。

彼が驚くのも無理はない。

その特別な力の故、転生者はこの世界では貴人と認識されている。だが、同時にその特異な力を求める悪人たちにも身柄を狙われることになるのだ。

身の危険を考え、ルテリアも周囲に自身の身の上を明かしたことはない。親しい付き合いがある者にすらもだ。

きっと、彼も自身が転生者だということは秘密にしているのだろう。それを初対面のルテリアが言い当てたのだから、驚かない方が逆におかしい。

「それも地球の、日本から来た方。そうですよね?」

「えぇぇッ!?」

うろたえた様子で大きな声を上げる店員。

その様子を見て、ルテリアは思わず苦笑してしまった。

大型新人ルテリア加入!!

何故《なぜ》だかは分からないが、泣きながら店に入って来た奇妙な女性。その女性がそばを食べ終わるなり、いきなりこんなことを訊《き》いてきた。

「店員さんは転生者……ストレンジャーですよね？」

「えッ!?」

「それも地球の、日本から来た方。そうですよね？」

「ええぇッ!?」

驚きのあまり、持っていたどんぶりを落としそうになる雪人《ゆきと》。

自分が転生者、この世界でストレンジャーと呼ばれる存在だということは、ハイゼンの忠告通り秘密にして誰にも話していない。この秘密を知っているのは、今のところハイゼンとアダマントの二人だけ。その秘密をどうして見ず知らずの女性が知っているのか。

騎士や文官など、秘密を知られたのが城に勤める者ならばまだ分かる。恐らくはハイゼンたちとの会話を盗み聞きしていたのだろうと想像が付く。

だが、目の前の女性は明らかに城勤めといった風貌ではない。腰に剣を差しているが、どちらかというと市井《しせい》の人間のように見える。話に聞いたダンジョン探索者というやつだ。

「ど、ど、ど、どうしてそのことを………ッ!?」

雪人は分かり易《やす》くテンパッていた。

ギフトのステータスによれば、この店舗には悪意や害意のある者は入れないとのことだから、少なくとも彼女は自分を狙う悪人ではないのだろう。が、しかし、それでも初めて会う人間にいきなり自分の秘密を言い当てられたとあっては、警戒するなと言う方が難しい。

彼女は何者なのか。雪人の秘密を知った悪人の手先ということはないか。いざとなれば店を消してでも逃げた方がいいのではないか。

そんなことを考えていると、女性は雪人の内心を読み取ったかのように苦笑した。

「驚かせてしまってごめんなさい。でも、私も貴方《あなた》と同じなんです」

「へ？　同じって……？」

「私も転生者、ストレンジャーなんです」

「え、えぇッ!?」

突然の告白に、雪人は驚愕《きょうがく》して声を上げた。

「本当ですか!?　本当に、貴女《あなた》も俺と同じで転生者だというんですか!?」

ハイゼンによると、このアーレスには雪人のような人種、この世界ではヒューマンと呼ぶらしいのだが、ともかく東洋人タイプの人間はいないそうだ。

また、黒色人種タイプのヒューマンというのもこのカテドラル王国では珍しいのだという。彼ら黒色人種が住むのは、もっと大陸の西の方とのこと。

ここらへんで一般的な人間といえば白色人種なのである。とどのつまり、彼女はどうにも現地の人間にしか見えないのだ。

彼女が本当に雪人と同じ境遇の人間だというのなら、この出会いには大きな意味がある筈《はず》。しかしながら雪人としては彼女が嘘《うそ》を言っている可能性も捨て切れないと、そうも思うのだ。

「いや、でも、それにしたって……」

と、怪しむ雪人を制するよう、女性は苦笑を浮かべたまま話し始めた。

「確かに私も異世界人に見えると思います。典型的な白色人種ですし、現地人と同じ格好をしていますから。でも、私も地球からこのアーレスに転生したんです。私、元はフランス人です」

雪人の疑問を払拭するよう、彼女はそう答える。

ハイゼンの口からは出なかったフランスという国名。これで一気に彼女の言葉に信憑性《しんぴょうせい》が出て来た。彼女の言葉が嘘ではないと見るべきだろう。

だが、それでも雪人にはひとつだけ引っかかるところがあった。

「ほ……本当に？　本当にフランスの方なんですか？」

「嘘ではありません。信じてください」

「俺だって信じたい。でも、大公閣下は、最後にこの国で発見されたストレンジャーは、三〇年前に現れたケニアの少年だって言ってたんですよ」

そう、そこに雪人は引っかかっているのだ。

ハイゼンによれば、ケニアの少年を発見し、次に雪人に出会うまでの三〇年間、このカテドラル王国で転生者は確認されていないとのこと。

現地に馴染《なじ》んだ彼女の様子からして、昨日今日に転生してきた者だとは到底思えない。

だとすると、彼女は今日に至るまで自身の身の上を秘密にし続けてきたのだろう。

この世界で長いこと暮らしてきたのなら、転生者は貴人扱いで手厚く保護されるというのは彼女も理解している筈。なのにどうして素性を隠す必要があるのか。

その疑問にも、彼女は苦笑しつつ答えてくれた。

「この国では転生者が手厚く保護される対象だということは、私も知っていました。けど、悪い貴族やマフィアのような人たちに捕まったり、都合良く利用されることもあると思って、自分の素性は今日までずっと、誰にも明かさず黙っていたんです」

確かにハイゼンもそういう可能性があるとは言っていた。転生者が持つ特別なギフトや異世界の知識を狙う悪人が、残念ながら少なからず存在すると。

「私、最初はこの街の北にある、オロアという町の近くに転生したんです。けど、そのオロアの領主、マフデン子爵は典型的な悪徳貴族でした。大公閣下はマフデン子爵みたいな方ではない、それは分かっています。けど、それでも貴族に対する悪印象はどうしても拭えなくて……」

そう言う彼女の表情は、何処《どこ》か悲しげであった。きっと、そのマフデン子爵とやらに悪い意味で思うところがあるのだろう。

権力を持った悪人がどれだけ厄介かということは雪人にも分かる。何せ悪事を揉《も》み消《け》したり、理不尽を正当化する力があるのだから。

雪人は幸運にもハイゼンの庇護下《ひごか》に入れてもらえたが、彼女の場合はまず当初の環境が恵まれていなかった。貴族への警戒心が拭えないのも当然のことだ。

「そうでしたか。きっと、お客様もおつらい思いをされたんでしょうね……」

彼女に比べれば雪人は随分と恵まれている。少なくとも悪徳貴族に脅《おび》えるようなことにはならなかったのだから。

彼女への同情心から、思いがけず場にしんみりとした空気が漂い始めた。

そのちょっと沈んだ雰囲気を払拭するよう、女性が強引に笑顔を作って口を開く。

「…………あ、そうでした、名乗りもせずにごめんなさい。私、ルテリア・セレノと言います」

そう名乗り、丁寧に頭を下げる女性、ルテリア。

日本人の習性として、相手に頭を下げられれば自分も下げずにはいられない。

「あ、これはご丁寧にどうも。俺は……いえ、私は初代雪人《はつしろ》と申します。当店の店長です」

雪人も名乗り、深々と頭を下げる。

「初代さんですか……？」

何処か気になるところでもあるのか、雪人の名前を聞いた途端、ルテリアは何故か眉間にシワを寄せて神妙な面持ちを浮かべた。

「私の名前が何か？」

「いいえ、私の叔母は日本の方と結婚したんですけど、その方も初代さんという苗字《みょうじ》だったんです。義理の叔父と同じだなあ、と、そう思って……」

聞いて、雪人も「へえ」と唸《うな》る。

初代という苗字はそこまで珍名でもないが、鈴木や田中のようにありふれている訳でもない。

「偶然の一致ってやつですかね？」

「でしょうね。義理の叔父は初代雪彦《ゆきひこ》さんと言うんですけどね」

「えッ!?　い、今……何て？」

思わず、雪人は声を上げていた。

「え……？　初代……雪彦さんと…………」

初代雪彦。雪人はその名前には聞き覚えがある。いや、あり過ぎる。こんな奇跡のような偶然があっていいのだろうか。あの神は何という数奇な運命を雪人にもたらすのか。

「…………もしかして、ルテリアさんの叔母さん、アマンダさんというお名前じゃないですか？」

雪人がそう訊くと、ルテリアは驚いた様子で目を見開いた。

「えッ!?　ど、どうしてそれを!?」

「やっぱりそうなんだ……」

「あ、あの……？」

混乱しているルテリアに説明するよう、雪人は答える。

「俺の兄貴も、初代雪彦って名前なんですよ！　多分、貴女の言っている初代雪彦は、俺の兄貴と同一人物だ!!」

「えぇぇ、ウソォ!?」

そう驚愕するルテリアに対し、雪人は首を横に振って見せた。

「いや、間違いないです。俺の兄貴、フランス人のアマンダさんて人と結婚しましたから。結婚して初代の姓になったけど、結婚前の苗字は確か……モントレーだったかな？」

雪人にとっては何年も前、遠い昔の記憶だが、しかし他ならぬ自分の兄嫁に関することだ、それを簡単に忘れることはない。

「………叔母の旧姓も確かにモントレーです。アマンダ・モントレー。叔母と一致します」

そう言うルテリアの声が僅かに上擦っている。恐らくは、この神が仕組んだのであろう奇妙な偶然に感情が付いていかないのだろう。

神がこの数奇な出会いを演出する為《ため》だけに、縁者である雪人とルテリアに死の運命を与えて転させたとは思いたくないが、しかし何もかもが偶然とは思えないのもまた事実。

もし可能であるのなら、あの神にこれはどういうことなのかと詰問したいくらいである。

「驚いたな……。まさか今日会ったばかりの人とこんな繋《つな》がりがあるとは思わなかった」

言いながら、雪人は腕を組んで深く頷《うなず》く。

ここでふと気付いたというように、ルテリアがハッと顔を上げた。

「でも私、日本に留学して叔母の家に二年も居候していたのに、雪人さんに会ったことありませんでしたよ？　叔父さんの実家にも行ったのに」

雪人も雪人でルテリアの存在は知らなかったが、しかしそれには理由がある。

「だろうね。俺、大学を卒業してからずっと何年間も、それこそ死ぬまで実家に帰らなかったし、同じ東京にいたのに兄貴にも会ってなかったから……」

雪人の兄、初代雪彦が結婚したのは、雪人が大学を卒業する直前の三月のこと。

その時に北海道の実家に呼ばれ、初めて兄が結婚することを知らされた。兄のお相手はフランスから来た女性、アマンダ・モントレー。

だが、彼女に会ったのはその一度きりで、兄夫婦は籍を入れただけで結婚式は挙げなかった。それに雪人は大学を卒業してすぐ週刊連載が始まり休みなく働き続け、その結果あえなくドロップアウト。再起するまでは引きこもり同然の暮らしだったし、辻《つじ》そばで働き出してからは生き甲斐《がい》を見つけたとばかりに仕事に打ち込んだので、やはり兄夫婦や両親に会うこともなかった。

きっと、ルテリアは雪人が大学を卒業してからトラックに轢《ひ》かれるまでの間に来日し、雪人が死ぬよりも先に命を落としたのだろう。

「雪彦さんから漫画家をしていた弟さんがいることは私も聞いていましたけど、それがまさか雪人さんのことだったなんて……」

ルテリアも感慨深げに頷いている。

それから、お互いの境遇について詳しく話し合った二人。

雪人は漫画家になってから辻そば時代を経て死ぬまでのこと、そして異世界に転生した目的を話し、ルテリアは日本に留学してからのこと、自分が亡くなった経緯から転生して今日に至るまでの二年間のこと、更には自分がもうダンジョン探索者として限界に近いことを切々と語った。

そうして話し合う中で発覚したのは、ルテリアが漫画家時代の雪人の作品を読んでおり、フランスの実家には単行本まであるのだという。

漫画家時代は本名からかけ離れたペンネームを使っていたので、話を擦り合わせるまで分からなかったみたいだが、雪人が自分の好きな漫画家の一人だと分かると、ルテリアは明確に興奮した様子で如何《いか》に雪人の作品が好きかということ、そして唐突に連載が終わり、その後新作が出なかったことが如何に悲しかったかということを切々と訴えた。

実に活《い》き活きと語るルテリアを見ながら、雪人は彼女のことを慮《おもんぱか》る。

確かに雪人にもつらいことがあり、理不尽な死に方をした。だが、話を聞く限りルテリアもまた理不尽な死に方をし、現在進行形でつらい生活を送っている様子。

転生後の生活はギフトの力で思うがままというふうに神は言っていたが、異世界であろうとそこに住めば待っているのはその世界に則した現実。転生者だからと誰も彼もが薔薇色《ばらいろ》の人生を送れる訳ではない。そこは地球と同じだ。

「……そりゃあしんどいわな。何年も家族に会ってない俺でさえ昨日の夜はちょっとつらかったんだ、俺よりもずっと家族愛が強い君が、それでも今日までよく一人でがんばったよ」

ルテリアの身の上話を全て聞いた雪人は、聞き終わるや思わずそのように言っていた。

雪人とは違い、彼女のギフトは完全に戦闘に特化したもの。日々の生活における利便性がほぼないに等しい。そんな中、地球とは全く違う環境で生活するのはさぞ不便だったろうし、理解者が一人もいないことは何よりつらかっただろう。

そのつらい生活を耐え抜いたルテリアの根性は大したものだ。

が、当の本人は、雪人の言葉を受け、俯《うつむ》き加減で乾いた笑みを浮かべている。

「でも、私もうがんばれそうもありません。もう戦いたくないいんです。仲間が死んだり傷付いたりするのも見たくないし、自分が死ぬのも嫌なんです」

「そりゃ当然だよ。君は至ってまともな感性の持ち主だ」

ルテリアは元来が兵士でも何でもないただの大学生だ。ダンジョン探索者という過酷な職業を二年も続ければ、肉体、精神共に限界が来るのは当然のことと言えよう。

「私はもう戦いたくない。でも、私は剣王のギフトを選んでしまった。戦う以外に得意なことが何もないんです。嫌でも戦わないと生きていけないいんです……」

そう言って目に涙を溜《た》めるルテリア。

もう何もかもが限界で、心身はとっくに悲鳴を上げているのにやるしかない。

己に鞭打《むちう》つようなルテリアの痛々しい姿が、身体《からだ》を壊してまで働き続けた漫画家時代の雪人の姿と重なって見える。

これは放っておけない、放っておけば彼女が壊れてしまう。

「そんなことないいんじゃない？」

雪人がそう言うと、ルテリアは驚いたような表情で顔を上げた。

「え？」

「だって君、絵を学びに芸大行ってたんでしょ？　なら、絵を描くのは得意な筈だ。地球人はギフトなんかなくたって上手な絵を描ける。ダ・ヴィンチだってピカソだって北斎《ほくさい》だって、ギフトなしで傑作を残してきた。そうだろ？」

地球人にはギフトがなくとも才能はある。無論、その才能にも大小はあるだろうが、ルテリアは大学で絵の才能を磨いている。剣以外に取り柄のない人間ではない筈だ。

今のルテリアは、どうにもそのことを忘れているように思えてならない。ならば、それを思い出させ、彼女が少しでも自信を取り戻せるように背中を押すのは、同じ地球人であり、かつ、ほんの少しばかり彼女より大人でもある雪人の役目だろう。

「それは、そうかもしれませんけど……」

雪人の言葉を聞いたルテリアはほんの一瞬だけハッとしたような様子だったが、またすぐに表情を曇らせてしまった。

だが、それでも雪人の言葉は、これまで誰にも心を許せなかったルテリアに届いている筈。彼女の為にもここで中途半端に言葉を止めるべきではない。

「それにね、別に得意なこと以外やっちゃいけない、なんてこともないんじゃない？　得意じゃないけど好きなことって誰にでもあるでしょ？　ギフトっていう特別な力が存在する異世界だからって、そのギフトに沿った生き方しか許されていない、なんてことはないと思うんだ、俺」

雪人とて別に料理が得意だった訳ではない。元々は味噌汁《みそしる》すらまともに作れなかったくらいだ。

そんな男が、好きだという一心だけで名代《なだい》辻そばの門戸を叩《たた》き、店長にまでなった。まあ、店長として働く前に死んでしまったが、それについて今は言いっこなしだ。

ともかく、得意ではないこともやってやれないことはない。雪人はルテリアにそう伝えたかった。

「でも、剣以外でどうやって生きていけばいいんですか？　私は確かに普通の人より絵が上手《うま》いと思います。でも、それは素人《しろうと》レベルの話で、絵のギフトを持っている人には絶対に敵《かな》いません。雪人さんは知らないと思いますけど、美術系のギフトを持っている人って結構いるんです。私が今更筆を取ったところで、それで食べて行くことなんてとても……」

ルテリアの言うこともまた真理。

この世界には、地球にはない重大な要素が明確に存在している。ギフトだ。才能とギフトの方向性が一致し、尚且《なおか》つ研鑽《けんさん》を重ねた者に対し、才能と研鑽だけで挑む者は敵わないのだろう。

だが、全くチャンスがない訳でもないと、雪人はそうも思う。この世界でまだ先駆者のいない分野でがんばればいいのだ。未開拓の分野ならば先行スタートのアドバンテージがある。

「だったらうちで働いてみる？」

雪人がそう提案すると、ルテリアは目を丸くして驚いた。

「えッ？」

「君、辻そば好きなんだよね？　特に冷したぬきが」

「は、はい……」

「なら、うちで働きなよ。今はまだ店を出したばかりだから俺一人でも回せるけど、いずれは人を雇おうと思ってたんだ。日本で辻そばに通っていた君ならゼロからそばのことを教えなくても大丈夫だろうし、何より辻そばに愛着を持ってくれている。剣の腕があるからいざって時にも心強い。

それに義理とはいえ兄貴の姪《めい》っ子《こ》だ。見捨てることなんて出来ないよ」

ハイゼンの言を信じるなら、この世界にそばは存在しない。つまり、現状雪人のみがそばという新ジャンルの料理で先行スタートを切り、独走出来るということだ。

今ならルテリアにも雪人と並走するチャンスがある。ダンジョン探索者を辞め、雪人と一緒に辻そばで働くチャンスが。

辻そばが好きな彼女には自分と一緒に働く資格があると、雪人はそう考える。

まさか自分を雇ってくれるなどとは思っていなかったのだろう、唐突に訪れたこの大きなチャンスに、ルテリアは考え込む様子もなく唖然《あぜん》としていた。

「い……いいんですか？　私、飲食店でバイトしたこともないですけど…………？」

震える声でそう言葉を返すルテリア。

このチャンスは絶対に逃したくない、差し伸べられた手を取って現状を脱したい、しかし本当にそこまで雪人に甘えてしまって良いものだろうか。

彼女の胸中としては、そんなところか。

雪人としては勿論《もちろん》問題ない。むしろ大歓迎だ。

「仕事は俺が教えるから大丈夫。何しろ、死ぬ前は水道橋店《すいどうばし》で店長だったんだ。店員への指導も心得ているよ。まあ、水道橋店の開店初日に死んじゃったんだけどね、俺……」

言いながら、雪人は自嘲気味に笑う。

名代辻そば水道橋店が開店するその前日まで、雪人は本社の研修施設で他の社員と一緒にオープニングスタッフを指導していた。結局は彼らの活躍を見る前に死んでしまったが、あの後、彼らはどうなったのだろうか。

非常に気になるところではあるが、異世界に転生した今となっては、それを知る術《すべ》もない。

「…………」

ルテリアは返事をせず黙って熟考している。この選択の如何に己の今後の人生がかかっているのだから、慎重に言葉を選んで答えを出そうとしているのだろう。

その様子に、まるで就活生を見ているようだなと、雪人は思わず苦笑する。

「福利厚生とかはないに等しいんだけど、給料はしっかり払うし、まかないも三食付けるよ。店の二階には俺の部屋があるんだけど、同居って形で構わないなら寝床も提供する。上の部屋、俺が日本で借りてたマンションの部屋と同じ造りになっててさ、テレビもあって地上波は映らないんだけど、ＤＶＤとかは見れるんだ。コンポがあるからＣＤも聞けるよ。俺の趣味のＣＤしかないけど。それに漫画もあるし。ああ、誓って手は出さないから、そこは安心して。まあ、君の方が強いからいらない心配だろうけど。とにかく、どうかな、俺と一緒に辻そばで働いてみない？」

一息にそう言ってから、雪人は今一度ルテリアにそう問うた。

確かにこの提案は切羽詰まった彼女を助ける意味もある。だが、それ以上に日本のことを、そして辻そばのことを知る人と一緒に働くことが出来れば、それは何より心強いとも思うのだ。

ルテリアならば給仕としてだけではなく、いざという時には用心棒の役目も果たしてくれる筈。共に働くのに彼女ほどの適任者はいない。雪人としては是非とも欲しい人材だ。

彼女の決断や如何に。

雪人が答えを待つよう黙って見つめていると、ルテリアは表情を正して顔を上げた。

「…………はい。ここで働かせてください。よろしくお願いします、店長」

殺伐としたダンジョン探索者の世界から足を洗い、命の危険とは無縁な堅気の仕事に就く。

そう心が決まったのだろう、笑みを湛《たた》えながら頷くルテリア。その顔は先ほどまでの苦悩に満ちたものではなく、実に晴れやかである。

「ああ、これからよろしく、ルテリアさん」

そう言って雪人が右手を差し出すと、ルテリアははにかみながらその手を取った。

大型新人とカレーの相乗効果は凄《すご》いですわ

思いがけずこの異世界で出会った兄の義理の姪《めい》、ルテリア。

彼女は早速、採用が決まった翌日から探索者稼業を休止して辻《つじ》そばで働き始めた。

通常、ダンジョン探索者は複数人のパーティーを組んでいるので、引退するにしても引き継ぎ作業で即日辞めることなど出来ない。

本来はその筈《はず》なのだが、ルテリアの場合はピンチヒッター的に色々なパーティーに雇われる形でソロ活動をしていたので、例外的にすぐ辞めることが出来た。

また、辞めたと言ってもダンジョン探索者としての資格をギルドに返上した訳ではなく、あくまで活動休止という形を取っている。これは二人で相談した結果、もしも雪人《ゆきと》に何か大事があって辻そばが続けられなくなった場合、またルテリアが自活出来るようにと、あえてそういう形にした。

雪人は社員寮を勧めるような気持ちで同居を提案したのだが、彼女は自身で取った宿の契約がまだ半年以上残っているのだという。すでに半年分の宿賃も前払いで支払ってしまったので、その期間が終わるまでは通いで働くことになった。

同居するかどうかは、半年経《た》ってからまた改めて考えるそうだ。

初めての飲食店勤務ということで、ルテリアも勤務初日はあたふたしていたのだが、元来要領が良いのだろう、彼女は勤務二日目には並のバイトと同じくらい動けるようになっていた。

料理の方はからきしということなので、厨房《ちゅうぼう》には立たせていない。今のところ接客と配膳、それに会計が彼女の主な仕事である。

彼女には店の顔になってもらうつもりだ。

ルテリアという大型新人が加入した効果は絶大で、その日のうちから如実に客足が伸びた。ほとんどは城の騎士や兵士たちなのだが、男性客が驚くほど大勢来るようになった。

美女目的で店に通う男たち。いつの時代も、そしてどんな世界でも男性というのは分かり易《やす》いものらしい。

これに加え、更にはルテリアの知り合いだというダンジョン探索者たちが噂《うわさ》を聞いて店に来るようになり、雪人のギフトは開店三日目にしてレベル四に上昇、念願だったカレーライスがメニューに追加された。

ちなみに、レベルが上がったギフトの詳細は次の通り。

ギフト：名代辻そば異世界店レベル四の詳細
名代辻そばの店舗を召喚するギフト。

店舗の造形は初代雪人が勤めていた店舗に準拠する。

店内は聖域化され、初代雪人に対し敵意や悪意を抱く者は入ることが出来ない。

食材や備品は店内に常に補充され、尽きることはない。

最初は基本メニューであるかけそばともりそばの食材しかない。

来客が増えるごとにギフトのレベルが上がり、提供可能なメニューが増えていく。

神の厚意によって二階が追加されており、居住スペースとなっている。

心の中でギフト名を唱えることで店舗が召喚される。

召喚した店舗を撤去する場合もギフト名を唱える。

今回のレベルアップで追加されたメニュー：カレーライス、カレーライスセット、ミニカレーセット
次のレベルアップ：来客五〇〇人（現在来客八二人達成）

次のレベルアップで追加されるメニュー：天ぷらそば

今回追加されたメニューはカレーライス単品に加え、かけそば又はもりそばが付属するカレーライスセット、それにミニカレーにかけそば又はもりそばが付属するミニカレーセットだ。

数多《あまた》の香辛料を混ぜ合わせ、それを野菜や肉と一緒に煮込み、たっぷりと旨味が溶け込んだスパイシーなカレーライスは、老若男女を問わず絶大な人気を誇る料理。発祥が外国でありながら、今日において日本人の国民食とまで呼ばれる偉大な逸品である。

そして、忘れてはいけないのがカレーライスに付属する福神漬け。一際目立つ真っ赤な色で、味わいは甘じょっぱいこの漬物がまた箸休めに最適なのだ。食感は大根や蓮根《れんこん》といった根菜が中心なのでカリカリコリコリ面白い。

雪人が当初思っていた通り、カレーライスは提供初日から異世界の人たちの間でもダントツの人気を誇るキラーメニューとなった。

それもカレーライス単品ではなく、カレーライスセットの方がバカスカ売れる。特に売れるのがかけそばとのセットで、スパイシーなカレーをさっぱりとしたそばつゆで流し込むのが堪《たま》らなく美《う》味《ま》い、というのが食べた人たちの弁だ。

腹を減らした働き盛りの男たちはガッツリとしたセットメニューを好む。

これから女性客が来るようになれば、カレーライスセットよりはもう少しボリューム抑え気味のミニカレーセットも出るようになるだろう。

どんなお客にしろ、年齢、性別、そして人種によらず辻そばを楽しんでほしいものである。獣に近い姿をした人たちや、魔物の特徴を持つ人たちが辻そばのカレーライスを食べた時、どんな反応をするのだろうか。何とも楽しみなものである。

ちなみにルテリアにもまかないでカレーライスを出してみたのだが、彼女はこれを食べた時もグスグスと泣いていた。彼女曰《いわ》く、

「もう二度とお米なんて食べられないと思っていたから嬉《うれ》しかったんです。それがカレーライスなんて最高の形で食べられたんだから、感動するのは当たり前じゃないですか」

とのこと。

二年も日本食から離れていた人間の言葉だけに、じつに実感がこもっている。

ルテリアは客ではなく従業員だが、辻そばのメニューで感動してくれたのなら雪人も嬉しい。これまで異世界で苦労してきた彼女には、これからも食で感動し続けてもらうつもりだ。

雪人もカレーライスを食べてみたのだが、紛れもなく辻そばのカレーだった。

辻そばのカレーライスは、普通のカレーとは一味違う。ただのお湯でルーを溶いたのではなく、そば用の出汁《だし》が入っているのだ。

この出汁がまた良い仕事をしてくれる。イギリスから伝わった欧風のカレーが、一気にそばと親和性の高い和風に変貌するのだ。ギフトで作っているものなので焦げ付いたりもせず、香りが飛ぶようなこともない。

そばと同様、カレーライスもいつでも最高の状態で客に出せるのがありがたい。

大型新人のルテリア、そしてカレーライスという大型補強が入ったことにより、辻そばの来客はこれからもっともっと、爆発的に増えていくだろう。この分なら一〇日もかからずレベル五にいけるのでないだろうか。

今はまだ、客層も騎士と兵士、ダンジョン探索者が中心だが、これからメニューが増えてゆけば

他の一般客も来てくれるようになる筈だ。

「辻そばをこの街でお馴染《なじ》みの店にしてやる！」

そう意気込み、雪人は今日も店を開ける。己の魂とも言える名代辻そば異世界店を。

騎士セント・リーコンと郷愁のほうれん草そば

セントは農民の子として生まれた平民だったが、メイスのような打撃武器に抜群の冴《さ》えを見せるギフト『クラッシュヒッター』を授かったので、成人すると旧王都へ出て兵士になった。

元来が貧しい農家の子、しかも上には五人も兄たちがおり、下にも三人の弟妹がいたので、家に残るという選択肢はそもそもなかったとも言える。

セントは昔から頑固だが生真面目な子で、親や上の兄たちに言われたことには素直に従い、家の手伝いも率先して行っていた。

その生真面目な性格は兵士という職業には向いていたようで、平民としてはかなり出世して、己の隊を率いる小隊長にまで昇進したのである。

だが、それ以上の昇進はない、平民ではどうがんばってもここいらが頭打ちだということもセントは理解していた。何故《なぜ》なら、兵士から騎士になれるのは基本的に貴族家出身の者だけだからだ。

昔、まだカテドラル王国がウェンハイム皇国と戦争をしていた頃は、平民でも武功を立てれば騎士として取り立てられることがあったそうだが、今は何処《どこ》とも戦争などしていない平和な時代、滅《めっ》多《た》なことでは武功など立てられない。

が、幸か不幸か、セントは街道の巡回任務中に商隊を襲う盗賊の一団を発見し、これを単独で撃破したことで叙爵、平民出身ながらリーコンの家名を得て騎士爵となった。

騎士爵は子に爵位を継がせることが出来ず、誰かに爵位を譲ることも禁じられた、所謂《いわゆる》一代貴族なのだが、それでも平民としてみれば異例の大出世だと言えよう。

普通は盗賊退治だけで平民が叙爵することなどない。だが、襲われていた商隊が国内で最も力を持つタンタラス商会だったこと、そして商隊を率いていた商会の番頭、会頭に次ぐナンバーツーのパノンが上に進言してくれたこと、更に、討ち取った盗賊の中に、賞金首として指名手配中の元ダンジョン探索者がいたことが考慮され、セントは運良く騎士になることが出来たのだ。

まさしく幸運の星。セントは平民出身兵士たちの羨望の的であった。無論、幸運だけで騎士になれた訳でもなく、セントの真面目な勤務態度や兵士としての実力も考慮されてのものだが、セント本人ですらも運が良かっただけだと、そう思っている。

貴族家出身の先輩騎士たちもセントの実直な人柄と黙々と職務に励む姿勢、そして実力に一目置いていたので、幸いにして今日これまで誹謗《ひぼう》中傷や嫌がらせを受けたようなこともない。

だが、せっかく異例の昇進を遂げたというのに、セントの仕事は一気に暇になってしまった。雑務の多い兵士から上級職である騎士になったことでその雑務がなくなり、兵士時代にもしていた訓練と、城内の警護といったさして危険を伴わない仕事ばかりになったからだ。

無論、仕事が楽になったからと給金が減った訳でもない。むしろ兵士時代と比べて倍以上の給金がもらえるようになった。良いこと尽《ず》くめである。

が、セント本人はそのことにさして喜んでもおらず、むしろ浮かない顔をしている始末。

こんなことを言うのは贅沢《ぜいたく》だが、どうにも仕事にやり甲斐《がい》がなくなってしまったような気がしてならないのだ。何せ、セントの根っこはあくせく働く農民なのだから。

そんな折、セントは突如として騎士団の団長であるアダマントに呼び出された。

唐突な上司からの呼び出しに些《いささ》か不安を感じるセント。別に仕事でヘマはしていない。やり甲斐こそあまり感じていないが、それでも職務で手を抜いたことはないし、誰かに内心を吐露したこともない。酒も嗜《たしな》まないので前後不覚で口を滑らせたこともない。

もしかすると自覚なく、知らず知らずのうちに日頃の不満が態度に出ていたのではなかろうか、まさかこれが原因で騎士から兵士に降格されるのではないか。

そんなふうにもやもやとした不安を抱いたまま、しかし努めてそれは顔に出さず、セントは早速アダマントの執務室に赴いた。

「団長、セント・リーコン、出頭いたしました」

執務室のドアをノックし、アダマントの返事を待つ。

「うむ。入ってくれ」

中からアダマントの声が返ってきたので、ゆっくりとドアを開けて頭を下げる。

「失礼いたします」

騎士の礼として胸に手を当てたまま深々と敬礼し、顔を上げるセント。すると、セントの目に信じられないものが映った。

「こ……これは閣下！」

セントは驚きのあまり声を上げてしまった。何と、室内にはアダマントだけでなく、何故《なぜ》か大公であるハイゼンまでもがいたからだ。

アダマントは自身の事務机の前に座っており、ハイゼンは来客用のソファに座って静かに茶を飲んでいた。

「邪魔をしているぞ」

そう言って鷹揚《おうよう》に手を上げるハイゼン大公。

まさかこの街のトップであるハイゼンまでもが同席しているとは思っておらず、セントは慌てて敬礼の姿勢に戻る。

「よい、楽にせよ、セント・リーコン卿《きょう》」

まるでイタズラが成功した少年のように笑いながら、ハイゼンがそう促してきた。

いつも難しそうに眉間にシワを寄せていた大公閣下がこのように朗らかな顔をするとは、何という変わり様だと内心で驚きながら、しかしそれを言葉にすることなくセントは口を開く。

「恐れながら閣下、私のような下位の者が同席など……」

ハイゼンは楽にしろと言ってくれるが、しかし不敬に当たるのではないか。そう思ってアダマントに顔を向けると、彼も苦笑しながら頷《うなず》いた。

「構わん。そう肩ひじを張らず楽にせよ、セント。閣下もそう仰《おっしゃ》られているでな」

「は……」

二人が揃《そろ》って楽にしろと言ってくれたので、セントもそれで若干緊張が和らいだ。

「かけてくれ」

言いながら、アダマントはハイゼンの対面にあるソファを指差すのだが、流石《さすが》に騎士爵如《ごと》きが大公の真正面に座るなど恐れ多いと思い、慌てて首を横に振る。

「いえ、自分は立ったままで……」

と、セントの言葉の途中にもかかわらず、それを制するかのようにハイゼンが口を開いた。

「いや、構わん。かけてくれ。少々込み入った話をする。貴公が立ったままでは話し難《にく》いでな」

ハイゼンにそう言われたのでは、立ったままでは逆に不敬。恐縮ではあるが、セントはその大きな身体《からだ》を縮めるようにそっと席に着く。

「………失礼いたします」

「すまんな、事前の知らせもなく同席してしまって。許せ」

茶を飲んでいたカップをソーサーに置き、ハイゼンがセントに対して軽く頭を下げる。

セントはまたも慌てて首を横に振った。

「いえ！　そんな！　とんでもございません、閣下！」

ハイゼンはセントから見れば天上の人物。この国で唯一大公位に就いている貴族の頂点であり、尚且《なおか》つ王弟なのである。

そんな天上人がセントの如き似非《えせ》貴族に頭を下げるなど、本来絶対にあり得ないことだ。

ハイゼンが身分を笠《かさ》に着ない貴族の鑑《かがみ》のような人物だとセントも理解はしているのだが、軽々にそんなことをされてはかえって心臓に悪い。

普段は生真面目で表情の硬いセントがあたふたしているのが面白いのだろう、ハイゼンとアダマントは揃って笑っている。

ややあってから二人とも表情を改め、本題に入るとばかりにアダマントが重々しく口を開いた。

「これより話すことはな、セントよ、私と閣下しか知らぬ秘中の秘だと、そう心得よ」

「は。このセント・リーコン、誓って他言はいたしません！」

騎士団長であり伯爵でもあるアダマントと、貴族の頂点に立つハイゼンしか知らぬ秘密の話。そのようなことを聞かされるとあっては、セントの緊張も否応なしに高まろうというもの。話の内容は分からないが、その秘密は墓まで持って行かなればならない類《たぐい》のものだろう。

セントが胸に手を当てて宣誓すると、アダマントは「うむ、結構」と頷いた。

「それでは、話をする。閣下、お願いいたします」

アダマントが顔を向けると、ハイゼンも応じるように頷く。

「リーコン卿、貴公は先日私が保護した、ユキト・ハッシロ殿のことを存じておるか？」

そう問われ、セントはすぐに頷いた。

「はい。私も閣下の護衛としてその場におりましたので、はっきりと覚えております。確か、食堂を召喚する不思議なギフトの持ち主だったかと。今は城壁の一角に店を出しているとか」

ハイゼンの護衛として王都へ赴いた帰路でのこと。アルベイルへと繋《つな》がる街道の途中に、往路では何もなかった原っぱのような場所に、いつの間にか店らしきものが立っていた。前面が木でも石でもない、正体不明の透明な板張りになっており、入り口が自動で開く不思議な店だ。

セントはその店に入った訳ではないし、ハッシロ某《なにがし》と会話した訳でもないのだが、そのギフトの特異性と、遠目から見た本人の異質さも相まってその時のことをよく覚えている。

そこにどういう意図があるのか、セントのような下っ端には何も分からないが、彼は即日ハイゼンの庇護下《ひごか》に入ることとなった。

ハイゼンが自ら進んで誰かを庇護下に置くことなど、セントの知る限り初めてのこと。今まではどんな権力者や資産家が擦り寄ってこようと全て払い除《はらの》けてきたのに、裕福そうでもない、困窮している訳でもなさそうなただの平民を庇護するとはどういうことなのか。

故に、あの場にいた騎士たちの間では、彼のことは結構話題に上るのだ。あの男は一体何者なのだろうかと。

現に、ハイゼンはハッシロ某のことを上位貴族のように殿付けで呼んでいる。それに貴族でもなさそうなのに家名を名乗っていることもまた不思議で、目下のところ全くもって謎の人物だ。

「おお、そうだった、そうだった。あの時は貴公もいたのだったな」

そう言うハイゼンにセントも頷きを返す。

「はい。ただ、自分は店に入ったことはありませんが」

ハッシロ某を保護してアルベイルに帰還した翌日、彼はハイゼンの肝煎りで城壁の一角を提供され、そこに例の店を出した。

そこまで興味もないので店に入ったことはないが、外に用事があって前を通りかかった際、現れた店は分厚い城壁を貫通するように同化していたのをセントも見ている。あんなギフトはこれまで一度として見たことがないし、聞いたこともない。

「……貴公、もしや今まで一度もハッシロ殿の店に行っていないのか？　あの美味なる料理を未《いま》だ口にしていないと？」

ハイゼンは信じられないというような顔をしてそう訊《き》いてくるのだが、セントはそんなにおかしなことだろうかと思いながら頷いて見せた。

「はい。食事はいつも宿舎の食堂で済ませておりますれば」

宿舎とは、旧王城内部にある騎士団専用の兵営のことだ。この中に騎士用の独身寮も併設されている。平の兵士たちは全員大部屋で、騎士と役職に就いている兵士には個室が宛《あて》がわれる。そして料理など出来ない者ばかりの男所帯なので、当然ながら内部に食堂もあるのだ。

「三食全て宿舎の食堂でか？」

ハイゼンの問い、これにもセントは頷く。

「は。左様であります」

「いやはや、これは、何ともまた……」

半ば呆《あき》れるようにしてハイゼンは腕を組む。見れば、アダマントもまた微妙そうな顔をしてセントのことを見つめていた。

いたたまれないとでも言おうか、何とも居心地の悪くなる視線だ。

「あの……いけなかったのでしょうか？」

セントはただ単に宿舎の食堂で飯を食っていただけ。それが何故、呆れたような顔をされなければならないのか本気で分からない。

セントの不思議そうな顔に気付いたハイゼンが、苦笑しながら口を開いた。

「いや、そのようなことはない。宿舎の食堂は騎士、兵士からは金を取らぬでな。貴公も含め、我ら貴族は庶民の範たらねばならぬ。質素倹約は美徳である」

「は……」

セントとしては別に倹約しているつもりはなく、一日三食をちゃんと食べさせてもらえるのなら何処で食べようが何を出されようが、それこそ毎日同じメニューでも文句はないだけ。

元は満足に三度三度食うこともままならぬ貧しい農家の子。だから硬いパンと薄いスープ、それに質素なおかず一品しか出ない宿舎の食堂であっても構わず通い続けている。

宿舎の食事に我慢がならず、わざわざ金を出してまで外に食べに行く者たちを否定する気はさらさらないが、少なくともセントはあえて外食をしようとは思わない。それだけなのだ。

「ま、まあそれは別によい……。話の本筋ではないでな」

「はあ……」

そう生返事をするセント。何だか話をうやむやにされたような気もするが、ハイゼンが話の本筋ではないと言うのなら頷く他はない。

ハイゼンは仕切り直しとばかりにコホンと咳払《せきばら》いすると、改めてセントに向き直った。

「で、だ、リーコン卿、重要なのはここからだ」

「は……」

「先ほど言うたハツシロ殿なのだがな、彼はこの世界に来たばかりのストレンジャーなのだ」

「何と！　それはまことですか!?」

これにはセントも思わず驚きの声を上げる。

確かに珍しいギフトを持つ男だとは思っていたが、それだけでハイゼンのような大貴族が平民一人を庇護下に置いたりするものだろうかと疑問に思っていたのも事実。

まさか異世界からの来訪者、ストレンジャーだとは思ってもみなかったが、そう考えればこれまで腑《ふ》に落ちなかったことにも得心がいくというもの。

ストレンジャーはこの世界に革新をもたらす稀人《まれびと》であり、貴人でもある。過去のストレンジャーたちもその知識と能力でこの世界を発展させてきた。

建築、製鉄、農耕、医術、経済、法律、政策。ともかく例を出せば枚挙に暇がない。その貴重な力を狙う者たちがいることを考慮すれば、保護されて然《しか》るべき存在である。

そんな貴人であるユキト・ハッシロの秘密を何故、セントのような立場の低い者に洩《も》らすのか。

セントが怪訝《けげん》な顔をしていると、アダマントが突然、とんでもないことを言い出した。

「セントよ、貴公にはこのハッシロ殿を警護する任務に就いてもらいたい」

「わ、私がですか!?」

またしても驚きの声を上げるセント。これで本日何度目だろうか。

「そうだ。貴公は誠実な人柄で腕も立ち口も固い。そして爵位を得たばかり故に変に貴族ぶったところもない。彼を護《まも》るという任務にはうってつけだ」

「しかしながら、私でよろしいので？　もっと適任の方がおられるかと思いますが……」

セントは一介の騎士でしかない男。それも似非貴族でしかない騎士爵。確かにある程度腕は立つし、ハイゼン大公という貴人の護衛も経験しているが、それでも最適だとは思えない。隠形の業を修めた暗部の人間や、闇に紛れるギフトを持つ者に任せた方がいい筈《はず》だ。

が、セントが謙遜しているとでも思ったのが、アダマントは首を横に振る。

「この任務、適任なのは貴公をおいて他にはいない。それについては閣下も同意されている」

「閣下がですか!?」

嘘《うそ》でしょ、とでも言うようにセントが顔を向けると、ハイゼンは「そうだ」と頷いて見せる。

「別に驚くことでもなかろうて。貴公は単身で盗賊団と戦い商隊を護り抜いた義に厚き男。誰かを護るのにこれほど適した者もおるまい」

「いえ、でも、そう……なのでしょうか？」

確かに戦闘は得意だ。そういうギフトだし訓練も欠かしたことはない。義侠心《ぎきょうしん》も人並みにはあるつもりだ。が、それでもストレンジャーのような特級の貴人をセント一人だけで警護するというのは荷が重過ぎる。正直、自信が持てない。

だが、そんなセントを鼓舞するよう、アダマントはわざわざ席から立ち、彼の肩を強く叩《たた》いた。

「自信を持たぬか、セント！　それにな、暗部からも密《ひそ》かに護衛を付けておる故、貴公一人に全てを背負わせようとも思っておらん」

すでに暗部が陰ながら護衛に付いていると聞いて、セントの気持ちも幾分かは軽くなったが、しかし、ならば何故自分までもが護衛に付かなければならないのか。これ以上の人員動員はいささか過剰なのではなかろうか。

セントがそう疑問に思っていると、アダマントに代わってハイゼンが話し始めた。

「別に、門番のように店の入り口に陣取って監視の目を光らせるようなことをせよと言っているのではない。ただ、それとなくハッシロ殿の周囲を警戒してくれればそれでよいのだ。普段は店の周辺をうろついて、たまに客として店にも入ってみたりな。要は、貴公という腕の立つ騎士が頻繁に店に出入りしていると、周囲にそう認識させればよいということだ」

ハイゼンの言う通り、騎士が頻繁に出入りしている店で不埒《ふらち》なことをしようと思う命知らずな輩《やから》は少ないだろう。下手をすればその場で即お縄なのだから。

「はあ、左様ですか……」

そんなものなのだろうかと、セントは思わず生返事をしていた。

一応、話の筋は通っているように思うが、それにしてもその役目が自分である必要があるのだろうか。名誉なことではあるのだろうが、もっと腕が立ち、爵位も高く、名も通った騎士は他にいくらでもいる。彼らでは駄目なのか。

他ならぬハイゼンとアダマントの指名なので断ることはしないが、どうにも気が進まない。

セントは嘘がつけぬ実直な男。だからそんな内心が顔に出ていたのだろう、ハイゼンもアダマントもセントの浮かない顔を見て苦笑していた。

「くっくっく……。不満だと顔に書いておるな」

「いえ、そんなことは……」

「別に責めているわけではないから取り繕わんでもよい」

「はあ……」

「だが、貴公はきっと、この任務を受けて心から良かったと思うようになるだろう」

「え？」

唐突に予言めいたことを言われて困惑するセント。

そんなセントに、ハイゼンとアダマントは何故か不敵な笑みを向ける。

「ツジソバのソバは絶品だぞ？　正直に言うて、宿舎の食事とは比べものにならん」

そう断言するアダマントに対し、ハイゼンも同意するよう頷く。

「然り。ソバに限って言えば、王都にすらもなかろうな。あれは美味《うま》いものだ」

「はい？」

二人が何を言っているのか分からず、セントは素っ頓狂な声を上げる。

ハイゼンとアダマントは、そのソバとやらに随分と御執心のようだが、食べられれば何でもありがたいというセントにとっては、特定の料理に固執するというのはよく分からないことだった。


ハイゼンとアダマントから、ユキト・ハツシロを陰ながら守護せよ、という密命を受けたセントは、早速その日の昼から任務に就いた。

といっても門番よろしく店の入り口に立ってみたり、店内を巡回したりするのではない、あくまで不自然にならない程度にそれとなく周囲に目を光らせるのだ。

それと並行して店に通って食事をし、常連として周囲に認識されることで良からぬ輩に対する一種の抑止力となる。

密偵でも何でもない、ただの騎士でしかないセントにとっては簡単なようで難しい任務だ。ちなみにこれはあくまで任務なので、食事代は騎士団から出るらしい。

「さて……」

時刻は昼。丁度、飯時。

今現在、セントは件《くだん》の店、ユキト・ハツシロが営むナダイツジソバの前に立っている。

この世界にはない、異世界のものだという謎の料理、ソバ。表の透明なケースにそのソバを模した精巧な蠟細工《ろうざいく》が置いてあるのだが、それを見るに、どうもソバというものは麺料理らしい。それもスープの中に麺を沈めた奇抜な料理だ。

田舎《いなか》の農村育ちのセントは旧王都に出て来るまで、そもそも麺料理自体食べたことがなかったのだが、それでも麺をスープの具にするという行為が変わっているという認識は持っている。

ハイゼンもアダマントも口を揃えてソバは絶品だと言っていたが、はたして如何《いか》ほどのものか。

入り口付近で突っ立ったまま考え込んでいると、不意に背後から声がかかった。

「あれ？　セント様？　何やってるんですか？」

「え？」

振り向くと、そこには騎士団の後輩、セントと同じ平民出身の兵士オーモンドが立っている。

彼とはそこまで親しい訳ではないが、全く喋《しゃべ》らないという訳でもない。会えば普通に挨拶くらいは交わす程度の親交はある。

以前は『セントさん』と呼ばれていたのに、騎士に昇進してからはこうして『様』付けの呼び方に変わっているのが、何だか距離が出来てしまったようで淋《さび》しい感じだ。

「ソバ、食べに来たんですよね？　中に入らないんですか？」

オーモンドもソバを食べに来たのだろう、店を指差してそう訊いてきた。

確かにそれはそうなのだが、しかし純粋にソバを食べたいが為《ため》に来たという訳でもない。あくまで任務の一環。任務がなかったらまず来なかっただろう。

「んん、いや、まあ、なあ……」

店に来る動機が不純なので思わず曖昧な返事をしてしまった。

セントの任務は密命である。それは仲間にすらも秘密にしなければならない。

オーモンドは一瞬「ん？」と怪訝な表情を浮かべたのだが、不思議そうに首を傾《かし》げて、そのままセントの横を通り過ぎて行く。

「入らないんなら、お先しますね。俺、腹減ってるんで」

「ああ……」

オーモンドが入り口の前に立つと、自動で透明な板の戸が開く。一見すると魔導具で開いているとしか思えないのだが、あれはユキト・ハッシロの世界で普及している、魔力ではない、電力なる動力で動くものなのだという。

先ほどから来客がある度に見た光景だが、やはり何度見ても不思議だ。店を出すだけでも異質なのに、こんな仕掛けまで再現するとは本当に不思議なギフトである。

三〇年前にこの国に現れた少年のストレンジャーも変わったギフトの持ち主だったとハイゼンが言っていたので、ストレンジャーとは概《おお》ねこういった存在なのだろう。

こちらの常識が通用しないということは、大いに考慮に入れねばなるまい。

「いらっしゃいませ！」

入り口の戸が開くのと同時に、店の中から威勢の良い女性の声が飛んできた。

「ん？　女？　誰だ？」

見れば、ユキト・ハッシロと同じ恰好《かっこう》をした女性が、入店したオーモンドを接客している。ぱっと見、店内にハッシロ某の姿はない。

ユキト・ハッシロは男性だし、一人で店をやっていた筈。報告書にも女性のことは明記されていなかった。あの女性は何者なのか。そしてユキト・ハッシロは何処に行ったのか。

セントの任務上、調べない訳にはいかない。

心を決め、セントも店に足を踏み入れる。

「いらっしゃいませ！」

オーモンドの時と同じように女性が元気な声で出迎えてくれた。

不躾《ぶしつけ》ではあるが、セントはまじまじと女性の姿を検《あらた》める。

二〇代の前半といったところか、整った顔立ちをした金髪の若い女性。人種はヒューマン。

黒髪黒目で肌の色も違うユキト・ハッシロは一目見て異邦人だと分かるが、この女性はどうやらこちらの世界の人間のようだ。

しかしながらこの女性の服装は彼と同じもの。つまり、この店で雇われたということだろうか。

「すまないんだが……」

セントは意を決して女性に話しかけた。

「はい、何でしょう？」

「あんたは誰なんだ？」

そう訊くと、女性はほんの一瞬、驚いた様子で目を見開く。

「え？」

セントのような屈強な男がそんなことをいきなり訊いてくるのだから、彼女としては驚きだけでなく多少の恐怖もあるだろう。

だが、これは任務。心を鬼にして訊くしかない。

「ここはユキト・ハッシロ氏が一人でやっている店だと聞いたのだが……」

そうセントが言うと、女性は得心がいったというように「ああ、なるほど」と頷いた。

「そういうことですか。私、先日雇っていただいたばかりの新人なんです」

「そうなのか？　では、ハッシロ氏は今、何処に？」

「はい、店長なら厨房《ちゅうぼう》におられますよ。お呼びしましょうか？」

それを聞いて、セントは内心で安堵《あんど》する。接客や配膳は彼女に任せて、ユキト・ハッシロは調理に専念するということだろう。

彼がこの街からいなくなったとあれば一大事。そんな最悪の事態にならず正直ホッとした。

「いや、結構。いるのならそれでいいんだ……」

「そうですか……？」

セントの内心など知る由もない女性は不思議そうに首を傾げているのだが、すぐさま席に着いたオーモンドから注文が入り、そちらの方に向き直る。

「ルテリアちゃん！　注文いいかな？」

「はい、只今《ただいま》！　……と。お客様、お好きなお席へどうぞ」

「ああ、すまない……」

新人だというこの女性、オーモンドがルテリアと呼んだ店員に促されたので、セントも適当な席に座ることにした。

任務中なのでオーモンドと喋りながら食べるという気にもならず、彼とは離れた席にする。

卓の上には調味料入れらしき謎の瓶や爪楊枝《つまようじ》の瓶、スリットの入った細長い木片がギッチリと詰まった筒、それに一流レストランよろしくメニューが置かれていた。

平民向けの大衆食堂はせいぜい壁にメニューが書いてあるくらいだが、この店は、元は地球なる異世界の食堂。地球の食堂は一流レストランのようにリスト化したメニューを置くのだろうか。

「どれどれ……」

セントは早速メニューを手に取って目を通してみる。

が、ここで違和感が。手に取った感触が、どうも紙のそれではない。紙と同じく薄いのだが、しかし光沢があり、硬さがある。セントの知識にはない謎の材質だ。

そしてメニューに分かりやすく絵が添えられているのだが、その絵が驚くほど精緻に描写されている。まるで宮廷画家に描かせたような、本物の姿を写し取ってそこに貼り付けたかのような、実に見事な出来である。この絵を描いた者は神域に到達した写実画家に違いない。

しかも、見ればどのメニューも驚くほど安い。一番安いカケソバとモリソバが三四〇コル、他のメニューも概ね五〇〇コルかそこらだ。

普通、外食をすればどんな安い店でも一食で一〇〇〇コルはかかる。気軽に買える屋台の料理とてここまで安くはないだろう。仮に、強引に五〇〇コル以内で済ませようとすれば、スープ一杯でおしまい、或《あ》るいはサラダのみでおしまい、などということになりかねない。

こんな値段設定で本当に利益が出るのだろうか。商売のことには明るくないセントではあるが、ハツシロ某がちゃんとやっていけるのかいささか心配になってくる。

しかもだ、値段が安いのに随分とバリエーション豊富に料理を出しているらしい。メインのソバ自体が温かいソバと冷たいソバに二分されており、そこから更に上に載せる具でバリエーションを増やしているようだ。

メニューの中に唯一、カレーライスというソバではない料理があるのだが、白い粒々や、そこにかかっている茶色いソースも含め、皿の上の全てが謎なのでこれは今回頼まない。

また、冷たいソバも今回は頼まない。温かい状態が美味い料理をわざわざ冷めた状態で食べても賞味が低下するのではないかという懸念があるからだ。冷たいソバが美味いという噂《うわさ》が聞こえてくれば、それはその時にまた改めて食べればいい。

とりあえず初回は冒険せず、無難に温かいソバを頼んでみようと思う。本来はこの世界にはないものを食べようというのだから、慎重になって然るべきなのだ。

セントがそんなふうに考えながらメニューを眺めていると、とあるソバの絵が目についた。

「ん？　ホウレンソウソバ？　こ、これはまさか……サヴォイか!?」

深い緑色を湛《たた》えた葉野菜がたっぷりと載せられたホウレンソウソバ。

このホウレンソウなる葉野菜、これは恐らく、いや、間違いなく茹《ゆ》でられたサヴォイだ。

「まさかこの旧王都でサヴォイが食えるというのか!?」

周囲に他の客がいることも忘れて、セントは大きな声で独り言を喋っていた。

サヴォイ。このカテドラル王国では北方のとある寒村でのみ作られている葉野菜だ。

生産量がそう多くない、どちらかというと珍しい部類の野菜なので王都やアルベイルのような都会まではあまり出回らず、八割くらいは生産地近辺の村や町で消費されている。

何を隠そう、そのとある寒村というのが、セントの故郷であるホルベルグ村であり、セントの家は先祖代々サヴォイ農家を営んでいた。

家がサヴォイ農家なので、食卓には当然ながらサヴォイ料理が並ぶ。だが、幼い頃のセントはこのサヴォイがあまり好きではなかった。

サヴォイという野菜は火を通してもアクやエグみが強く緑臭さが強烈で、噛《か》めば茎の部分が固くて筋ばっており、子供の舌でそれを味わうのはいささか苦行であった。

しかし、両親や祖父母といった大人たちはこの大地の滋味を感じるクセが良いのだと言い、何より栄養があって成長期の子供には良い野菜だからと、セントを含む子供たち全員に半ば強制的に沢山のサヴォイを食わせていたのだから、当の子供たちにとっては堪《たま》ったものではない。

そんな苦い記憶も、故郷を離れた今となっては家族の団欒《だんらん》を象徴する良い思い出だ。

家を出てから今の今まで、セントはずっとサヴォイを口にしていない。この旧王都ではサヴォイがほとんど出回っていないからだ。

正直、大人になった今でもサヴォイが美味いとは思えないのだが、しかしセントはどうにもこのホウレンソウソバに強烈な郷愁を感じ、惹《ひ》かれてしまった。

きっと、今でもサヴォイは苦いものなのだろう。だが、苦くてもいい。それが故郷の味だから。

普段はあまり食に興味のないセントではあるが、こうなっては頼まずにはいられない。

「…………すまない、店員さん。注文いいだろうか？」

そう言ってセントが手を上げると、ルテリアがすぐさま注文を取りに来てくれた。

「はい、只今！」

言いながら、ルテリアはメモ用紙のようなものとペンのようなものを取り出す。アーレスで一般に使われている羽根ペンではない、墨壺《つぼ》も使わない変わった形状のペンだ。あれも恐らくは地球のペンが再現されているのだろう。

彼女は新米店員なので、誰が何を頼んだか忘れないようメモを取っているようだ。

「ご注文でしたね、何になさいますか？」

「ホウレンソウソバを頼む」

メニューの絵を指差してセントが注文すると、ルテリアはニコリと微笑《ほほえ》みペンを走らせた。

「はい、ほうれん草そばですね、かしこまりました」

ルテリアはセントに軽く頭を下げると、すぐさま背を向けて厨房の方へ行ってしまった。

「店長、注文入りました！　ほうれん草一です！」

「あいよ！」

店長、ユキト・ハツシロの威勢の良い声が厨房から返ってくる。

彼はセントにとっての護衛対象なのだが、どうやら現状、悪意のある誰かに害されたりもせず元気に店を営んでいるようだ。

彼がこれからも平穏無事に過ごせるよう、セントも任務をがんばらねばならない。騎士としての矜持《きょうじ》にかけて、今も何処かでこの店を見ているのだろう暗部にばかり任せてはおけない。

今日は久方ぶりのサヴォイを食べて、その英気を養わせてもらおう。

ソバが出来上がるのを待つ間、それとなく店内を見回してみる。

男性ばかりで客層に偏りが見られるが、客足そのものは上々。席は半分以上埋まっている。

それに清掃が行き届いた実に綺麗《きれい》な店内だ。古ぼけて取れない汚れが染み付いた宿舎の食堂とは比ぶべくもない。

また、店内に手洗いが併設されているのも珍しいのではないだろうか。普通の食堂では手洗いなどないし、あっても店の外だ。

今は催していないから行く必要もないが、きっと手洗いですらも綺麗なのだろう。

地球のからくりを使って店内に流している歌も、初めて聞くものだが良い。妙に耳に馴染《なじ》む感じがするし、何処となく気分が落ち着く感じがする。明日への活力とでも言うべきか、何故だか元気がもらえるような気になってくる。歌詞が心に染みるのだ。

と、セントが天井から流れる歌に聞き入っていると、何故だかすぐさまルテリアが引き返して来た。どうやら水を持って来てくれたようだ。

「どうぞ、お水です」

そう言ってルテリアがセントの眼前に置いたコップには、氷の浮いた水が入っていた。

冬でなければ調達の難しい氷をこの季節に惜しげもなく提供出来るというのは凄《すご》い。これも地球のからくりで作ったのだろうか。

それに水のよく澄んでいること。寸分の濁りもない上質な水だ。ここまで贅沢な一杯の水など、普通に考えれば上位貴族か王族くらいしか飲めないものだろう。セントが子供の頃に飲んでいた井戸水など、煮沸しても中々濁りが取れなかったものだ。

どういう陶器を使っているのか、コップまでもが透き通っているのも凄い。まるで、水をコップの形に凍らせて永遠に溶けない魔法をかけているようだ。

「ありがとう。でも頼んでいないぞ？」

若干困惑気味にセントがそう訴えると、ルテリアは僅かに苦笑しながら口を開いた。

「こちらはサービスですから、どうぞ遠慮なくお飲みください。おかわりが必要な場合は仰ってくださいね。お注《つ》ぎしますから」

「何と、無料なのか？　ここまで澄んだ水が……」

こんな贅沢なものが無料で飲めて、おかわりまでもらえるなど何の冗談だろうか。貴族街の一流レストランで同じものを頼めば、最低でも銀貨一枚は取られるというのに。

何という規格外の店だろうか。流石、ストレンジャーのギフトなだけはある。

この分であれば、ソバの方も期待して然るべきだろう。サービスの水にここまで拘《こだわ》る店が不味《まず》い料理を出す筈もない。ハイゼンとアダマントがこの店のソバを褒めちぎっていたのも頷ける。

「おそばの方、もう少々お待ちくださいね」

ルテリアは丁寧におじぎすると、すぐさま別の客の注文を取りに行ってしまった。

「…………」

グラスを手に取り、まずはその冷たさを掌《てのひら》で堪能、そのままグイ、と口の中に水を流し込む。

「む！」

思わず唸《うな》り声《ごえ》が洩れる。美味い。

何の雑味もない透き通った味。しかもキンキンに冷えているからか、溜《た》まった熱が奪われていくようで口内がさっぱりとする。食時の前には丁度良い。実に考えられている。

次は氷も一緒に口へ。

舌の上でコロコロと転がる氷が少しずつ溶けてゆくのが良い。何だか雪解け水をちびちび飲んでいるような贅沢な気分になる。この季節に氷を食すなど、本来ならば魔法使いを抱える高位貴族や王族にしか許されないことだ。

「ふふ……」

似非貴族でしかない自分が、高位貴族のような贅沢を味わっていることが妙に滑稽で、セントは思わず苦笑してしまった。

その苦笑を一緒に飲み込むよう、もう一口グビリと水を飲む。

たかだか一杯の水で、こうも気持ちが豊かになるとは。

そうして、十分に喉が潤ったところで、盆にどんぶりを載せたルテリアが厨房から現れ、セントの眼前にそのどんぶりを置いた。

「お待たせいたしました。こちら、ほうれん草そばになります」

「おお、これが……！」

上からどんぶりを覗《のぞ》き込《こ》んだセントの口から、思わず感嘆の声が洩れる。

茶色なのに何故だか濁らず透き通ったスープと、そこに沈む灰色の麵。そしてこれが最も重要なのだが、麵の上にたっぷりと載せられた茹でサヴォイ。サヴォイの上には薄茶色のペラペラとした紙切れのようなものが載せられており、スープの湯気を受けてゆらゆらと踊っている。

もうもうと立ち昇る湯気が顔に当たると同時に、ふんわりとした香気が鼻腔《びこう》を満たし、この料理が美味なるものだとしきりにセントに訴えかけてくるようだ。

これが大公であるハイゼンや騎士団長アダマントまでもが絶賛したソバ。実に美味そうだ。

「ごゆっくりどうぞ」

そう言ってルテリアが別の客のところに注文を取りに行くのだが、その声はすでにセントの耳には届いていなかった。それだけソバに魅せられているのだ。

意識せず、ゴクリと喉がなる。

もう、辛抱ならない。今すぐにでも食べてしまいたい。

そう思ったところで、セントははたと気が付いた。食べようにもフォークがない。スプーンすらもない。ルテリアがうっかり持って来るのを忘れたのか。

そう思って顔を上げたところ、少し離れた席でソバを啜《すす》るオーモンドの姿が目に入る。

「……え？」

セントは驚き戸惑った。何故なら、オーモンドがフォークもスプーンも使わず、細長い木の棒を二本使って器用にソバを食べていたからだ。

「これは、ああやって使うものだったのか……」

言いながら、セントは卓上に置いてある、スリットが入った木の棒がギッチリ詰まっている筒に目をやる。

最初に見た時は何に使うものなのか謎だったが、どうもカトラリーに属するものらしい。恐らくはユキト・ハツシロがいた世界、地球のカトラリーなのだろう、このアーレスでは、少なくともカテドラル王国では見たことがないものだ。

「…………」

無言で筒から木の棒をスッと一本取り出すセント。

この木の棒を使って食事をするのがこの店の作法だというのなら、大人しく従うのみ。

パキリ、と小気味良い音を立てて木の棒を割ると、セントはまずどんぶりを両手で持ち上げ、杯を干すようにしてスープを飲んだ。

口内に流れ込む温かなスープ。

飲み込むと、野菜とも肉とも違う丸くて優しい味が喉の奥へ、そして香気が鼻に抜ける。

「……美味い」

ホッと熱い吐息を洩らしながら、実にしみじみとセントは呟《つぶや》いた。

腹いっぱい食べられるだけでありがたい、だからこそあまり食に興味がないセント。

そんなセントでも美味いものを敏感に感じ取り、素直に感動する舌は持っている。決して味オンチという訳ではないのだ。

次は麵の方に手を付ける。

見様見真似《みようみまね》のぎこちない動作でどうにかソバを掬《すく》い上《あ》げ、それをチュルチュルと口に運ぶ。

弾力あるソバが嚙み締める度舌の上で踊り、これまた独特の香気が鼻に昇る。なるほど、これがソバの麵。これもまた抜群に美味い。牧歌的で素朴な滋味を感じる。嫌いではない。それに何処かホッとするような安心感があるのもまた良い。

なるほど、ハイゼンとアダマントはこれにやられたのか。張り詰めていた心を、この、妙にホッとする味わいのソバに温めてもらったのだ。

これは彼らが夢中になるのも頷ける。

スープ、麵と来れば、次はいよいよ本丸、サヴォイだ。一五で故郷を出てから、実に一〇年ぶりに食べるサヴォイである。

茹でられて緑色がより深くなった葉の部分と、より鮮やかになった茎の部分。くったりとした葉にはスープが十分に絡み、何とも美味そうに見える。

セントの実家で作られていたサヴォイは、火を通しても濃い緑の臭いがしたものだが、このソバの上に鎮座するサヴォイからはそんな強烈な臭いはしない。

同じサヴォイなのに不思議だ。まさかとは思うが、違う品種のサヴォイだろうか。

「どれ……」

味の方はどうだろう。高揚する気持ちを努めて顔に出さぬよう、あくまで表面上は平静を保ったまま、セントはサヴォイを口に入れ、咀嚼《そしゃく》する。

「……んんんッ！」

瞬間、セントはあまりの衝撃に目を見開いた。

柔らかい。葉も茎もあんなに固かったサヴォイが柔らかいのだ。しかもだ、あれだけ主張が強かった筈の臭いがすっかりとナリを潜め、その豊かな滋味だけを残して喉の奥へ消えてゆく。

「ああ、美味いなあ……」

そう言うセントの声は震え、頬《ほお》には一筋の涙が伝っていた。

セントの記憶に強く残るサヴォイの味。故郷の、実家の味。幼い頃はあれだけ苦手だったサヴォイの味だったが、今、この瞬間にそれが至上の美味へと変化した。

家族一緒に過ごした温かな記憶はそのままに、サヴォイの味のみが美味なるものに更新される。

そして思い出した。確かにセントはサヴォイが苦手だったし、他の兄弟たちは明確にサヴォイが嫌いだと言っていたが、しかしセントは決して嫌いではなかったのだ。それが何にも勝るセントの家の味だったから。

幼き日の良き思い出。今も忘れぬ故郷での日々。家族への想《おも》い。

これは郷愁だ。

このナダイツジソバのホウレンソウソバは、セントの中にある温かな記憶を優しく柔らかく想起させてくれた。

「美味い、美味い……」

セントは人目も憚《はばか》らず、涙を流しながらサヴォイをパクつく。

最初はハイゼンやアダマントが言うほどのものなのだろうかと疑っていた。そこまで感動するような、ソバなるものに人の心に訴えかけるような力があるものだろうかと。

だが、このホウレンソウソバを食べて確信した。ナダイツジソバのソバには、このホウレンソウソバには確かに人の心を動かす力がある。人を感動させる温かな滋味がある。

これは、通わずにはいられない。任務など関係ない。セントの心はツジソバを求めている。

己が任務でここに来ていることも、陰でこちらの様子を見ているのだろう暗部のことも忘れ、セントはソバに向き合っていた。

美味い美味いと、しきりに声を出してソバを食べる。

こんなことは初めてだ。まさか食べもので感動し、涙まで流すなど。

最後に故郷の家族に手紙を送ったのはいつだっただろうか。確か叙爵する二年くらい前だったのではないか。随分と不義理をしている。

あれから、叙爵以外で自分の身に大きな出来事が起きたことはないが、それでもたまには近況を

綴《つづ》って家族に送ろう。

そうだ、どうせなら長期の休暇でも取って、少し里帰りしてみるのも良い。手紙でしか知らない新しい家族、家を継いだ兄の子供たちでも見に行こう。

そんなことを考えながらも、セントがソバを啜る手は止まらない。

そんなセントの様子を見ながら、ユキト・ハッシロは厨房で満足そうに微笑んでいた。

小公子マルス・ヴェルカナン・アルベイルとミニカレーセット

マルスはほんの少し前まで、カテドラル王国最南端の土地、ヴェルカナン領というところで暮らしていた。

父はヴェルカナンの地を治める辺境伯であり、国王の四番目の息子。

母はカテドラル王国ではない、大陸の南側に勢力圏を置くデンガード連合の出身で、獣の特性をその身に宿すビーストという人種。

父が治めるヴェルカナンはデンガード連合最北端の国と隣接しており、交流も盛ん。五年ほど前に仕事でデンガード連合に訪れた際、世話になったデンガード連合側の貴族の娘に一目惚《ひとめぼ》れし、その娘、つまりは母に求婚して夫婦になったのだという。

いつまでも新婚気分でいられては困ると、執事が渋面してそんなことを言うくらいには夫婦仲も良好であった。

そして、そんな仲の良い両親のことが、マルスも大好きだったのだ。

だからこそ、まだ信じられない。その大好きな両親にもう二度と会えないということが。

「おとーたま、おかーたま、いってらっちゃい。まるしゅ、いいこでまってるでしゅ」

そう言って笑顔で見送った両親が、しかしマルスのもとに戻って来ることはなかった。

帰って来たのは小さな壺《つぼ》に収まった白い粉のみ。二つの壺を抱えて中を見せてくれた執事によると、それが父と母の遺骨であり、あまりに遺体の損傷が激しかった為《ため》、現地の文化に従い、荼毘《だび》に付された上で返却されたのだという。

大雨の日、両親が乗る馬車を引く馬が落雷の音に驚き暴走、デンガード連合との国境線に跨《また》る大渓谷に馬車ごと落下してしまったそうだ。

まだ三歳にもなっていないマルスには、大人の言葉は難しくてよく分からない。

だが、まだ幼いなりに分かることもある。それは、両親が空の上に旅立ってしまったこと、そしてもう二度とマルスのところには戻って来ないということだ。

両親を失って一人きりになってしまったマルスは、祖父と同じ顔をした人に引き取られた。その人の名はハイゼン・マーキス・アルベイル。祖父の双子の弟なのだという。

何でも、ハイゼンには妻も子もいないそうで、将来はマルスがハイゼンの後を継いでアルベイルを治めることになるそうだ。

名も、新たにマルス・ヴェルカナン・アルベイルと改まった。

そして故郷ヴェルカナンを離れたマルスはアルベイルの旧王城で暮らすことになったのだが、以来毎日泣き暮らしている。

両親がいない悲しみ。馴染《なじ》みのない土地。顔見知りが誰もいない環境。

父はヒューマンで、母はキツネという犬に似た獣のビースト。

その間に生まれたマルスはヒューマンとビーストの混血ということになる。姿はほぼヒューマンなのだが、耳は顔の横ではなく頭頂部にあり、臀部《でんぶ》には母の血を継いでキツネの尻尾がある。

ヴェルカナンではビーストも混血も珍しくなかったのだが、このアルベイルでは混血どころか普通のビーストですらも滅多に見かけることがない。

同じ国の筈《はず》なのに、まるで別の国に来たかのような疎外感が付き纏《まと》い、幼いマルスの心を苛《さいな》む。

そして意外なことに、マルスに更なる追い打ちをかけるものがあった。食事だ。

塩味だけの単調な味付けと、レパートリーの少ない、料理のローテーションが組まれているような食事が幼いマルスの口には合わず、結果、裕福な貴族の子供だというのに満足に食事が摂《と》れず痩せ細っていくという始末。

香辛料というものは基本的に高位貴族や豪商の口にしか入らない貴重品で、ヒューマンの勢力圏にはあまり出回っていない。何故《なぜ》なら、香辛料の主な生産地は温暖な気候を持つデンガード連合、特にビーストの勢力圏だからだ。

ヒューマンにとって香辛料は貴重品だが、マルスが生まれたヴェルカナンはデンガード連合最北端の国と隣接する土地。彼の地とは交易も盛んに行われており、王都やアルベイルでは目玉が飛び出るほど高価な香辛料も安く大量に手に入り、食卓に上る機会も多かった。

色鮮やかで刺激的な香辛料が使われた美味なる料理を物心つく前から食べてきたマルスにとって、アルベイルの料理を食べることは苦痛でしかない。

このままでは、マルスは早晩両親と同じところに旅立つことになる。

そう言ってハイゼンは頭を抱えていたのだが、その話を聞いていたマルス自身は、別にそれでもいいと思った。むしろ、その方がいいとまで。両親が待っているところに自分も行けるのなら。

そう思ってからというもの、マルスの食はますます細くなり、今では日に一度しか食事をせず、その食事も半分以上残すようになってしまった。

この状態が長く続けば、遠からずマルスは餓死してしまう。

そのピンチを救ったのは、意外にも名代辻《なだいつじ》そばであった。


アルベイルに来てからというもの、マルスは一日の殆《ほとん》どを自室にこもって過ごし、ベッドの上で泣き暮らしていた。

だが、最近は諦観したように泣くこともなくなり、ただただベッドの上に寝たまま、身じろぎもせず日々を送っているのだという。

医者や『鑑定』のギフトが使える者にも見てもらったのだが、病ではない。言うなれば気鬱が重症化したもの、心の病だとのこと。

身体《からだ》ならまだしも、心の病では薬も効かない。

このままではあまりにも不憫《ふびん》だ。この小さな子に、どうにか元気になってもらいたい。ほんの少しでもいいから笑顔を取り戻してほしい。

そんなことを思っては頻繁にマルスの部屋を訪れるハイゼン。最初のうちは手を繋《つな》いで共に城の庭を散歩したりしていたのだが、近頃はもうマルスが歩くことも出来なくなり、それでもせめて陽《ひ》の光くらいは浴びさせてあげたいと、ハイゼンが抱っこしてマルスを庭に連れ出していた。

散歩の頻度は週に一度くらいだろうか。どうにも公務が忙しく、あまり散歩をするような長い時間を取る暇がない。本当はもっと、それこそ毎日でも外に連れ出してあげたいのだが、旧王都という大きな街を預かる以上、そういう訳にもいかない。

ならばと思ってメイドや執事などに散歩を頼むと、今度は何故《なぜ》かマルスがぐずって嫌がるのだ。マルスはハイゼンのことを『おとうとじいじ』と呼ぶのだが、おとうとじいじ以外の抱っこは嫌なのだと言う。

聞けば、マルスは赤ん坊の頃から父親や母親、祖父母といった親族以外の抱っこやおんぶを嫌がっていたそうで、最初は乳母《うば》でさえ抱っこが出来ず、わざわざデンガード連合から母の親族女性を呼び寄せて乳母をしてもらっていたのだそうだ。

ハイゼンも一応は親族であり、顔は祖父に酷似している。だからマルスもハイゼンにだけは抱っこを許すのだろう。

最後にマルスを連れて散歩したのは、王都に行く前のことだ。王都から帰って来てからもしばらくは溜まった仕事に忙殺されていたのだが、この日は時間を作り、ハイゼンは久しぶりにマルスを抱っこして散歩の為に庭へ出た。

護衛の騎士一人と世話係のメイドを一人連れ、ゆっくりと庭を歩くハイゼン。

天気は良好、太陽は暖かな陽光を注ぎ、柔らかな風が頬《ほお》を撫《な》でる。

しかしながら、そんな陽光に照らされるマルスの顔は至極血色が悪い。

マルスはもう赤ん坊という年齢ではないが、痩せ細った身体は赤ん坊のように軽かった。

この幼子の姿の何と痛々しいことか。

小さなマルスの背中を優しく擦《さす》りながらも、ハイゼンは心を痛める。

誰か、この子を癒やしてくれる者はいないだろうか。どうにかこの子を救ってくれるものはないのだろうか。

そんなことを誰にともなく心の中で祈りながら歩いていると、いつもは黙ったままのマルスが、ふと、口を開いた。

「………おとうとじいじ」

泣くでもぐずるでもなくマルスが何か言うなど久々のことだ。

「お、おお？　どうした、マルス？」

内心の驚きは努めて隠しつつ、ハイゼンはぎこちない笑顔を浮かべてマルスの顔を覗《のぞ》き込《こ》む。

「あれ、なあに……？」

そう言ってマルスが弱々しく指差す先にあったものは、はたして、旧王城を護《まも》る城壁の一角に同化するようにして佇《たたず》むナダイツジソバの店舗、その裏であった。

店の表は通りに面して出ているのだが、店の裏側はこうして城の庭に出ているのだ。店には当然裏口があり、厨房《ちゅうぼう》を通って裏口から城の庭に出ることも出来るのだが、店主のユキト・ハツシロはあまり裏に出て来ない。

ごくたまに裏口から出て来て休憩する姿も見るのだが、それでも城の庭まで出て散策するようなことはなかった。彼には城の庭は好きに歩いて構わないと言っているのだが、きっと、そういうことをするとハイゼンの迷惑になると思っているのだろう。

「おお、あれか。あれはな、ナダイツジソバという食堂だ。お城を囲っている壁があるだろう？　あの壁の中に店を出しているのだ」

ハイゼンが鷹揚《おうよう》にそう答えると、マルスは少し身じろぎするように姿勢を変え、店の方に顔をやった。どうやらナダイツジソバに興味を引かれているようだ。

「かべのなかに、おみしぇがあるの？」

「うむ。あれはな、ユキト・ハッシロ殿というストレンジャーがギフトで出している店なのだ」

ギフトは誰にも宿っている力なので幼いマルスでも分かるだろうが、ストレンジャーのことまでは分からないだろう。だが、子を育てたことのないハイゼンは幼児に慮《おもんぱか》った分かり易《やす》い説明や言葉を使うことが出来ない。これは今後改善すべきことである。

見れば、マルスはやはりよく分からないといったふうに不思議そうな顔をしていた。

「……しゅとれんじゃ？　しゅごいしとなの？」

「うむ。マルスはストレンジャーに興味があるか？　少し近くで見てみようか？」

「うん……」

ハイゼンが顔を向けると、マルスも弱々しく頷《うなず》く。

全てを諦めたかのように感情を露《あらわ》にしなくなったマルスが、こうして自己主張してくれたのが嬉《うれ》しくて、ハイゼンはすぐさまナダイツジソバの方に歩き出した。

弱ったマルスの身体に極力負担をかけぬよう、ゆっくりとした足取りで、たっぷりと一〇分以上もかけてナダイツジソバの前まで歩いたハイゼン。

今はまだ午前中だが、早くも店内が賑《にぎ》わっているのだろう、裏口の方にまで中の喧噪《けんそう》が漏れ聞こえてくる。

「どうだ？　これがハッシロ殿の店だぞ？」

ナダイツジソバの店舗を見上げながら訊《き》くと、マルスはハイゼンの腕の中で弱々しく頷く。

「うん……」

と、ここで店裏の換気口から、何ともスパイシーな、食欲をそそる良い香りが漂い始めた。

「あ……」

最初に匂いに気付いたマルスが、そう声を上げる。流石《さすが》、ビーストの血を継ぐ子。どうやら嗅覚もヒューマンより優れているらしい。

「おお、これは……」

マルスに少し遅れて、ハイゼンもその匂いに気付き、思わず顔を綻ばせる。

これはナダイツジソバの新メニュー、カレーライスの匂いだ。

まだ一度しか食べたことがないのだが、ナダイツジソバに初めて追加されたソバ以外のメニューである。コメという地球の穀物にカレーという数多《あまた》の香辛料を使って作り上げたソースをかけた料理で、これがまた滅法美味《うま》いのだ。

このカレーを初めて食べた時、ハイゼンはそのあまりの美味さに感動し、歳《とし》のことも後先も考えず二回もおかわりをしたくらいだ。ハイゼンに同行した護衛騎士の若者は、ハイゼンを超える三回のおかわりをして、その日の夜にもナダイツジソバに行ってカレーライスを食べたのだという。

老若男女を問わず虜《とりこ》にする、ナダイツジソバのニュースター、カレーライス。

その美味なる匂いはどうやらマルスにとっても心惹《ひ》かれるらしく、しきりにその小さな鼻をひくひくさせている。

「おいちいにおい、しゅる……」

アルベイルに来てからというもの、ずっと食が細かったマルスが明確に『美味《おい》しい』という言葉を口にした。

その言葉に、ハイゼンは微《かす》かな希望を見た気がして、思わずマルスの顔を覗き込む。

「これは、カレーライスの匂いだな。マルスはカレーライスの匂いが好きか？」

「かれーらいしゅ？　おいちいにおい、かれーらいしゅ？　おうちのごはんみちゃいなにおい」

「マルス………」

カテドラル王国内でも香辛料が豊富に持ち込まれる土地、ヴェルカナン。そして香辛料が大好きなビーストの血を継ぐマルス。

ハイゼンはこれまで、マルスがどんな料理を食べて育って来たかなどさして考えてもいなかったのだが、今にしても思えばそれが迂闊《うかつ》だったのだ。

マルスの食が細いのは、気鬱ばかりが原因ではなかったのかもしれない。アルベイルの、いや大陸北部では一般的な、単調な味付けが口に合わなかったのではないか。

そこに考えが至らなかったのは、ハイゼンを含む大人たちの落ち度である。

こんなことでは、亡くなった甥《おい》っ子《こ》夫婦に、そしてマルスを託してくれた兄に、何よりマルス本人に申し訳が立たない。

本当なら膝でも叩《たた》いて己の不甲斐《ふがい》なさに憤りたいところだが、今そんなことをすればマルスが驚いてしまう。

努めて優しい顔を意識しながら、ハイゼンはマルスの顔を覗き込んだ。

「そうだ、良いことを思い付いたぞ。マルスよ、昼餉《ひるげ》はナダイツジソバで食べさせてもらうか。私と一緒にカレーライスを食べようぞ。そうしよう、な？」

「…………うん」

ハイゼンの提案に、マルスは少し思案しながらも頷いてくれた。

この子が食について前向きに考えてくれるのは、もしかするとこれが初めてのことではないだろうか。

心の中でガッツポーズしつつ、ハイゼンはマルスが怖がらぬよう、ニッコリと笑みを浮かべた。


私と一緒にナダイツジソバでカレーライスを食べようぞ。

そう言って、ストレンジャーという偉い人が営んでいる不思議な店にマルスを連れて来てくれたおとうとじいじ。

これまで、マルスはアルベイルの料理を食べても美味しくなくて半分以上は残していた。何を食べさせられようとさして食など進まないと、これまでならそう諦めていたことだろう。

だが、ナダイツジソバから漂ってきたあの匂い。あれはまだ父と母が遠くに旅立つ前、三人で囲んだ食卓に上っていた料理の匂いにとても似ている。マルスがずっと求めている、家族団欒《だんらん》を象徴するあの美味しくて温かい匂いに。

アルベイルの料理はどうしてしょっぱい味しかしないのかと辟易《へきえき》していたのだが、あの匂いのする料理ならば食べられるかもしれない。

ほんの少しの期待を胸に連れて来られた店は、何とも不思議な食堂であった。

透明な板の壁に、ひとりでに開くドア。誰かが歌っている訳でもないのに、天井から歌まで聞こえてくる。まるで母が読んでくれた絵本に出て来る、魔法のお城のようだ。

ストレンジャーというのはここことは違う世界から来た凄《すご》い人なのだとおとうとじいじが言っていたが、こんな魔法のような店を営んでいるのだからそれも本当のことなのだろう。

おとうとじいじに抱っこされたまま、自動で開く不思議な扉を潜《くぐ》り店内に入る。

昼時なので店内はそれなりに混んでいるのだが、先に来ていた護衛の騎士がハイゼンとマルスの分の席も確保してくれていたらしく、店の隅の方に空席が出来ていた。

それに加えて、店内にはあの刺激的で美味しそうな匂いが濃厚に漂っている。確かカレーライスという料理の匂いだったたか。

カレーライス以外にも、店内には色々と美味しそうな匂いが漂っているのだが、その中で最も強い香りがするのは魚の匂いだろうか。まだヴェルカナンにいた頃、食卓に海で獲れたという干し魚が上ったことがあるのだが、それに似た匂いだ。

いつもは料理の匂いを嗅いでも何も思わないのだが、今回は珍しく食欲を刺激されている。

「いらっしゃいませ！」

マルスとハイゼンが入店するや、そう言って出迎えてくれたのは、優しそうなヒューマンの女性だ。この食堂の給仕だろうか。

「急に無理を言ってすまなかったな。ハツシロ殿は厨房に？」

「はい。昼時は忙しいので厨房から出て来てご挨拶も出来ませんが、大公閣下に何卒《なにとぞ》よろしくと、そう仰《おつしや》られていました」

「うむ。私の方からもハツシロ殿によろしく言っていたと、そう伝えておいてくれ」

「はい、かしこまりました」

そう言って給仕の女性が頭を下げる。そして、彼女はすぐさま頭を上げると、ニッコリと優しそうな笑みを浮かべておとうとじいじの腕の中に抱かれているマルスの顔を覗き込んだ。

「坊や、今日はうちの店長さんが美味しいもの作ってくれるから、お腹《なか》一杯食べて行ってね？」

「…………うん」

マルスが弱々しく頷くと、給仕の女性はもう一度ニコリと笑ってからマルスの頭を優しく撫でてくれた。何だか母を思い出させるような、温かい手だ。

彼女はまた顔を上げると、おとうとじいじに向き直った。

「閣下のお孫さんですか？」

「いや、息子だ。この子は陛下の孫なのだが、不幸な事故で両親共に失ってしまってな。私が養子として引き取ったのだ」

「そうですか。それで……」

と、給仕の女性は最後まで言い切ることなく、悲痛な顔をしてマルスの頭を撫で続ける。

「心遣い、痛み入る」

そう言ったおとうとじいじに対し、給仕の女性は「いえ、そんな……」と返して頭を下げた。

「……それでは、お席にどうぞ。今、お水をお持ちしますね」

「うむ。よしなに頼む」

給仕の女性は店の奥へ行き、おとうとじいじは護衛の騎士と世話係のメイドを連れて席に着く。

今のマルスでは一人で座っていることもままならないと思ったのだろう。マルスはそのままおとうとじいじに抱っこされたままだ。

おとうとじいじがマルスの姿勢を正し、身体の正面がテーブルに向くように抱っこし直される。

恐らくはマルスを抱っこしたまま料理を食べさせる為だろう。

「どうだマルス、つらくはないか？」

「らいじょぶ……」

「つらかったら言うのだぞ？」

「うん……」

二人でそんなやり取りをしていると、先ほどの給仕の女性が戻って来た。その手に持つ盆には、透明なコップが四つほど載っている。

「こちら、お水になります」

そう言って、おとうとじいじたちの前にコップを置く給仕の女性。

「わあ……」

マルスは思わず感嘆の声を上げた。

この食堂は、壁だけでなくコップまでもが透明なのだ。これまで色のないものなど見たこともないマルスの目には、ただの透明なコップがやけに神秘的に映る。

魔法のお城ならぬ、魔法のお店だ。魔法のお店だからコップも透明なのだ。

そんなふうに考えると、幼いマルスの好奇心が刺激されるような気がした。悲しみに塗り潰されそうになっていた心に、久々に前向きな色が宿ったかのようだ。

「ご注文の方、お決まりになりましたか？」

「うむ。カレーライスセットを三つと……マルスにはミニカレーセットだな。全てカケソバで頼みたい。マルスはこの通り体調が思わしくなくてな、ミニカレーもカケソバも盛りを少なくしてもらうことは可能だろうか？」

給仕の女性に訊かれ、おとうとじいじがそう答える。

ミニカレーセットということは、カレーライスセットを小さくしたものだろうか。

「出来ますよ。では、マルスちゃんの分は通常の半分にいたしましょうか？」

「それで頼む」

「かしこまりました。店長、カレーセットかけで三、ミニセットかけで一です！　ミニセットの方、量半分で！」

おとうとじいじの注文をすらすらと紙に書くと、給仕の女性は店の奥、厨房の方に向かって大きな声を上げた。きっと、厨房にいるのだろう料理人に注文を伝えているのだろう。

「あいよ！」

マルスが思った通り、厨房から大人の男性らしき料理人の声が返ってきた。

「お料理の方、すぐにお持ちいたしますので少々お待ちください」

女性の給仕はまたお辞儀して厨房の方へ戻る。

「マルス、口を開けなさい。水を飲ませてあげよう」

おとうとじいじがそう言って透明なコップを持ち上げるので、マルスも小さく口を開けた。そのままコップを口まで運んでもらい、ゆっくり、コクコクと小さな音を立てて水を口に含む。

冷たい。そして美味しい水だ。味までもが透き通ってすっきりとしている。

普段からあまり食べないからだろうか、喉の感覚までもが鋭敏になっているようで、冷たい水が喉から胃の腑《ふ》に落ちていくのがはっきり分かった。

お城の水も、ヴェルカナンの水も、こんなにすっきりとはしていない。もっと濁りというか、雑味を感じるものなのだが、この水には一切それがない。

「おいちい……」

水を飲み終え、小さく「ぷはっ」と息を吐いてからマルスがそう言うと、おとうとじいじたちが明確に顔を綻ばせた。

「おお、そうか！　もっと飲むか？」

「ううん、もう、いい……」

この水は確かに美味しいが、今のマルスがそんなに飲むと水だけでお腹が一杯になってしまう。

ここには食事をしに来たのだから、それでは本末転倒だ。マルスはこれから、故郷ヴェルカナンの料理に似た匂いのする料理、カレーライスを食べなければならないのだから。

「まるしゅ、かれーらいしゅ、ちゃべゆの……」

マルスが言うと、おとうとじいじも嬉しそうにニッコリと笑う。

「うむ。そうか、そうか。今日はお腹一杯食べるといい」

「うん……」

二人でそんなふうに言葉を交わしていると、先ほどの女性の給仕が盆にもうもうと湯気を立てる料理を満載して戻って来た。

「お待たせいたしました。こちら、カレーライスセットと……」

テーブルと厨房を三往復ほどして皆の前に料理を並べる給仕の女性。

「マルスちゃん用のミニカレーセットになります」

マルスの前にも料理が並べられる。

「しゅごい……」

立ち上る湯気を掻《か》き分《わ》けるようにして目の前の料理を覗き込んだマルスの口から、水の時を凌駕《りょうが》する感嘆の声が洩《も》れた。

茶色いスープに沈む灰色の麺に、雪のように真っ白な粒々に茶色くてトロッとしたソースがたっぷりとかかった料理。その脇には真っ赤に染まった刻み野菜の漬物。

例の刺激的な匂いの正体は、この茶色いソースがかかった料理だったのだ。ということは、これがカレーライスということか。

刺激的で複雑な味のする香辛料が沢山使われた故郷ヴェルカナンの料理。肉にも魚にも野菜にもたっぷりと香辛料を塗って食べ、スープにも香辛料を溶かし、パンにまで香辛料を混ぜ込む。香辛料の種類によってはとても辛くてマルスでは食べられないようなものもあったが、それでもあの華やかな味はマルスの思い出の味なのだ。

　このカレーライスという料理の匂いは、そのヴェルカナン料理の匂いに酷似している。その匂いを嗅いでいると、家族三人で暮らしていた過去の温かな思い出が脳裏に蘇《よみがえ》るようだ。父がいて、母がいて、自分がいる。それが当たり前だった、あの時のことが。

　味も似ていたらいいな。そう思わずにはいられない。味も同じなら、遠くへ旅立った両親のことを、きっと、もっと近くに感じられる筈だから。

「ううむ、先日食べたばかりだが、相変わらず美味そうだ」

　おとうとじいじを含め、大人たちは目の前の料理の香りを胸一杯に吸い込み、まるで陶酔したかのように高揚した表情を浮かべている。

　カレーライスというこの料理、どうやら匂いだけで大の大人を魅了してしまうらしい。

「おとうとじいじ……」

　マルスが声をかけると、大人たちはハッと我に返る。

「お、おお、おう、そうであった、そうであった。マルスや、早速食べてみようか。この白い粒と茶色いソースの料理がカレーライスで、スープと麺の方がカケソバだ。まずはどちらがいい？」

「かれーらいしゅ……」

　カケソバという料理も美味しそうではあるが、何をおいてもまずはカレーライスだ。

「よし、よし、カレーライスだな……」

　言いながら、おとうとじいじがスプーンを手に取り、マルスのミニカレーから一口分掬《すく》う。そしてそれをマルスの口元に持って来る。

「どれ、口を開けなさい、マルス」

「ん……」

小さく口を開け、あむっ、とカレーを口に含む。

その瞬間、数多混ざり合った香辛料の鮮烈で刺激的な味がマルスの味覚を強烈に刺激した。

辛味、塩味《えんみ》、ゴロゴロとした野菜の甘さ、豚肉の濃厚な旨味。そしてそれらの美味さを繋げて一纏めにしてくれる白い粒々。味の奥底に、仄《ほの》かに魚の味が隠れているような気がする。

美味しい。そして懐かしい。

ヴェルカナンの料理はここまで複雑な味はしなかったし、香りについてもこれほどまでに鮮烈なものではなかった。しかしそれでもこの強烈な香辛料の味が、まだ幼いマルスの中の郷愁を激しく刺激してくる。

故郷を思わせる味、生まれ育った家、温かい家族、遠くへ旅立った父と母。

それらが一時《いちどき》に脳裏を駆け抜け、溢《あふ》れ出《だ》した複雑な感情が涙となってマルスの双眸《そうぼう》から零《こぼ》れ落《お》ちた。

「ふぐ、うう ぅ……」

小さな双肩を震わせながら声を押し殺して泣くマルス。別に店のことを慮ってそうしているのではない、カラカラに乾いた身体の奥から水分を絞り出すように泣く為、こうなっているのだ。

マルスが泣くと、おとうとじいじたちが途端に慌て始める。

「ど、どうした、マルス!? もしや辛過ぎたか!?」

確かにカレーライスは辛かったが、泣くほど辛かった訳ではない。マルスが泣いているのはあくまで感情が湧き出してのこと、もう直接触れることが叶《かな》わない温かな記憶の断片が蘇ったからだ。

「ちがーの、おいちいの……」

言いながら、マルスは首を横に振る。

「そ、そうか……。いや、でも………」

「おうちのごはんのあじ、しゅるの……」

そうマルスが言うと、おとうとじいじは不思議そうに首を傾《かし》げた。

「うちの？　城のか？」

「ちがーの、おとーたまと、おかーたまと、いっちょにたべちゃの。かられーいの、おいちいの、いっちょにたべちゃの………」

そう、マルスにとっての家とはヴェルカナンの屋敷のことであり、家の味とはデンガード連合の食文化の影響を色濃く受けた料理のこと。

たっぷりの香辛料で味付けするデンガード連合風の料理は、同じく数多の香辛料を混ぜ合わせたカレーライスの味とは通ずるところが多い。確かに全く同じ味とは言えないが、それでも故郷の味を、今や遠き日の情景となった家族の時間を思い起こさせるものであった。

幼いマルスなりの言葉でもそれが伝わったのだろう、おとうとじいじは目元にじんわりと涙を浮かべ、何とも儚《はかな》げな表情でマルスの顔を覗き込んだ。

「マルス……」

「おとうとじいじ、まるしゅ、おとーたまとおかーたまといっちょにごはんちゃべちゃいの。このおいちいの、いっちょにちゃべちゃいの。でもね、もう、おとーたまとおかーたま、とおくとおくなの。まるしゅだけでごはんちゃべるなの…………」

マルスはまだ三歳にも満たない幼児だが、それでも空に旅立った父と母がもう戻って来ないことは理解している。他に兄弟もいなかったマルスは一人ぼっちになってしまった。

「…………そうだな。マルスの父と母は空へ旅立った。もう今生で会うことは叶わぬ」

悲しそうに表情を曇らせながら、そう言うおとうとじいじ。難しい大人の言葉で言っている部分はよく分からないが、でも、話の大筋は分かる。マルスはもう、父と母には会えない。おとうとじいじはそう言っているのだ。

「うん……。うぅ、えぐ……ひっく…………」

自分でも頭では理解しているのだが、やはり他人の口から改めて事実を突き付けられると心にグサリと来るし、幼いマルスではその重い言葉を受け止め切れず涙が零れてしまう。

だが、おとうとじいじとてマルスのことを傷付けたくてそう言ったのではない。彼は腕の中のマルスをひしと抱き直すと、首を横に振って静かに口を開いた。

「だがな、マルス。それでもお前と一緒に食事をする者はまだいるのだ。それを忘れてはならぬ」

「まるしゅといっちょに……？」

「ああ。私がそうだ。そしてお前がもっと大きくなれば、お前の友も一緒に食卓を囲んでくれるようになるだろう。大人になれば婚儀を結び、妻となる者と一緒に食べるようになる。妻との間に子が生まれれば、今度は家族となって皆で一緒に食卓を囲むのだ。その子が大きくなり、婚儀を結べばその妻と孫も食卓に加わろう」

「まるしゅの……かじょく？」

幼いマルスにとっての家族とは、父と母だと理解している。だが、おとうとじいじはマルスも大人になれば新たな家族が出来ると言う。

自分が大人になった姿も、新たな家族が出来るところも想像が付かないが、全てを失ったマルスにもいつかそんな日が来るのだろうか。また大切な人たちに巡り合い、家族となり、一緒に笑顔で食卓を囲む温かな時が流れる、そんな日が。

おとうとじいじは「そうだ」と頷く。

「マルスよ、お前が元気に生きていけば、お前にもいずれ家族が出来る。お前が大人になるまでは私がお前のことを守る。そして空からはお前の父と母も見守っている。今はとてもつらかろう、悲しかろう。だがな、それでもお前は生きていかねばならぬのだ。皆がそれを望んでおる」

「みんな？　おとーたまとおかーたまも？」

みんな、と言われても、マルスが思い浮かべる人物はそう多くない。今はおとうとじいじに、王都のじいじ、ヴェルカナンの執事、乳母をしてくれていた叔母くらいか。故人も数に入れていいのなら、そこに筆頭として父と母が入る。

本当に、父と母はマルスがこれからもここで生きていくことを望んでいるのだろうか。

父と母は空の上だから意見を聞くことも出来ないが、おとうとじいじは「勿論《もちろん》だ」と、先ほどよりも力強く頷いて見せた。

「お前の父と母こそが最もそれを望んでおる。だからな、マルス、決して、自分もすぐに父と母に会いに行きたいなどとは思うな。自分も空に旅立ちたいとは思うな。生きることとは、まず食べることだ。どんな生き物も食べねば生きられんのだからな」

最近のマルスはずっと、ベッドの上で早く父と母に会いたいと願っていたのだが、どうやらおとうとじいじは何も言わずともそのことを見透かしていたらしい。

「ちゃべるのが、いきる、なの？」

空に旅立った者はもう何も食べない。逆説的に言えば、生きている者は何かを食べるということは分かるが、おとうとじいじの言葉の真意が何なのか。

それを説明するよう、おとうとじいじはゆっくりと、諭すような口調で語り始める。

「マルスよ、よく聞きなさい。生きることとは、生涯ものを食べて行くということなのだ。食べたものを己の命に変えて、生き物は生きてゆくのだ」

命が失われる要因はいろいろあるが、命を繋いでいく要因はまず食べること。生きる者が食べることをやめてしまうと、その命は細く小さくなっていき、終わりへと向かって行く。

食べることとは生きること。確かにおとうとじいじの言う通りなのかもしれない。

だが、これからマルスが生きて行くには、いやさ食べて行くには絶対に避けては通れない大きな問題がひとつだけ存在している。

「でも、おちろのごはん、おいちくないの………」

皆がマルスの生を望んでいることは分かった。生きて行くのにものを食べて行かなければならないことも分かった。

だが、肝心の、食べるものが不味《まず》いのだ。旧王城で出る料理は塩のみの味付けで、レパートリーも少なく、幼いマルスでは食べ続けるのにいささか苦痛を感じる。

そんな食事を長年にわたりさして苦痛とも思わず続けて来たおとうとじいじである、恐らくはマルスがそういう事情を口にしたことで確信を得たのだろう、そのことを重く受け止めたようで、苦々しい顔をして「ううむ」と唸った。

「やはり、そうであったか……」

「……うん。おちおのおあじだけなの。おいちくないの」

「そうだったか、何たることだ……飯が不味い故の……」

マルスにとっては美味しくない食事ではあるが、腐っても城の料理、まさかそれが不味いと言われるなどとは思ってもみなかったのだろう。おとうとじいじは眉間にシワを寄せて難しい顔で考え込み、ややあってから「よし！」と何かを決意したように頷いた。

「分かった！　これからは、毎回このナダイツジソバで食べさせてもらおう！　この店の料理ならば匙《さじ》が止まることもあるまい！」

確かに、それならば一日三食を摂ることも出来るかもしれない。故郷の味を思わせるカレーライスであれば、毎食でも食べられるだろう。同じ料理を出され続けるにしても、お城の淡泊な塩味料理よりは食も進む筈だ。

「また、かれーらいしゅ、ちゃべていいの？」

「ああ、勿論だ！　それにな、マルス。生きてさえいれば、カレーライスとはまた別の美味いものにも、お前が好むものにも巡り合える筈だ。例えば、このカケソバとかな」

言いながら、おとうとじいじは麺が沈むスープのどんぶりを手に取り、マルスの近くに引き寄せた。

「かけしょば？」

このスープからも、確かに美味しそうな匂いがする。カレーライスのように強い香辛料の匂いがする訳ではないが、この魚や発酵調味料の丸く優しい香りもまた、マルスの萎《しぼ》んだ食欲に訴えかけてくるようだ。

「うむ。どれ、まずはスープを一口……」

おとうとじいじはスプーンを手に取り、スープを一口掬う。そして、そのスープをマルスの口元に近付けた。

「飲んでみなさい、マルス」

「うん……」

小さな口を開け、まるで親鳥から餌をもらう雛鳥《ひなどり》のようにコクコクとスープを飲み込むマルス。温かなスープが口内に広がり、喉の奥へと嚥下《えんげ》された瞬間、マルスはあまりの美味さに思わず、

「おいちい！」

と声を上げた。

口の中にしっかりと残るカレーライスの味を、ソバのスープが綺麗《きれい》に流して舌をリセットして行くこの感覚。鼻に上るスープの香気が、カレーライスの香気と見事に調和している。

セットで提供されているのには理由があったのだ。カレーライスとカケソバ。これらの調和は必然だったのだろう。まさしく渾然一体《こんぜんいったい》。混ざり合ってひとつになった。

舌がリセットされたことで、また、口がカレーライスの刺激的な味を求めている。これが普段の食事ならばもう食べたくないと言っているところだが、今は逆にもっと食べたいくらいだ。

ただ一言、美味い、という感動の声。

近頃は元気を失っていたマルスがここまで大きな声を出したのは久々のことである。

「そうかそうか！　良かった、いや、良かった………」

おとうとじいじは何故だか目元を潤ませ、その大きくシワシワな手で優しく、そして何度もマルスの頭を撫でた。何度も何度も、まるで血の繋がった我が子を慈しむように。

父や母の手が一番大好きなことには変わりないが、しかしおとうとじいじの大きな手も嫌いではない。仄かではあるが、しかし確かな温かさを感じるからだ。

「おとうとじいじ！　まるしゅ、もっとちゃべちゃい！」

マルスがそう訴えると、おとうとじいじは嬉しそうに微笑を浮かべる。

「よしよし、ちょっと待っておれよ……」

自分が食べることも忘れて、次はカレーライス、その次はカケソバと、付きっ切りでマルスに食べさせるおとうとじいじ。

そんな二人の姿は、紛れもなく家族のそれであった。

この日から一ヶ月間、おとうとじいじは朝昼晩三食、そして毎日マルスを連れてナダイツジソバを訪れ、ミニカレーセットを食べさせ続けた。

その甲斐《かい》あってマルスはみるみる元気を取り戻し、おとうとじいじの手を借りずとも自分で食べられるようになったし、おとうとじいじが忙しい時は護衛と世話役のメイドだけを供にナダイツジソバを訪れるようになった。

マルスのナダイツジソバ通いが日課と呼べるようになった頃、おとうとじいじはデンガード連合から可能な限りの香辛料を取り寄せるようになった。

その結果、お城の料理が劇的に改善され、マルスでも食べられるようになり、城内で働く者たちからも食事の質が向上したと喜びの声が上がるようになった。

この出来事がきっかけとなり、後に、旧王城は現王城の次に美味なる料理を出すと貴族の間で評判になるのだが、それはもう少しだけ先の話である。

よしよし、異世界でも名代辻そばが認知されてきたね

ルテリアという最強の大型新人が加わり、更にはカレーライスという強打者が加わったことで、名代辻《なだいつじ》そばは異世界店は磐石《ばんじゃく》の体制に大きく近付いた。

最初のうちは騎士団の兵士たちやダンジョン探索者たちをはじめとしたリピーター客が多かったのだが、ここ最近は新規のお客が増えてきたように思える。

辻そばの味に感動したお客が、まだ店を訪れたことのない知り合いにそのことを話し、それで興味を引かれた者が来店して同じように味に感動、また別の知り合いにその話を聞かせるという良き口コミ効果が広がったことにより、兵士でも探索者でもない一般客が来店するようになったのだ。

それに加えて、近頃では食品を扱う商人や、他店の料理人の姿もちらほらと見るようになった次第。彼らも客商売、話題には敏感なのだろう。

彼らは特にカレーライスセットに御執心のようで、まずは食べて驚き、次に、

「この料理のレシピを教えてほしい」

「使われている食材を教えてもらいたい」

「何処《どこ》に行けば材料が手に入るのか教えてくれないか」

といった質問をしてくる。

要は、彼らもカレーライスを作りたいということらしい。料理人の方は純粋にカレーライスを作りたいだけなのだろうが、商人の方はカレーライスに商機を見出《みいだ》しているようだ。

雪人《ゆきと》はギフトの力で無限に素材を仕入れられるからいいが、異世界にはそもそも蕎麦《そば》の実も米もないし、スパイスも全て揃《そろ》えられるとは思えない。必要な材料が揃えられないのなら、教えたところでどうにもならないだろう。

だから基本的に彼らの質問に答えることはないし、それでもしつこく聞き出そうとしてくる者には申し訳ないが帰ってもらうことにしている。

雪人が注意すると、大抵の者は悔しそうな顔をしつつも大人しく帰ってくれるのだが、ごくごく稀《まれ》に、そうではない者が訪れることもあるのだ。

「痛い目を見ないと分からんようだな」

「俺の後ろ盾がどれだけ凄《すご》いか知ってて言っているのか？」

「断れば後悔することになるぞ」

などと脅しをかけてくる者たちもいるにはいるのだが、そういった連中は神が与えてくれたギフトの力によって強制的に店外に弾《はじ》き出され、以降二度と店には入れなくなった。

また、そういう者たちとは別のアプローチで来る者もいる。

「質問に答えてくれないのならば、せめて料理を持ち帰らせてくれないか。自分でどうにか研究してみたいんだ」

　というふうに頼み込まれることもあるのだが、雪人はそういう嘆願も断ることにしている。

　これは別に意地悪で言っていたり、味の秘密を守ろうとしているのではなく、単純に辻そばの料理は店外に持ち出せないからだ。

　店外に料理を持ち出そうとすると、その瞬間、蒸発したように料理が消えてなくなってしまう。しかも食器ごとだ。

　察するに、ギフトによって現れた料理はギフトの効果が及ぶ範囲内、つまりは辻そばの店舗内部でしか存在を維持出来ないということなのだろう。

　無論、店内で食べたものが店外に出たと同時に胃袋の中から消えるということではない。ちゃんと満腹感は残るし、栄養も摂取される。これは雪人自身の身体《からだ》で試したことなので間違いない。

　雪人自身、ギフトの細かな法則性は手探りで摑《つか》んでいる最中である。

　ともかく、以上のような出来事は、言ってみればこの異世界にも名代辻そばが認知され、浸透して来たという証拠。雪人が愛して止《や》まない名代辻そばは国境どころか世界の壁をも越えたのだ。

　これは雪人個人の手柄ではなく、名代辻そばという店の手柄。流石《さすが》、辻そば。戦う場所を選ばぬオールラウンダー。

　ここ最近の口コミ効果のおかげで来客が増加し、雪人のギフトは開店から僅か一週間でレベル五に到達、またしても新メニューが追加された。

　レベルアップしたギフトの詳細は次の通りである。

ギフト：名代辻そば異世界店レベル五の詳細
名代辻そばの店舗を召喚するギフト。
店舗の造形は初代雪人が勤めていた店舗に準拠する。
店内は聖域化され、初代雪人に対し敵意や悪意を抱く者は入ることが出来ない。
食材や備品は店内に常に補充され、尽きることはない。
最初は基本メニューであるかけそばともりそばの食材しかない。
来客が増えるごとにギフトのレベルが上がり、提供可能なメニューが増えていく。
神の厚意によって二階が追加されており、居住スペースとなっている。
心の中でギフト名を唱えることで店舗が召喚される。
召喚した店舗を撤去する場合もギフト名を唱える。
今回のレベルアップで追加されたメニュー：天ぷらそば
次のレベルアップ：来客一〇〇〇人（現在来客二三八人達成）
次のレベルアップで追加されるメニュー：冷しきつねそば

今回のレベルアップで追加されたメニューは、温かいそばのカテゴリーから天ぷらそばだ。

名代辻そばの天ぷらそばは、大きなエビ天がどーんと一本二本載っているようなタイプのものではなく、野菜と小エビのかき揚げが載ったものである。

そばつゆの染みたかき揚げはサクサクとした歯応えと、つゆが染みてジュワリと出て来る美味《うま》さが堪《たま》らないもので、雪人も大好きな一品だ。

まかないとしてルテリアにも天ぷらそばを出してみたのだが、彼女も美味い美味いと言いながら夢中になって食べていた。あの細い身体でおかわりまでして食べたのだから、その味に疑う余地はない。これもまた異世界で戦うにあたり心強い味方となってくれるだろう。

天ぷらそばが追加されたことにより、辻そばのメニューは更に磐石なものとなった。

そして次に追加されるメニュー、冷しきつねそば。

きつねといえば温かいうどんと、そう言う者もあるだろうが、雪人は冷たいそばにも親和性があるものだと思っている。

醤油《しょうゆ》ベースで甘辛く煮付けられ、味の染みた油揚げは、そばと絡むと実に美味い。

辻そばの場合は冷たいそばのカテゴリーに属するものなので、夏場にこれとキンッキンに冷えたビールなど合わせれば天国だろう。考えただけでゴクリと喉が鳴る。

惜しむらくは今のところ雪人のギフトにアルコールが追加される様子がないことだが、ギフトのレベルを上げていけば、いずれは追加されることだろう。名代辻そば全店で提供されている訳ではないのだが、中にはアルコールを提供している店舗もあるのだから。

辻そばの可能性はまだまだ尽きるものではない。ビールを期待してもバチは当たらないだろう。

この先、来客はどんどん増え、雪人のギフトもガンガン成長していく筈《はず》だ。レギュラーメニューがコンプリートされれば、次は店舗限定メニューが追加されるのではないだろうか。なければ自分でオリジナルメニューを作ったっていい。何故《なぜ》なら、雪人は店長なのだから。

目指すは日本にあった頃の名代辻そば水道橋《すいどうばし》店と遜色ない店作り。店長として水道橋店から始まる筈だった夢の続きを、この異世界で歩んでゆく。

漫画家時代の過酷な労働環境を戒めとし、これからも身体を壊さない程度にガンガン働き、異世界の人々に辻そばを提供していこうと意気込む雪人。

今は自分を合わせて店員が二人しかいないから無理だが、もっと店が軌道に乗れば店員も追加で雇い、いずれは日本にあった頃のように二四時間営業の店にもしてみたい。

ギフトのレベルがもっと上がれば、支店なども出せたりしないものだろうか。

目標は高く、野望は尽きず、夢想も尽きず。しかしながら無理はせず、そして悪事には手を染めず、いつでもお天道様に顔向け出来るよう、真っ当な方法で。

手探りながらも異邦の地で歩み始めた雪人だが、しかし悲嘆には暮れず情熱に燃えていた。

ギフト研究者茨森のテッサリアと天ぷらそば

一般に、エルフという人種は排他的であると言われている。

それはヒューマンやビーストといった他人種が街を造り大勢で生活基盤を形成するのに対し、エルフは辺鄙《へんぴ》な山奥や鬱蒼《うっそう》とした森の中、小さな孤島といった、人があまり足を運ばないような僻地《へきち》に少数の氏族のみで暮らしているからだ。

だが、実のところそれは、エルフという人種についてあまり詳しくもない他人種による誤解である。実際のエルフは決して排他的な種族などではない。

まず、少数で暮らしているのは、単純にエルフの出生率が他人種に比べて極端に低いからだ。エルフは長寿で何百年も生きる。もう絶滅したとされるエルフの上位種、ハイエルフなどは最長で一五〇〇年も生きたという記録が残っているくらいだ。

しかし長寿であるが故なのだろう、極端に子が出来難《にく》く、夫婦間に生涯で三人も子が出来れば多産であるとされるほどだ。

それに僻地で暮らしているのは人足を遠のける為《ため》ではなく、魔素の濃い場所を居住地に選んだ結果そうなったというだけのこと。

魔素というのは大気の中に漂う魔力のことなのだが、エルフはこれが濃い場所を好む。

エルフという人種は何故《なぜ》だか魔法に関連するギフトを授かる確率が非常に高く、故に自然と魔素の濃い場所を好むようになった。

自然界には魔素が濃く溜《た》まる場所があるのだが、そういうところは何故だか人里離れた辺鄙な場所に多く点在している。それが森の奥や辺鄙な山奥といった僻地なのだ。仮に、街中に魔力溜まりがあれば、彼らとて躊躇《ちゅうちょ》なく街に住むことだろう。

更に言えば、エルフは別に他人種を自分たちの集落から排斥してはいない。それどころか、集落の人口が増えるからと、むしろ他人種が集落に住むことを歓迎しているくらいだ。

しかしながら、居住地が僻地であるが故に他人種の来訪自体が少なく、ごくごく稀《まれ》に他人種が同じ里に住み着いたとしても、寿命の違いからすぐに死んでしまうので、結局のところエルフしか集落に残らないという悪循環に陥っている。

そういう次第で、エルフが自分たちの集落を離れて人里で暮らすことは滅多《めった》にないのだが、しかし全くないのかというとそういう訳でもない。中には集落を飛び出して放浪生活を送ったり、大きな街で暮らす者もいたりする。

何を隠そう、テッサリアもそういう街で暮らすエルフの一人だ。

他人種と結ばれた者は別として、エルフは基本的に家名を持たず、出身地の地名を氏族全体の名として名乗る。

故に、テッサリアも自身を『茨森《いばらもり》のテッサリア』と名乗っているのだ。

カテドラル王国東部にある広大な茨森、そこがテッサリアの故郷である。

テッサリアは子供の頃から好奇心旺盛な少女だったのだが、授かったギフトはエルフの通例に反して魔法に関連するものではなく、自身の目で見たものを一枚の絵のように記憶し、いつでも自在に引き出せる『完全記憶』というものだった。

テッサリアはこのギフトを授かったことで魔素の濃い場所にいる必要もなくなり、また、持ち前の好奇心を後押しされる形となったのだ。

少女時代のテッサリアは、たまに集落を訪れる旅人の話に胸をときめかせ、小遣いを貯《た》めて行商人から買った本の内容に驚き、里の外はどうなっているのかと想《おも》いを馳《は》せる日々を送っていた。

中でも特に興味を引かれていたのは、外界から訪れる他種族のギフトに関することだ。

エルフは基本的に魔法関連のギフトばかり授かるので、それ以外のギフトがどんなものかどうしても気になってしまう。

世の中には人の数だけギフトが存在する。もう亡くなった先人たちのものも含めれば、その数は夜空に輝く星の如《ごと》きものとなろう。

この世に存在するギフトのこと全てが知りたい。自分が死するまでにひとつでも多くのギフトを研究し、この脳裏に刻みたい。せっかく授かった完全記憶で残しておきたい。

そういう広大な夢想は、いつしかテッサリアの心の大部分を占めるに至った。

狭い集落の中で外の世界に想いを馳せるだけの無味乾燥な日々は長くは続かず、テッサリアは好奇心に背中を押されて集落を出たのだ。

頼る者もいなければ行くアテもない流浪の旅。

夢はギフトの研究で身を立てることだが、まずは日々を生きる為の銭を稼がなければ早晩野垂れ死ぬことになる。だからテッサリアは最寄の街に辿《たど》り着《つ》くと、その足でダンジョン探索者ギルドに赴き、そのままダンジョン探索者となった。

茨森のエルフは狩猟を糧としている故、魔法だけでなく弓など武器の扱いにも優れている。

また、茨森には小規模ながらダンジョンが存在する為、集落の者がこれに潜り、狩猟だけでは得られない資源を得るということも当たり前にあった。

生活の一環としてダンジョンに潜り、魔物と戦う。それはテッサリアにとっても例外ではなく、同年代の若衆と一緒に幾度となく狩猟やダンジョン探索に赴き、そこで実戦経験を積み、エルフ流の弓術と短剣術を磨いた。

戦闘技術を習得しており、ダンジョン探索経験も豊富。テッサリアは新人ながら早々にダンジョン探索者として成果を挙げ、生活の糧を得ることに成功した。

ダンジョン探索者を続けて一〇年、そろそろベテランとして扱われるようになった頃だろうか。ギルドからの指名依頼で、テッサリアは貴族のダンジョン探索チームに助《すけ》っ人《と》として加わることになった。王都に居を構える法衣《ほうえ》貴族、カンタス侯爵率いるダンジョン探索チームだ。

カンタス侯爵は王都の研究所に勤めるギフト研究の第一人者で、戦闘系ギフトを研究する一環として、定期的に研究対象者を連れてダンジョンに赴いているのだという。

ギフト研究の為に使うダンジョンは研究対象者の能力なども考慮して毎回変えているらしいのだが、今回選ばれたのはテッサリアの故郷、茨森のダンジョンであった。

このダンジョンを案内するのにテッサリアほどの適任者はいないということで、ギルド側から侯爵に推薦、指名が来たという流れだ。

探索の為の拠点は当然ながら茨森にあるエルフの集落となり、テッサリアはごく短い時間ながらも里帰りを満喫。両親や友人たち、それに遠くに暮らしている婚約者も集落を出たテッサリアのことを随分と心配していたのだという。

テッサリアは皆に申し訳ない、でも心配ないからと頭を下げ、婚約者にも大丈夫だと文を綴《つづ》り、母に手紙の送付を頼んだ。

ダンジョン探索の準備期間として三日も集落にいただろうか、その後、テッサリアは準備の整った侯爵一行を伴ってダンジョンへと赴いた。

子供の時分から幾度も訪れ、勝手知ったるダンジョン。しかし、その時期は不幸にもダンジョン内で変異種の強力な毒蛇の魔物が誕生しており、一行は激戦の末にどうにかその毒蛇を倒したのだが、その戦いの最中、カンタス侯爵が毒の攻撃を受けてしまった。

この毒は最上級の回復魔法か霊薬でなければ解毒不可能なもの。その時は折悪《おりあ》しく最高位の回復魔法使いが帯同しておらず、行きの道中で霊薬も使い切っていた。比較的危険性の少ないダンジョンということで、中位の回復魔法使いしか連れて行かず、霊薬も必要最低限しか携行しなかったことが仇《あだ》となった形だ。

侯爵の生命の危機だったが、これを救ったのが何を隠そうテッサリアである。

茨森はテッサリアの故郷。そして、ごく稀にダンジョン内に毒蛇の魔物が誕生することは経験から知っていた。故に、万が一のことを考え、集落のエルフにのみ伝わる毒の特効薬を少量ながら持参して来ていたのだが、その用意が役に立ち、何とか侯爵の命を救うことが出来た次第。

命を救われたカンタス侯爵はテッサリアに深く感謝し、自分の出来得る範囲で何でも力になってくれると言ってくれた。

ギフト研究で身を立てたいと願い続けていたテッサリアにとって、またとない好機である。恐らくはテッサリアの答え如何《いかん》で今後の人生が大きく変わる。

唐突に訪れたチャンスに対し僅かな逡巡《しゅんじゅん》はあったものの、テッサリアは素直に侯爵の言葉に甘えることにした。

結果、侯爵の肝煎りで、彼が所長を務める王都のギフト研究機関に所属することとなり、テッサリアは晴れて長年の望みであったギフト研究者となったのだ。

それから更に一〇年。テッサリアは水を得た魚の如く精力的に研究に取り組み、席次をぐんぐんと上げ、今や機関内の第三席。役職で言えば室長にまで昇進した。

研究者となってからの一〇年間、数多《あまた》のギフトに触れてきたし、伝承にのみ残る伝説のギフトのことなども研究してきたテッサリア。特に力を入れたのが、この世界の人間と比べると、かなり異質な能力を持つストレンジャーのギフト研究だ。

歴史上、ストレンジャーはこの世界に幾人も現れ、多大な影響、そして恩恵を与えてきた。文明、文化の進歩、危機の打破、動乱の収束。後の歴史で転換点と呼ばれるような場面には、必ずと言って良いほどストレンジャーの姿がある。

ただ、ストレンジャーといっても千差万別で、中には世界に破壊と恐怖をもたらした異端のストレンジャー、ムスペルヘイムなる世界から次元の壁を破って現れた炎の巨人スルトのような例外もあったが、それでもストレンジャーはこのアーレスにおいて最も重要な貴人。

テッサリアはかねてより、このストレンジャーが持つギフトについての研究、それも生きた研究がしたいと思っていた。

生きた研究、それは記録として残っているものを再考するのではなく、生きたストレンジャーによって目の前で行使される生のギフトに触れてみたいという欲求だ。

かつてカテドラル王国に現れたという、地球なる世界から来た少年のストレンジャーは、青年になる前に流行《はや》り病で亡くなってしまい、国内からストレンジャーがいなくなってしまった。

他国にはまだストレンジャーが生存しているらしいのだが、さりとて研究を優先するあまり辞職して国外へ行く訳にもいかず、テッサリアの憤懣《ふんまん》は募るばかり。

そんな折、王城に急報が入った。何と、カテドラル王国内に新たなストレンジャーが現れ、王弟ハイゼン・マーキス・アルベイル大公がこれを保護、今は大公の守護を受けつつ領都アルベイルに居を構えているのだという。

この一報が入った時、テッサリアだけと言わず研究機関全体に激震が走った。

何せ二〇年以上ぶりにカテドラル王国内に現れたストレンジャーだ。しかも、聞けばそのストレンジャーは前回の少年と同じ地球なる異世界から来た男性で、任意の場所に食堂を召喚し、食材を仕入れることもなく異世界の美味なる料理を振舞う、古今東西見たことも聞いたこともない奇妙奇天烈《きてれつ》なギフトを授かったのだという。

アーレスで生まれ育った人間とは違い、ストレンジャーは神から直接ギフトを授かる。しかも、常から異質だと言われているストレンジャーのギフトの中でも、この男性のものは異質極まりない。これを調べずして何が研究者か。

しかしながらストレンジャー個人の要望に則したものを。

しかしながらストレンジャー本人の意向で、周辺を騒がせてほしくはないのだという。出来ることならそっとしておいてもらいたいと。

これを受け、研究機関の職員にはストレンジャーとの勝手な接触を禁じる触れが出回り、テッサリアを含め多くの者から不満の声が出た。

その声を受け、どうにかストレンジャーのギフト研究に対して許可が出たのだが、その研究に就ける者はたったの一人、しかも直接の接触は固く禁じられており、あくまで身分を明かすことなく一人の客としてさりげなく、それも遠目に観察することだけしか許されていない。

それでも現地に行きたい、生のストレンジャーのギフトに触れたいという研究者たちは大勢いたのだが、テッサリアはここぞとばかりに強権を発動して他の研究員たちの声を押さえ込み、彼らの恨めしそうな視線を背に意気揚々と旧王都へ赴いた。

権力によって蹴散らされた部下たちの怨嗟《えんさ》の声を満面の笑みで無視しながら、意気揚々と王都を出立したテッサリア。

旧王都に到着した初日から、アルベイル大公への挨拶もそこそこに件《くだん》のストレンジャー、地球から来たユキト・ハツシロが営むナダイツジソバなる食堂を訪れたテッサリアは、初手からずっとその店の威容に圧倒されていた。

無色透明な板、確かガラスという高価なもので店内が見えるようになっており、表の戸もやはりガラス製で、しかも自動で開閉。ガラス以外の部分は、ただの石材でもレンガでも木材でもない頑丈そうな造りの店舗。それとなく給仕に聞いてみたところ、基本はコンクリートなる建材なのだという。テッサリアは建築関係に詳しい訳ではないが、恐らくは異世界のみに存在する未知の建材ではなかろうか。

もう、最初からあまりにも異質。ギフトによって召喚されたという店舗は豪奢《ごうしゃ》そのもの、小ぢんまりとはしているが贅《ぜい》の限りが詰め込まれている。まさに豪華絢爛《ごうかけんらん》。この世界の城とはまた違った趣で、こんな建物は王族ですら有していないだろう。

それに店構えだけではない、店内も清潔そのもの、虫どころか埃《ほこり》の一粒も落ちていないピカピカの床、一切塗りムラのないなだらかな壁。椅子もテーブルもこれまで目にしたこともない様式の洗練されたデザイン。厨房《ちゅうぼう》などは作業台や流し、食器棚など目に付く場所ほぼ全てが鉄でも鋼でもない謎の金属で構成されており、使われている調理器具までもが鈍い銀色の輝きを帯びていた。

異質も異質、何もかもがあまりに異質。

王都で第一報を聞いた当初、テッサリアはギフトによって店舗が召喚されるといっても、精々が下町の大衆食堂くらいのものだと思っていたし、出て来る料理も可もなく不可もなくといった具合のものだと思っていた。

一流レストランほど豪奢で洗練されてはいまい、料理とて平民が食べる一般的なものが一種類か二種類、良くて三種類程度出て来るだけだろうと高を括《くく》っていたのだ。

だが、その考えは何から何まで大外れ、見当違いもいいところだと思い知らされた。

三種類どころではない、その倍以上の品数で、ギフトを使い込めばこれからもっと品数が増えていくのだという。

異質にして豪奢な店舗は前述の通り。料理の方も食してみて驚愕《きょうがく》した。

カケソバ。ナダイツジソバの基本メニュー。シンプルにして奥が深い料理。店主のユキト・ハッシロ曰《いわ》く、最も奥が深い一品。王都の料理が霞《かす》むくらいの美味。

モリソバ。カケソバと双璧を成すナダイツジソバの基本メニュー。冷水でキュッと締めたソバの麺を、一口ずつ濃厚なスープに浸して食べる料理。これもまた美味。夏場の暑い日に食べれば暑気払いにもなり最高だろう。

カレーライス。コメなる地球独自の真っ白な穀物に茶色くドロッとした具沢山のスープをかけたメニュー。見た目は不器量そのものだが、味は王宮の料理すらも凌駕《りょうが》する天上の逸品。貴重な香辛料をこれでもかと練り合わせたその味は刺激的で何とも芳醇《ほうじゅん》、玄妙極まりなく、舌の上に味覚の爆発を起こす料理の革命と言って過言ではない。

どれもこれもあまりにも美味過ぎる。王都の一流レストランをすら凌《しの》ぐ美味の数々に、テッサリアは一発でナダイツジソバの虜《とりこ》になった。

以来、テッサリアは一日三食を必ずナダイツジソバで摂《と》るようになり、ツジソバのメニューを全制覇してからは、どのソバがカレーライスに合うかということを研究し始める始末。しかも当初の目的であったストレンジャーのギフト研究にかこつけて、だ。

もう、こうなってはただただ体裁を取り繕っているだけであったし、所長のカンタス侯爵に報告書を見せれば間違いなく雷が落ちることだろう。だが、それでも止められないのだ。

何故なら、テッサリアはすっかりナダイツジソバの料理に魅了されてしまったのだから。

そして今日もまた、テッサリアは朝食を摂りにツジソバを訪れる。

朝は流石《さすが》に軽くいこうか、それとも朝からカレーライスも付けてガッツリいってしまおうか。そんな幸せなことを考えながら入店したテッサリアに、早速給仕の女性が声をかけてくる。

「いらっしゃいませ、テッサリアさん！　毎日ありがとうございます！」

給仕の女性、ヒューマンのルテリアが満面の笑みを浮かべながら元気良く声を響かせた。

旧王都に到着してから一週間。テッサリアはツジソバに通い詰めたことで顔を覚えられ、彼女ともある程度交流を持ち、親しくなったのだ。

「おはよう、ルテリアさん。今日もお世話になるわね」

そうテッサリアが挨拶を返すと、ルテリアもまた白い歯を見せて笑う。

テッサリアも彼女と同じ女性ではあるが、ルテリアのこの笑顔と、店内に漂う良い香りを嗅ぐと幸せな気持ちで胸が一杯になる。これが男性ならばイチコロだろう。

「お好きなお席にどうぞ。すぐにお水持って来ますね」

「ええ、ありがとう」

空いている席に座り、早速卓上のメニューを手に取る。仮にカレーライスを頼むとして、今回のソバはどうしようか、などと考えつつメニューを眺めていると、不意にあるものがテッサリアの目に飛び込んできた。

「ん？　これ……テンプラソバ………えッ！　まさか新メニュー!?」

温かいソバの欄に、昨日まではそこになかった筈《はず》のテンプラソバなるものが記載されている。一緒に載っている絵を見てみると、カケソバの上に円形の何かがデンと鎮座しているようだ。

何ということだろうか、つい数秒前までカレーライスに合わせるソバのことを考えていたというのに、今はもうテンプラソバから目が離せなくなってしまった。

何たる僥倖《ぎょうこう》だろうか。まさかこんなふうに意図せず新メニューに出会えるとは。

このテンプラソバとやら、ベースがカケソバなのは分かる。

だが、この上に載っている、黄金色をした円形のものは何なのか。何らかの食材をそのまま、或《あ》るいはただ単に火を入れて載せている訳ではないだろう。

察するに、この円形のもの自体が何らかの料理と見て間違いない。

しかしながら、これはどういう料理なのだろうか。一見すると初心者が作った不恰好《ぶかっこう》なパンのようにも見えるが、野菜らしき緑もちらほら見えるし、何か赤いものも点々と見える。

この上に載っているもの、メニュー名から推察すると、名称はテンプラと見て相違なかろう。だが、その正体が皆目見当も付かない。

流石は異世界料理、まだまだ奥が深く、底を見せてはくれないようだ。

最初にカケソバを口にした時から分かっていたことだが、地球の食文化はこのアーレスよりも遥《はる》か先へ進んでいる。恐るべし異世界料理。

と、思考の深みに嵌《はま》っていたテッサリアの前に、コトリ、と水の入ったガラス杯が置かれる。

それでハッと我に返り顔を上げると、水を持って来てくれたルテリアと目が合った。

「どうやら見つけたみたいですね？　天ぷらそば、今日から始まった新メニューなんですよ」

やはり新メニュー。一人のナダイツジソバ好きとして、これは頼まずにはいられない。

「やっぱり！　じゃ、じゃあ、そのテンプラソバを頼むわ！」

カレーライスも捨て難いが、今はともかく新メニューを味わうのが先決。過去にばかり固執するは愚の骨頂、新しいものを取り込まずして何が研究者か。

ルテリアはニコリと笑い、厨房の方に向き直った。

「はい、かしこまりました。店長、天ぷら一です！」

「あいよ！」

厨房の中から店主、ユキト・ハッシロの威勢の良い声が返ってくる。

テッサリアのオーダーが通ったのだ。

テンプラソバ。テンプラソバ。テンプラソバ。

まだ見ぬ未知のソバのことで頭の中が一杯になる。どんな味なのか、どんな食感なのか、どんな食材が使われているのか。

どうにも気持ちばかりが先走ってしまう。

ここで逸《はや》る気持ちを静める為、テッサリアはガラス杯を手に取ってグビリと水を喉に流した。冷たい。そして美味《うま》い。冷たいものは火照《ほて》った身体《からだ》も熱を帯びた心も落ち着かせてくれる。冬でもないのに氷が浮いた、雑味を感じさせない透き通った水。普通の店ならば、いやさ王都の一流レストランとてこの水だけで銀貨一枚は取るだろう。初めて店を訪れた時、これが無料だと聞かされて驚愕したことは記憶に新しい。地球において、飲料水はこの水準なのだと。

ともかく、一息ついて少し落ち着いたので、周囲を窺《うかが》う余裕が出て来た。

見れば、他の席で食事中の常連何人かが、時折ソバを啜《すす》りながらも何やらカリカリと美味そうな音を立てている様子。

少しはしたないかもしれないが、不自然にならない程度に背筋を伸ばし、そっと覗《のぞ》き込《こ》む。

あれはテンプラソバだ。あの円形の何かを嚙《か》むことでカリカリと音を立てているらしい。

「……うんめぇ、カリッカリだ」

テンプラソバを食べていた男性が、誰に言うでもなく、ボソリとそう呟《つぶや》く。

そのたった一言で、テッサリアは思わずゴクリと生唾を飲み込んでいた。意識してそうしたのではない。自然と、本能的にそうしてしまったのだ。

その本能が訴えている。あれは美味なるものの音だ、と。

明らかに水分の少なさを窺わせるカリカリとした音。

ダンジョン探索者時代に食べていた保存食のパン、硬く焼き締められたハードタックはカリカリどころか石の如くガリガリゴリゴリとしていて味も悪く、いつも歯が欠けるのではないかと脅《おび》えていたくらいなのだが、テンプラの音はそれとは全く違う。あれは食感を楽しませる美味なる音だ。

手洗いに行くふりをして立ち上がり、さりげなく厨房の方を覗き込んでみる。

すると、店主であるユキト・ハッシロがテンプラを調理している姿が見えた。ジュワジュワと音を上げる液体から、長いハシを使って器用にテンプラを取り出すユキト・ハッシロ。

何食わぬ顔でそのまま手洗いに行き、立派な一枚鏡に映る自分の顔を見つめながら、テッサリアは静かに口を開いた。

「あれは、油だわ。それも大量の油……」

言ったと同時に、テッサリアの額からスッと一筋の汗が流れる。

テンプラという料理は、熱した大量の油に食材を沈め、上下左右あらゆる方向から焼き上げるものだったのだ。

テッサリアはもう二〇〇年以上生きているが、あのように大量の油を用い、食材を油の海で泳がせるような調理法は初めて見た。

食用油というものは基本的にかなり値の張る貴重品だ。

野菜や木の実といった植物から採取可能な油は微々たるもので、大量に買おうと思えば大金が必要になる。なので、これを使うのは主に貴族となる訳だが、その貴族とて日常的に大量の油を使うことはまずない。それが王族、国王であろうともだ。

平民が主に使う食用油は、植物油よりも安価な獣脂になるのだが、これもそこまで大量に手に入るものではないし、どうしても獣臭さが抜けないので忌避する者も少なくない。

しかしながら、この店で使われているのは植物油である。獣脂特有の獣臭さが一切店内に漂っていないのがその証拠だ。

この店は、使われている食材も含めて全てがユキト・ハッシロのギフトによって現出したもの。資料によれば、地球に存在する同じ店が再現されているのだという。

彼のギフトにおいては食材が枯渇する心配がないということなので、食用油を大量に使えるのも納得なのだが、同時に地球という異世界ではあれだけ大量の油を使った料理がありふれているということにもなる。

先にも触れたが、この店の全ては地球という異世界の再現。彼らの故郷、地球というのは、何と豊かな世界なのだろうか。

異世界恐るべし。そして異世界料理恐るべし。

ここでテッサリアは、はたと重要なことを思い出した。あの油を大量に使う調理法、もしかしたらあれは、揚げる、というやつではないだろうか、と。

研究所の関係で、テッサリアは過去に一度だけ王宮の晩餐会《ばんさんかい》に参加したことがあるのだが、その時に妙にザクザクとした食感のジャガイモ料理を食べたことがある。

そのジャガイモ料理、食感は面白いのに塩が利き過ぎていて味わいがイマイチだったのだが、それを取り分けてくれた宮廷料理人が、これは大量の油で揚げたジャガイモのパイだと自慢気に語っていたのを覚えている。こんなに大量の油を使って調理が出来るのは、王宮で働くことを許された選ばれた料理人だけだと。ギフトのおかげで一言一句間違いない。

その時はそんなものかという感想しかなかったが、今にして思えば、あれはあれで贅沢な料理だったのだろう。惜しむらくは、その時の料理人の腕が自信の割にイマイチだったということだけ。

だが、ユキト・ハツシロは違う。彼は本物の一流料理人だ。それはテッサリアがこれまでこの店で食べてきた美味なる料理の数々が証明している。きっと、彼が作れば、王宮ではイマイチだったジャガイモのパイですらも美味《おい》しく仕上がるのだろう。

そんなユキト・ハツシロが調理する揚げ物料理。あれほど大量の油を潜って出来上がったテンプラはどんな味がするのだろうか。どんな食感なのだろうか。

考えれば考えるほど期待が膨らんでゆく。そして、その期待を裏切らないのがナダイツジソバの良いところ。こんな店はカテドラル王国広しと言えど、ここだけだろう。

緩んだ表情を正し、また何食わぬ顔で手洗いから出て席に戻ると、それとほぼ同時にルテリアが厨房の方から盆を持って来て、テッサリアの前にゴトリとどんぶりを置いた。

「お待たせいたしました、こちら天ぷらそばになります」

まるで見計らっていたかのようなベストタイミング。いや、実際にタイミングを見計らっていたのだろう。ありがたい心遣いである。

「おぉ……ッ！」

どんぶりの中を覗き込み、テッサリアは思わず感嘆の声を上げてしまった。

メニューの絵でも見たが、実物の迫力はやはり違う。

見慣れたカケソバの上に威風堂々デンと陣取る黄金色の円盤。スープの湯気と共に立ち昇る香ばしい匂いが実に食欲をそそる。

見た目にも美しい料理ではあるが、これを前にしてただ見ていることなど出来はしない。

テッサリアはワリバシを手に取りパキリと割ると、早速テンプラを持ち上げてみた。

ハシの先がズシリと重たい。大きいだけあって見た目通り重量があるようだ。

このテンプラ、基本はどうやらペコロスで構成されているらしい。南のデンガード連合では、確かタマネギと呼ばれていた筈だ。

ペコロスは辛味の強い野菜。とすれば。やはり味わいは辛いのだろうか。

他には葉野菜の緑に、赤いものも見える。あれは野菜ではなく海や川で獲《と》れるプローンの身か。確かヒューマンはこれをエビと呼んでいた筈だ。森育ちのテッサリアは幾度かしか食べたことがないが、身に弾力があり、ほのかに塩気があって美味かったのを覚えている。

それらの食材を多量の水で緩く溶いた小麦粉でまとめ、あの大量の油で泳がせるように火を通すことで一塊にしているのだろう。

テッサリアがソバを食べる時の流儀は、まずスープを一口飲むことから始めるのだが、今はこの美味そうなテンプラを前に辛抱堪《たま》らない状態になっている。テンプラを求める本能に抗《あらが》えない。今回ばかりは流儀は横に置いておく。

淑女として少々はしたないが、大きく口を開けてガブリとテンプラに齧《かじ》り付《つ》く。

ザクリ！

ザク、ザク、ザク、ザク……。

食べる前から思っていたが、やはり食感が素晴らしい。まるで全粒粉クッキーのようなこのサクサクとした軽やかな食感。嚙み締める度にザクザクと小気味良い音が鳴る。

大量の油によってカリカリに揚がった小麦粉が実に香ばしい。

しかもペコロスが辛いかと思っていたのに、何故だかとても甘く感じる。以前に王都で食べたペコロスは生だろうが火を通そうが随分と辛かったのに不思議なものだ。きっと異世界のペコロスはアーレスのものとは品種が違って甘いのだろう。

小さいが確かな弾力があるプローンの身も食感に良いアクセントを与えている。

使っている油も極めて質が良く、口内に残る香気に獣脂のようなクセも重さも全く感じない。

「んん〜、美味しい！」

味も美味しく、食感も楽しい。

大量の油で火を通すという調理法はこのアーレスにも存在するが、ここまで高度に洗練された技術はまだない。アーレスの料理人では、テンプラと同じレベルのものを作るのは難しいだろう。ユキト・ハツシロの腕には脱帽する他ない。

大量の油で揚げられた小麦粉の綺麗《きれい》な黄金色からして、まさしく食べられる黄金。存在そのものに価値がある唯一無二の料理。

幸せだ。テッサリアは今、テンプラという幸せを嚙み締めている。

こんなに美味いものは国家の中枢たる王都にすらない。

報告書はこまめに王都へ送っているが、この料理のことを記した報告書を送れば、所長や副所長たちはきっと悔しがることだろう。

この美味を味わえるのは研究者の中でもテッサリアだけの特権。今この時ばかりはテッサリアの

方が国王よりも美味いものを食べていると断言出来る。何と贅沢なことだろうか。

テンプラに続いて、次はスープを飲む。やはりこれも美味い。極上だ。しかも、口の中に残った油っぽさが洗い流されてスッキリとする。

良い。実に良い。テンプラとソバの組み合わせ、その妙であると言えよう。

最後にソバの麵。今日もツルツルシコシコとして、ともすれば官能的とも言える舌触りで実に美味い。いつもと変わらず高いクオリティだ。良い仕事をしている。

そしてもう一度スープと麵を交互に食べ、またテンプラを齧る。

少し時間が経《た》ったからだろう、テンプラのサクサクとした食感が幾分へたってしまったのだが、その分スープを吸ってしんなりと柔らかくなり、また新たな味わいへと変化した。

嚙み締めると油を含んだスープがジュワリと口内に溢《あふ》れ出《だ》す。テンプラの旨味を含んだ油が溶け出したスープもこれまた美味い。普段はスッキリとしてキレのあるスープに、絶妙な油のコクが加わって味が重厚になったようだ。

次は少しシチミトウガラシを振ってまた一口。これも当然合わない訳がない。調和している。味がピリリと引き締まり、また違った美味さを感じさせてくれる。

時間が経ち、食べ進めるにつれて渾然一体《こんぜんいったい》と化していくテンプラソバ。この料理にはソバというものの進化を感じる。テンプラの登場により、ソバはまた新たな段階へと進んだのだ。

流石、異世界の料理。まだまだ底知れぬポテンシャルを秘めている。実に奥が深い。

テッサリアは僅か一〇分足らずで早々にテンプラソバ一杯を食べ切ってしまった。スープの一滴すらも残さずにだ。テンプラソバにすっかりと魅了され、夢中になって食べてしまった。

大満足。腹も心も温かく満たされた。ギフトの能力など抜きに、テッサリアは今日のこの感動を生涯忘れないだろう。

が、ここでふと、ある疑問がテッサリアの頭の隅に持ち上がった。はたして、このテンプラソバはカレーライスに合うのだろうか、と。

もう腹は膨れているというのに、一度考え始めると試さずにはいられない。後先考えず、猪《いのしし》のように突き進むのみ。これはテッサリアの悪い癖だ。

「ルテリアさん！　テンプラソバおかわり！　それとカレーライスもお願いね!!」

わざわざ手を上げて大声で追加の注文をするテッサリア。

朝から随分と大量の食事を摂ることになってしまったが、構うものか。テッサリアは今、この組み合わせを試したいのだ。この機を逃すは研究者に非《あら》ず。当たって砕けろの精神だ。

「かしこまりました！　店長、追加で天ぷら一、カレー一です！　お客様、待ち切れないようなのでなる早でお願いします！」

ルテリアは苦笑しながらも厨房にオーダーを通す。

「あいよ!!」

心なしか、厨房にいるユキト・ハツシロも若干苦笑しているように見える。

その後、テッサリアはしっかりと追加で頼んだテンプラソバとカレーライスもたいらげ、トロールもかくやというほど膨れた腹を抱えて店を出た。

もう二〇〇歳も過ぎているというのに、自制心を失った子供のように歯止めが利かず、どうにも食い過ぎてしまったテッサリア。食い過ぎで吐き気がするなど初めてのことだ。

しかしながら後悔は一切ない。何故なら、テンプラソバとカレーライスが抜群に合うことを自らの舌で証明したのだから。今夜は報告書を書くのがさぞかし捗《はかど》ることだろう。

淑女の自覚を捨て、はしたなくゲップを吐きながら、テッサリアは夜になったらまたテンプラソバを食べに来ようと早くも決心を固めていた。

本当は昼にもテンプラソバが食べたかったのだが、気持ちとは裏腹に、昼はもう何も入りそうにない。

自制心を捨てた代償だなと、テッサリアは自嘲気味に笑った。

次はビールか。すげぇことになりそうだな

そばの美味《うま》さが異世界にも徐々に浸透してきたと見えて、最近は辻《つじ》そばも来客が増加して忙しくなってきた。開店当初の暇な時期が嘘《うそ》のようである。

今の辻そばは、基本的には朝の開店から夜の閉店まで客足が途切れることがなく、雪人《ゆきと》とルテリア、二人してのんびりとまかないを食うような時間もないほどだ。休憩時間も満足に取れなくなってしまった。

近頃は二人して忙しい、忙しいと言っていて、最早《もはや》口癖になってしまっているような始末。

商売の面から見れば忙しいのは嬉《うれ》しい悲鳴だが、正直、人手が全く足りない。

ここらでそろそろ新たな従業員を雇いたいところなのだが、ルテリアのように万事心得ている者

はそうそういるものではない。何せ彼女は同じ地球から来たストレンジャー。しかも日本に留学していた経験があり、大の辻そば好きという逸材だ。雇うにあたって過剰な説明や注意が必要ないというのが実にありがたい。

こちらの事情を知らない現地採用の人間では、ルテリアのようにはいかないだろう。

いずれはぶち当たると思っていた壁に、今現在ぶち当たっているのだ。

この喫緊の課題をどうすべきか。これは先延ばしにすればするだけ雪人たちの状況が悪くなる問題なので、早急にどうにかして答えを出さなければならないだろう。

雪人が焦るのには、もうひとつ無視できない理由がある。

それは、つい先日ギフトのレベルが上がってメニューに冷しきつねそばが増え、次のレベルアップで追加される新メニューが判明したからだ。

新たなステータスは次の通り。

ギフト：名代辻そば異世界店レベル六の詳細
名代辻そばの店舗を召喚するギフト。
店舗の造形は初代雪人が勤めていた店舗に準拠する。
店内は聖域化され、初代雪人に対し敵意や悪意を抱く者は入ることが出来ない。
食材や備品は店内に常に補充され、尽きることはない。
最初は基本メニューであるかけそばともりそばの食材しかない。
来客が増えるごとにギフトのレベルが上がり、提供可能なメニューが増えていく。
神の厚意によって二階が追加されており、居住スペースとなっている。
心の中でギフト名を唱えることで店舗が召喚される。
召喚した店舗を撤去する場合もギフト名を唱える。
今回のレベルアップで追加されたメニュー：冷しきつねそば
次のレベルアップ：来客二五〇〇人（現在来客八一一人達成）
次のレベルアップで追加されるメニュー：ビール

次のレベルアップで追加される新たなメニュー。それはそばでもご飯ものでもなく、アルコールのカテゴリーに属する最もスタンダードな酒、ビールであった。

日本人なら、いや、地球人ならば誰しもが知っている、そして大人ならば誰しもが一度は飲んだことがあるだろう酒、ビール。

首都圏で名代辻そばを展開するタイダングループでは、辻そばの他に辻酒場という居酒屋を運営している。

その影響から、辻そばの一部店舗でも辻酒場と同じ酒類を提供していたのだが、この名代辻そば異世界店の元になった水道橋《すいどうばし》店は、前述の一部店舗に該当していた。

雪人は開店初日の朝に死んでしまったが、水道橋店のメニューにいくつか酒類があったことはよく覚えている。

だから今回、料理ではなくアルコールのカテゴリーからビールが追加されたのだろう。

レベルアップしたギフトのステータスを目にしてすぐ、雪人は予知めいたある予感を抱いた。

辻そばのメニューにビールが追加されれば、来客数はここから更に、加速度的に増加していく筈《はず》だ、と。

以前、まだ今ほど忙しくなかった頃、雪人はふと酒が飲みたくなって、閉店後、ルテリアに頼んで旧王都の酒場に連れて行ってもらったことがあるのだが、そこで飲んだエールビールは想像を絶するような不味《まず》さだった。

異世界のエールビールは一切冷やされることなく常温で提供されており、妙に酸っぱくて雑味も多く、色も濁っていてジョッキの底に粒が沈んでいるような始末。

ルテリア曰《いわ》く、異世界の酒は基本的には何処《どこ》の国でもこんなもので、貴族をはじめとした上流階級の人間がかろうじてエールよりは少しだけマシ程度のワインを口にしているのだという。

しかしながら、そのマシなワインというのも、地球のコンビニで一〇〇〇円もせず手軽に買えるワインより数段味が落ちるものらしい。

一応、ラガービールはカテドラル王国ではない他国、ウェンハイム皇国という国に存在しているらしいのだが、その国の貴族たちがブリュワーを囲ってラガーを独占しており、国外に出回ることはほぼないのだという。

そして更に驚くことに、ウイスキーのような蒸留酒は存在すらしていないのだそうだ。

この話をルテリアから聞かされた当初、過去のストレンジャーたちはどうして蒸留酒の造り方を異世界の人たちに伝えていないんだ、と憤ったものだが、そういう雪人自身も蒸留酒の具体的な製造方法など知らないのだから他人のことはとやかく言えない。酒を沸騰させ、蒸発させて酒精を強める、くらいの漠然としたしょぼい知識しか持ち合わせがないのだ。

偶然なのか、それともあの神の意思によるものなのか、これまでずっと酒造の知識のない者ばかりがストレンジャーとしてこの世界に転生して来たということなのだろう。

ルテリアによれば、ドワーフという人種が火酒というアルコールのキツい酒を独自に作っているのだという。

雪人は当初、その火酒とやらが地球で言うところのテキーラやウォッカのようなものなのではないかと思っていたのだが、実際は蒸留酒ではなく、既存のエールに製薬のギフトで作り出した薬品を混ぜることで人工的に酒精を強めているのだという。しかも酒精が強くなるばかりで味には一切変化がないのだそうだ。

端的に言えば、異世界の酒造は地球に比べて進歩していない。遅れている。

ここに地球の、しかも日本の一流企業が製造したべらぼうに美味いビールが登場したらどうなるものか。間違いなく酒好きたちで店がごった返すことになる。

酒飲みだけではない、どうにかしてビールを手に入れたいという商人たちも仕入先を教えろ、製造方法を教えろと突撃してくることだろう。

ハイゼン大公との取り決めで、雪人がストレンジャーであることや、店や料理をギフトで出していることは秘密となっている。この情報を洩《も》らせば雪人の身の安全に係《かか》わるからだ。

敵意や悪意を持つ者はギフトの力で弾《はじ》かれるからまだいいが、単純に商機を狙う者たちまで弾くのは難しかろう。

山積する問題に対処する為《ため》にも、やはり新しい従業員の確保は急務である。後手に回るのは悪手でしかない。

「うーん、どうするかなあ……」

閉店後、二階の自室でゴロンと横になりながら、雪人はボソリと呟《つぶや》いた。

ルテリアのような人物がもう一人現れて店を手伝ってくれれば助かるのだが、流石《さすが》にそこまで都合の良いことは起こらないだろう。同じ地球出身のストレンジャーが同じ場所に二人もいることだけでも奇跡なのだから。

ここはやはり現地人を採用するしかあるまい。

「にしたって、誰を雇えばいいんだ？」

雪人にそんなアテはないし、こんなことでハイゼン大公を頼るのも違う気がする。頼るとすれば やはり雪人より幅広い人脈を持っているルテリアしかいない。

「明日、訊《き》いてみるか……」

言いながら、雪人は万年床の上で寝転んだまま大きなあくびをする。

雪人以外誰もいない室内に、あくびの音が空虚に響いた。

名代辻そば異世界店従業員ルテリア・セレノとまかないのかき揚げ丼

穏やかな昼下がり。ランチ時間帯のピークが過ぎ、ある程度客足が落ち着いてくると、辻《つじ》そばでは遅めの昼食として雪人《ゆきと》手製のまかないが出る。

このまかない、いつもは辻そばのメニューから一品、多くて二品を出してくれるのだが、たまに雪人が手を加えて、店のメニューにないオリジナルのまかないを出してくれることがある。

かけそばのスープにカレーライスのルーを溶いた簡易のカレー南蛮や、本来トッピングである筈《はず》のわかめやねぎを大量に使った海藻サラダ、ごはんにそば用の出汁《だし》をかけていただく出汁茶漬けなどがそうなのだが、今回はまた別の、初出しのオリジナルまかないを作ってくれた。

カレーライス用のごはんと、天ぷらそば用の天ぷらを使ったかき揚げ丼だ。

ルテリアも雪人も、まかないをいただく時は客の目に触れぬよう、厨房《ちゅうぼう》の奥で食べている。仮に堂々と人目につくところで食べれば、すぐさま俺にも食わせろとお客が騒ぎ出すことだろう。

現在、厨房にいるのはルテリア一人。客足が少ない時間帯ではあるが、それでも多少の来客はあるので今は雪人がホールに出ている。

ルテリアがまかないを食べ終えれば、次は交代で雪人が厨房に戻り、ルテリアがホールに出る。

何とも慌ただしいものだが、従業員はルテリアと雪人しかいないのだから仕方がない。従業員がもう一人いれば随分と楽になるだろうとは思うのだが、それは今言ったところで詮無いことだ。

考えることは多々あるが、それよりも今はこの、目の前の美味《うま》そうなかき揚げ丼である。

「わあ、美味《おい》しそう……」

漆黒のどんぶりを覗《のぞ》き込《こ》み、ルテリアは誰にともなく呟《つぶや》いた。

真っ白なごはんの上に鎮座する黄金色のかき揚げ。そのかき揚げに、ほんの少しだけ出汁で薄めた、そばつゆ用のかえしを天つゆ代わりにかけてある。

さっき揚げたばかりのかき揚げが、天つゆがかかってジュワジュワと音を立てていた。湯気と共に立ち昇る匂いが何とも香ばしくて食欲が掻《か》き立《た》てられる。ルテリアの大好きな、本来地球にしか存在しない和風の香りだ。

この異世界で唯一ここにしかない、ルテリアの為《ため》だけに作られたかき揚げ丼。日本でも、ましてや地球でもない場所でこんなものを独り占め出来るなど、何と贅沢《ぜいたく》なことなのだろうか。

口の中に多量の唾液が分泌され、思わず顔が笑みの形になってしまう。

「いただきます……ッ！」

日本流の食前の言葉。セレノ家は代々クリスチャンだが、日本に留学してからというもの、食事の際は必ず日本流のこの言葉を使う。異世界に来てからは日々の生活に心が摩耗し、食事に感謝するということも忘れて使っていなかったのだが、雪人のおかげで美味い食事のありがたみを思い出し、再び使うようになったのだ。

割り箸をパキリと割ってから、まずはかき揚げを持ち上げる。箸の先にかかる確かな重みが、このかき揚げの食べ応えを物語ってくれているようだ。

はしたないという自覚はあるが、思わずゴクリと生唾を飲み込んでしまう。

そして、やはりはしたなく大きな口を開け、ガブリと豪快に齧《かじ》り付《つ》く。

ザクリッ！

まずは噛《か》み応えのある確かな揚げ物の食感。次に感じるのはジュワリと溢《あふ》れ出す油のコクとたまねぎの甘み、遅れてエビのプリプリとした弾力と天つゆの芳醇《ほうじゅん》な風味と塩味《えんみ》。

美味い。様子見などなく、一口目からガッツリとこちらの心を掴《つか》んでくる。

このたった一口に含まれる要素の何と多彩で豪華なことか。まさにオーケストラ。複雑ではあるのだが、しかし決して難解ではない。全てが美味というたったひとつの終着点へ帰結している。

贅沢だ。一口でこんなに沢山の味を感じられるかき揚げは実に贅沢な料理だ。その贅沢をこの世でただ一人、ルテリアだけが堪能している。

だが、この贅沢はまだまだ終わらない。ここですかさずごはんだ。

まだ口の中にかき揚げが残っている状態でごはんを掻き込む。ごはんの粒立った食感とほのかな甘さがかき揚げの美味さと絡み合い、調和し、その美味さが更にギアを上げた。

かき揚げ、ごはん、かき揚げ、ごはん。

規則的なかき揚げとごはんの往復。箸が止まらず、咀嚼《そしゃく》する口が止まらず、次から次へ。美味の大行進だ。一口ひとくち、全部が美味い。

勢いのままかき揚げ丼を半分ほどたいらげたところで、ルテリアはどんぶりを持ったままおもむろに立ち上がった。そしてクツクツと静かに音を立てる鍋の前で立ち止まり、おたまを手に取ってそば用の出汁を残ったかき揚げ丼に注ぐ。

かき揚げ丼の第二ラウンド、かき揚げ入りの出汁茶漬けだ。

この食べ方は本家名代《なだい》辻そばのまかないでも行われていたらしく、こうしたら美味いんだよと、雪人が先ほど教えてくれたのだ。

また席に戻り、早速アツアツの出汁茶漬けを、ずずず、と一口。

「んん〜、最高……ッ！」

その官能的なまでの美味さに、ルテリアは思わず身をよじらせた。

かき揚げの旨味を濃厚に含んだ油。その油が溶け出した出汁がダイレクトに舌の上を通り、熱を伴って喉の奥まで嚥下《えんげ》される。その瞬間、喉から鼻に香気が通り抜けてゆくのだが、それが何ともまた良い。出汁が加わったことで味も香りも上品になっているのだ。

出汁のおかげでどんぶり内の全ての要素が同時に口の中に入る。これは先ほどを超える調和、いや、融合と言っても過言ではない。三位一体、かき揚げ、ごはん、出汁の融合だ。ひとつの形として極まっている。

そのまま、ずぞぞ、と茶漬けを掻き込み、米粒ひとつ残さず綺麗《きれい》にかき揚げ丼をたいらげるルテリア。口の中が火傷《やけど》しそうなほど熱いが、そんなことは気にも留めず、勢いのまま、食欲に任せるがまま食べてしまった。

「ふぅ……ごちそうさまでした」

ゴトリ、とどんぶりを置き、出汁の香りをたっぷり含んだ熱い息を吐く。気付けば額にじっとりと汗をかいていたのだが、それもまた心地よい。夢中になって食べていた証拠だ。

今回もまた美味なるものを食べることが出来た。

雪人に出会うまで、ずっとこの異世界の粗食に耐えてきたルテリア。カチカチ干し肉、カチカチパン、薄いスープにグデグデに伸びたスパゲッティ。味付けは基本的に塩味のみ。

ダンジョン内で食べる保存食が不味《まず》いのは仕方がないことなのでまだ納得出来たが、街の食事まで不味いというのは耐え難かった。

異世界における一般市民向けの食堂は総じてレベルが低く、地球のように手の込んだ美味しい料理がほとんど存在していないのだ。

一年ほど前だろうか、とある貴族からの依頼を受け、その貴族に仕えている厨司長の料理を食べたことがあるのだが、それも正直そこまで美味いものではなかった。街の大衆食堂よりは幾分かマシ程度のもので、完全に期待外れ。

異世界の人たちの反感を買うかもしれないと、誰にも愚痴を洩《も》らしたことはないのだが、これから一生こんな食事をするのかと思い、内心うんざりしていたのだ。

以前の食生活を考えれば、今の食生活は大変恵まれている。恐らくこの異世界で最も美味い料理を食べているのではなかろうか。それを提供してくれる雪人には感謝しかない。聞く人が聞けば大《おお》袈裟《げさ》だと笑われるかもしれないが、彼は命の恩人だ。

そんな恩人の雪人から、ルテリアは今朝、開店前にあることを相談されていた。新しい従業員の雇用についてだ。

カレーライスがメニューに追加されてからというもの、店の客足は目に見えて増えてきた。雪人曰《いわ》く、ルテリアが従業員になったことも繁盛の要因だとのことなのだが、その話についてはお世辞だと思って鵜呑《うの》みにしたりせず、まさかと笑い流した。

今はまだギリギリ二人で店を回せているものの、このままだとどちらかが、下手をすれば二人とも過労で倒れてしまう。

ただでさえ忙しいというのに、雪人によると、次にギフトがレベルアップするとメニューにビールが追加されるのだと、彼はそう言っていた。地球品質の美味いビールが追加されれば、客足は爆発的に増えるだろうと。

そうなった時、従業員二人だけでは店が回らなくなることは明白。だから今のうちに新たな従業員を雇いたい、出来れば厨房もホールもこなしてくれる人物が良いのだが心当たりはないかと、雪人にそう相談を受けていたのだ。

「私の知り合いで、料理が出来る人かぁ……」

流しでどんぶりを洗いながら、ルテリアは誰にともなく呟いた。

ルテリアの知り合いといえばほぼダンジョン探索者ばかり。ドライな環境に身を置いていたこともあり、それ以外の人間関係はあまり築いてこなかったのだ。今になってそれがどうにも悔やまれるのだが、それは言っても詮無いこと。

ダンジョン内で何日も過ごすという性質上、ダンジョン探索者も簡単な調理をすることはある。だが、それは火魔法で干し肉や干し魚を炙《あぶ》る、湯だけ沸かしてカチカチのパンをパン粥《がゆ》にして食べるくらいのもの。とても本職の料理人がやっているような本格的なものではない。ダンジョン内の食事は不味いのが当たり前で、調理の腕を問われることはない。

だが、今、求められているのは料理上手な人間だ。

料理上手なダンジョン探索者、料理上手なダンジョン探索者。

心の中で念仏のように繰り返し呟いていると、ルテリアは、はたとあることに気付いた。

「…………そうだ。別にダンジョン探索者じゃなくてもいいじゃない」

ルテリアの知り合いは確かにダンジョン探索者ばかりだが、それが全てではない。ダンジョン探索者ギルドの職員もまた、ルテリアとは面識がある。

「そういえばあの人、確か料理上手だったたっけ…………」

ルテリアの記憶が確かならば、ギルドの職員の中で一人だけ、他とは違うまともな料理が出来る人がいた筈だ。ルテリアがダンジョン探索者を辞めた後、彼はとある事故に遭ったことで大怪我《けが》を負い、命は取り留めたもののつい先日ギルドを退職したと、店に来た顔馴染《かおなじ》みの現役ダンジョン探索者からそう聞いている。

そこまで親しい訳でもないが、彼ならば知らぬ仲ではない。人となりも極めて常識的だし、確か客商売の経験もあった筈。雪人の求める条件とも合致する。

今日あたり、店が終わったら早速訪ねてみようと、そう決めたルテリア。

「んふふ……」

我ながら妙案を思い付いたものだと、ルテリアは内心で自画自賛しながらどんぶりを洗う。

心なしか、どんぶりはいつもより割り増しでピカピカと輝いているように見えた。

元ダンジョン探索者ギルド職員チャップと決め手の冷しきつねそば

ダンジョン探索者ギルドの職員は事務員のみで構成されていると思われがちだが、実のところそうではない。確かに大半は事務員だが、中には職員自らがダンジョン探索を行う部署もある。

その名もダンジョン調査課だ。

ダンジョン調査課の主な仕事は、新たに発見されたダンジョンの内部調査。

探索者たちが挑む前に先んじてダンジョンに入り、内部の地図を作成、魔物の分布や入手可能な素材等を調べる。そして作成した地図や魔物の分布図を探索者たちに配布するのだ。全ては安全性を少しでも高め、ダンジョン探索者たちの死傷率を減らす為《ため》に。

一口にダンジョン探索と言っても、すでに調査が終わったところと、未調査のところとでは難易度がまるで違う。未調査ダンジョンの探索は危険度がグンと跳ね上がるのだ。

ダンジョン自体がどんな構造をしているのか、何処《どこ》にどんなトラップがあり、どんな特性の魔物がどれだけの規模で生息しているのか。

何も分からない暗闇のような状況で、一歩一歩踏み締めるようにゆっくりと歩を進めなければならない。精神も肉体も短時間で驚くほど磨耗する、綱渡りのような作業だ。ダンジョン調査という極めて難しいこの仕事、普通のダンジョン探索者ではまず務まらないだろう。

故に、ダンジョン調査課の職員には組織内でも指折りのエリートが選ばれる。

元ダンジョン探索者のトップ、元騎士団員、元傭兵、ギフトの有用性や高い能力を買われた生え抜き。そういった者たちがダンジョン調査課に集う。

チャップの場合は、そのギフトの有用性を買われてダンジョン調査課に配属されたクチだ。

チャップが授かったギフトは、大量の物品を亜空間に収納する『アイテムボックス』というもの。

これはダンジョン探索において最も重宝されるギフトのひとつと言われている。

チャップは元々、田舎《いなか》町の小さな食堂を営む家に生まれた男。

その食堂は小さいながらも味が良いと評判で、曾祖父の代から続く由緒ある店だ。

店の人気、その理由はギフトにある。チャップの家系の男たちは、先祖代々、料理に関係のあるギフトを授かってきた。

父の場合は調理速度の大幅な向上、祖父の場合は塩を任意の調味料に変換する能力、曾祖父の場合は味覚の大幅な向上だったそうだ。

チャップも一家の長男として当然料理関連のギフトを持って生まれてくることを期待されていたのだが、授かったギフトは前述の通りアイテムボックス。料理関連のギフトを授かったのは、チャップの三年後に生まれた弟だった。

残念ながらチャップは料理関連のギフトを授からなかったが、それでも料理は好きで、自ら進んで店の手伝いもしたし、腕も認められて厨房《ちゅうぼう》にも立っていたのだ。

父ほど素早くて正確な調理は出来なかったし、祖父ほど要領が良かった訳でもない。それでもチャップなりにそこそこ食べられる料理を作っていた自信はあるし、アイテムボックスを活《い》かして食材の仕入れなどで店に貢献していた。

この当時、父も母も弟も祖父母も、家族全員が、チャップが店の跡を継ぐものと思っていたのだそうだ。料理関連のギフトこそないものの、真面目な働きぶりで料理の腕も悪くない。人間性も極めて実直。料理関連のギフトを持つ弟も、店を継ぐのは兄しかいないと認めていたのだ。

だが、家族の期待に反し、チャップは一五歳になるとすぐに家を出た。

確かに料理人にはなりたかったし、幼い頃からの夢でもある。

しかしながら、店の伝統を考えれば跡を継ぐべきなのは料理関連のギフトを授かった弟が適任であり、料理に関して凡人の自分が家族の優しさに甘え、このまま何食わぬ顔で店に留《とど》まるべきではないと、そう思ったが故に家を出る決断に至った次第。

穏やかな家庭環境もあり、家族は皆が優しい。自分の決意を知られれば止められると思ったので、チャップは夜中に置手紙を残して一人で家を出て、そのまま故郷の田舎町も出た。

町の外に頼るべき知人はいない。そんな状況の中、チャップが向かった先は、最寄で最も大きな都市、旧王都と呼ばれるアルベイルである。

アルベイルほどの大都会ならば、仕事の一つや二つは見つかるだろうと。

徒歩と辻馬車《つじばしゃ》を乗り継ぎ約一〇日。どうにかアルベイルの街に到着すると、チャップはダンジョン探索者ギルドに直行した。

チャップには料理以外、手に職がない。しかしながら、その料理もギフトを持つ者には数段劣っている。だから己のギフト、アイテムボックスを活かせる職は何だろうかと道中考えに考え抜き、ダンジョン探索者になるという結論に達したのだ。

ダンジョン探索者は戦士や武闘家といった前衛、弓士や魔法使いといった後衛、治癒魔法使いや罠《わな》師、斥候といったサポート役というように、明確な役割分担がある。そしてその役割分担の中には、荷物持ち専門のポーターというものもある。

ポーターは食料や水、薬、予備の武具といった仲間同士で共有する物資を持ち運び、ダンジョン内で手に入れた財宝や魔物の素材などを回収して持ち歩く役割だ。基本的には戦力に数えられない役割だが、それでもダンジョン内では仲間たちの足を引っ張らぬよう、最低限の自衛をする必要があるので、多少の腕っ節も求められる。

アイテムボックスのギフトはその性質上、最もポーターに向いていると言えよう。しかもそれほど所有者がいないレアな部類のギフトだ。

チャップは腕っ節にはあまり自信がなかったものの、それでもアイテムボックスのギフトがあればダンジョン探索者になれるだろうと、そう踏んでいた。

だが、ギルド側はチャップのギフトに目を付け、探索者登録時に職員として引き抜いたのだ。ダンジョン調査課専属のポーターとして。

通常のダンジョン探索者とは違い、ダンジョン調査課職員としてのダンジョン探索は前情報が何もないので危険度が二段も三段も跳ね上がる。

だが、探索の結果によって収入に浮き沈みがあるダンジョン探索者とは違って、職員は固定給で収入が安定していた。命懸けの仕事なので高給取りでもある。だからチャップのような若輩者でも貯蓄に回せるほど給金がもらえた。ありがたいことだ。

ダンジョン探索中の食事は基本的には調理せずとも食べられる保存食だが、安全マージンが確保出来る場所ではまれに簡単な調理をすることもある。

探索者も調査課の職員も食事当番は基本的に持ち回りで、チャップが食事当番の時は随分と仲間たちにありがたがられた。実家で磨いた腕を振るい、保存食を少しでも美味《おい》しく食べられるように工夫して調理していたからだ。

ただの干し肉でも軽く炙《あぶ》って香草を擦り込めば多少は美味しくなったし、カチカチの硬パン、通称ハードタックも少し水を含ませてから焼き直すことで柔らかくなる。

チャップが出す食事は他とは違って美味しく食べられると仲間内では評判だった。

ダンジョン調査課の仕事をしつつも、チャップには密《ひそ》かな夢があった。それは、いずれ小さな食堂か屋台を始め、自分の料理を旧王都の人々に食べてもらうことだ。

実家の跡目は弟に譲ったが、しかし料理人になる夢まで諦めた訳ではない。

ギルドの職員は確かに収入面では安定しているかもしれないが、命の危険が付き纏《まと》うこの仕事を一生の仕事にするつもりは毛頭なかった。ギルド職員をしているのは、将来の為の資金稼ぎの面が強い。悪い言い方をすれば、腰掛けというやつだろうか。

あと五年もギルドで働けば、下町の隅に小さな食堂くらいは開けるだろう。

そう思っていた矢先、ある事件が起きた。仕事中にダンジョン内で悪質なトラップに引っかかってしまい、両脚の膝から下を切断されてしまったのだ。

その日のダンジョン調査は、罠師としてダンジョン調査課に入った新人の研修も兼ねていた。

罠師とは、その名の通りトラップの専門家だ。ダンジョン内に仕掛けられたトラップを解除し、魔物との戦闘では逆にトラップを仕掛けて仲間たちのサポートをする役目である。

その新人罠師が、初仕事の緊張からかトラップの解除に失敗、風魔法による斬撃、カマイタチが発動し、純粋な戦闘職ではないチャップのみ反応が遅れ、両足を切断されてしまった。

かろうじて死ぬことは免れ、仲間の手を借りてどうにかダンジョンから生還することには成功したが、しかし両足を失ってしまったチャップ。

当然と言えば当然だが、チャップはダンジョン探索者ギルドを辞めざるを得なかった。

ギルドの伝手《つて》でドワーフの技師に依頼し、魔導具の義足を作ってもらったので日常生活に支障が出ることはなかったのだが、どうしても瞬間的な反応がコンマ数秒遅れてしまう。

刹那の反応が遅れるのはダンジョン内では命取り。この足では危険なダンジョンの中で生き残ることなど出来はしない。無理に続ければ確実に命を落とす。

しかもだ、泣きっ面に蜂とでも言えばいいのか、その義足代がかさんでしまい、将来の為にと蓄えてきた貯蓄がほぼなくなってしまったのだ。

幸いにしてギルド側がいくらか退職金をくれたので、上手《うま》くやりくりすれば二ヶ月くらいは仕事をせずとも暮らせるだろう。が、しかしそれ以上はどうがんばっても難しい。この二ヶ月の間に次の働き口を探す必要がある。

悲劇のヒーローぶって悲嘆に暮れているような暇はないし、そんな柄でもない。

両足を失ったとはいえ、チャップはまだ二〇代になったばかりの若者。働き盛りだ。貯蓄はほぼなくなってしまったものの、料理人の夢を諦めなければいけないほど追い詰められた訳でもない。

昔のストレンジャー曰《いわ》く、金は天下の回りもの。真面目に働けば金はまた貯《た》められる。

次は何処で働けばいいだろうか。ダンジョン探索関連は無理として、やはり商会あたりになるのだろうか。仕入れの時にアイテムボックスのギフトを使える者がいれば重宝がられることだろう。

それとも、やはり食堂だろうか。料理人として厨房に入ることは無理でも、野菜の皮むきのような仕込みだけでも手伝わせてもらえれば、将来の為の良い修業になる筈《はず》だ。現場で料理人たちの仕事を見て、まかないを食べれば勉強にもなるだろう。

そんなことを考えながら、ダンジョン探索者ギルドを辞して一〇日も経《た》った頃だろうか、チャップの下宿に、突如ある人物が訪ねてきた。

その意外な人物の訪れに、チャップは「どうしてこの人が？」と首を捻《ひね》る。

「チャップさん、お久しぶりです」

そう言って現れたのは、顔見知りではあるが友人と言えるほど親しくもない女性、元ダンジョン探索者のルテリア・セレノだった。

両足を失って自分の身の振り方を思案していたチャップ。そんなチャップに会いに、顔見知り程度の知り合いでしかないルテリア・セレノがわざわざ訪《たず》ねて来た。

ルテリア・セレノ。

このアルベイルのダンジョン探索者ギルドに所属する腕利きの探索者の一人。

詮索するようなことはしたくなかったので詳細は知らないが、家名を持っているということは、何処かの貴族家の出身ということだろう。家を継げない三男や四男、政略結婚を嫌った令嬢が出奔してダンジョン探索者になる例はそう珍しいことでもない。

彼女、得物は剣を使うが、その腕が並ではない。それもその筈、ルテリアのギフトは『剣王』という伝説級のもの。一度剣を握れば並び立つ者のいない稀代《きだい》の剣豪なのだ。

彼女の高名はアルベイルのみならず、王都にまで轟《とどろ》いていると聞く。

アルベイルだけと言わず、世界各地のダンジョン調査課では、慢性的に職員が不足している。危険なダンジョン内部で仕事をする性質上、どうしても怪我《けが》の療養などで離脱者が絶えないのだ。

調査メンバーが十全に揃《そろ》えられない時には、ギルド側から所属する探索者に指名依頼を出し、臨時メンバーとして調査に同行してもらうことがある。

チャップは何度か、臨時メンバーとして同行してくれたルテリアとダンジョン調査に赴いたことがあり、それ故に面識があった。

無論、仕事とプライベートは区別しているので私的な付き合いは全くないが、しかしチャップが簡単に調理したダンジョン内での食事を美味しいと笑顔で食べてくれたことはよく覚えている。街で食べる食事より美味しいとも言ってくれたが、流石《さすが》にそれは世辞だろうと苦笑したものだ。

彼女がある日を境に、ダンジョン探索者ギルドにとんと顔を出さなくなってからしばらく経つ。ダンジョン探索者ギルドを辞めた訳ではないものの現役は引退、今は何処その食堂で給仕として働いていると風の噂《うわさ》に聞いている。

そのことを知った当初、あれだけの剣の腕がありながら惜しいものだと思ったが、しかし人にはそれぞれ抱えている事情というものがあるのだ。手前勝手な物差しで事情も知らずに他人を測るのは良くない。だからそれ以上そのことに想《おも》いを馳《は》せることもなかったのだが、今日はどういう訳かそんなルテリアがわざわざチャップの下宿を訪れた。

チャップが暮らしているのは単身者用の長屋だ。とあるギルド職員の実家が下宿を営んでおり、そのツテで安く借りることが出来た。基本的に住んでいるのは男性ばかりで女性はほとんどいない。ルテリアほどの美人ともなれば皆無だ。悲しいことだが、これは自信を持って言い切れる。

そんな彼女が、何の用があってこんなむさ苦しい場所を、しかもさして親しくもないチャップのことを訪ねて来たのか。まさかとは思うが、両足を失ったチャップを心配して来てくれたということはあるまい。

そんなことを考えながらルテリアを部屋に招き入れたのだが、彼女は意外にも入室するなりチャップを気遣う言葉をかけてくれた。

「チャップさん、お店に来ていたダンジョン探索者の方から聞きました。チャップさんが事故で両足を失ってしまったと。この度はお気の毒様でした。お加減はもう大丈夫なんですか？」

「え、ええ……。傷は魔法で塞いでもらいましたし、この通り義足も作りましたから。まあ、そのおかげで財布の方はスッカラカンになっちゃいましたけどね。は、ははは……」

言ってから、カラカラと乾いた笑いを浮かべるチャップ。

自分でも自覚があるのだが、普段あまり妙齢の女性と話すことなどないので、どうも挙動不審になっている。

先の言葉もチャップなりに場を和ませようと口にした冗談だったのに、しかしルテリアは表情を曇らせてしまった。これでは逆効果だ。

「チャップさん………」

チャップの言葉が現状を悲観する自虐に聞こえたのだろう、ルテリアは悲しそうな、それでいて困ったような顔をして俯《うつむ》いている。

途端に場の空気が暗く重くなってしまった。これはいけない。

自分の部屋だというのにどうにも居心地が悪く、チャップはこの空気から逃げ出したい一心で椅子から立ち上がった。

「あ……あの、俺、お茶……淹《い》れてきますね」

「あ、いえ、どうぞお構いなく。喉も渇いていませんから」

「そ、そうですか……」

脱出ならず。目論見《もくろみ》が早々に頓挫し、あえなく席に着くチャップ。

再び二人の間に重苦しい空気が立ち込める。この空気をどうすればよいというのか。

チャップがどうにも困っていると、今度はルテリアの方から口を開いた。

「チャップさん、いきなり来てしまってすみませんでした」

言いながら頭を下げるルテリア。

近頃はさっぱりギルドに顔を出さなくなった彼女ではあるが、まだ籍自体は残っている。ルテリアはアルベイルのダンジョン探索者の中でも前衛トップ層に位置する人物。そんな人に頭を下げさせる訳にはいかない。

「あ、いや、そんなこと気にしないでください！　あの剣王のルテリアさんがうちに来てくれるなんて、むしろ光栄です！」

ルテリアを自分の部屋に入れた男など、きっとチャップが初めてだろう。別に色恋の関係で来てくれた訳ではないだろうが、それでも光栄だというのは本当のことだ。

「あ、え？　あ、そうですか？　ありがとう、ございます……？」

チャップの勢いに圧《お》されるように、ルテリアが困惑した様子でぎこちなく頷《うなず》く。

何だか変な空気になってしまったが、先ほどまでの重苦しい空気よりは幾分マシだろう。

ルテリアは表情と姿勢を正し、仕切り直すようコホンと咳払《せきばら》いをしてから口を開いた。

「あの……つかぬことをお伺いしますが……」

とても申し訳なさそうに上目遣いで言うルテリア。何か、こちらが答え難《にく》いことでも訊《き》いてこようとしているのだろうか。

「チャップさん、ダンジョン探索者ギルドは退職されたんですよね？」

「ええ。この足ではもう調査課の仕事は出来ませんからね。一〇日くらい前に退職しました」

右掌《て》で右膝をポンポン叩《たた》きながらチャップは頷く。この膝から下はミスリル製の義足だ。相応に値は張るものの、ミスリルは他の金属より魔力をよく通すので、チャップの微量な魔力でも問題なく滑らかに稼働してくれる。

「その……日常生活の方は義足でも大丈夫なんですか？」

「ああ、それは大丈夫です。この義足でダンジョンに行くのは流石にキツいですけど、街で普通に暮らす分には問題ありません。こう見えて魔導具ですから、元の足の感覚で歩けるんです。杖《つえ》も必要ないですし、全力を出さなければ走ることも出来ますよ」

義足での全力疾走は不可能だと、そう言ったのは製作者の魔導具職人だ。昔気質《むかしかたぎ》なドワーフの職人なので、彼が不可能だと言ったら不可能なのだろう。

彼の言葉を疑う訳ではないが、ものは試しと、この義足を手に入れてから一度だけ全力疾走したことがあるのだが、その時はすぐさま義足が外れてすっ転んでしまった。

早朝、まだ人通りが少ない時間帯を選んで走ってみたのだが、それでも数少ない通行人は驚いた様子だったし、義足の人間が何をしているのだと奇異な目で見られたものだ。

「それに悪いことばかりでもないんです。何せ水虫の心配をする必要がなくなりましたからね」

一度ダンジョンに潜ると、しばらくは風呂に入れず、靴も履きっぱなし。結果として水虫に悩まされるダンジョン探索者や調査課職員は多いのだが、不幸中の幸いとでも言うべきか、チャップは水虫に怯《おび》える生活からは解放された。

チャップが冗談めかしてそう言うと、ルテリアはクスリと小さく笑う。

彼女がようやっと笑顔を見せてくれたので、チャップも内心で安堵《あんど》する。

だが、ルテリアは再び表情を正すと、続きとばかりに会話を再開させた。

「不躾《ぶしつけ》なことをお聞きしますが、次の仕事はもう決まっているんですか？」

「仕事ですか？　いえ、まだですね。本当なら、俺みたいなもんはすぐ働きに出るべきなんでしょうけど、退職金をいただいたこともあって、少しゆっくりしてしまったようで……」

言いながら、チャップは思わず苦笑してしまい、後頭部をポリポリと掻《か》く。

成人した一五歳ですぐにギルド職員となり、今は二一歳。この六年は気を抜けぬ職場でずっと真面目に働き続けていたので、今回のことで張り詰めていた気が抜けてしまい、今日まで随分とだらけた時間を送ってしまった。そういう自覚があるので苦笑してしまったのだ。

「あぁ、そうだったんですね。良かった、間に合った……」

何故《なぜ》だかホッとしたような様子でそう呟《つぶや》くルテリア。

「え？　ルテリアさん、今、良かったって言いましたか……？」

聞いた瞬間、チャップは我が耳を疑った。

まさかルテリアは、チャップが両足を失って良かったと、つまり喜んでいるということなのか。

いや、彼女は他人の不幸を喜ぶような人物ではない。そんなことは付き合いの短いチャップでも分かる。であるならば、一体何故このような言葉を。

と、チャップが脂汗を掻きながら頭を悩ませていると、ルテリアがいきなり身を乗り出してチャップの両肩に手を置いた。

「チャップさん！」

「えッ!?　は、はい！　何でしょうか!?」

いきなりどうしたというのか。彼女の顔が近い。鼻に息がかかる。

未《いま》だ女性と付き合ったことがなく、特に美女に対しての免疫が全くないチャップが真っ赤な顔でドギマギしていると、ルテリアが勢い込んで話し始めた。

「チャップさん、将来は料理人になって自分の店を出したいんですよね？」

「え、ええ、そうです。そんなこと、よくご存知《ぞんじ》で……」

確かにそれはチャップの夢であり、間違ってはいない。だが、それはごく親しい友人にしか言っていなかったと記憶している。何故、彼女がそのことを知っているのだろうか。

「もう覚えておられないかもしれませんが、前に指名依頼を受けて一緒にダンジョンへ潜った時、食事の準備をしながらチャップさんが教えてくれました。それは今でも覚えています。ちなみにチャップさんが用意してくれた食事、保存食とは思えないほど美味しかったです」

そういえばそんなこともあったかもしれないなと、チャップはおぼろげながら当時のことを思い出した。あれは一年くらい前のことだろうか。

安全マージンを確保した場合という限定条件が付くが、ダンジョン内での食事というのは、何処かキャンプのような雰囲気が漂う。

そんな雰囲気の中、ゆらゆらと燃える焚《た》き火《び》を見つめていると、どうにも雰囲気に呑《の》まれてしまい、ついつい余計なことを喋《しゃべ》ってしまうことがある。

これはチャップ自身も自覚している悪い癖だが、彼女はその時にチャップが話した内容を覚えていたようだ。関係性の薄い若造の自分語りまで覚えてくれているとは何とも律儀なことである。それに自分が作った食事を美味しいと言ってくれたことも地味に嬉《うれ》しい。

「あ、ありがとうございます……」

かろうじてチャップがそう返すと、ルテリアは笑みを浮かべながら頷き、両手を離して着席した。

そうして、仕切り直しとばかりに言葉を続ける。

「その時、チャップさん言っていました、将来の為にいずれは何処かの食堂でちゃんと修業させてもらいたいって」

「あー、確かに言ったような、言ってないような……」

本当に言ったかどうか。確かなことを思い出すのは難しいが、しかし以前からそう考えていたのは間違いない。実際に今でも修業のことは考えている。

良い機会だから、この際一念発起して本格的に料理の修業を積もうかと。開店資金が貯まるのは遅くなるだろうが、しかし修業はいずれ必ず行わなければならないことなのだから。

チャップの内心を見抜いたものか、ルテリアはまた、ずい、と身を乗り出した。

「そこで提案なんです！　チャップさん、まだ働くところが決まっていないのなら、うちの店で働いてみませんか？」

「……うちの店？　ルテリアさんが働いているお店ですか？」

ルテリアがダンジョン探索者を休業して食堂で働いているらしいことは聞いているが、しかし具体的にどういう店で働いているのかまでは知らない。

申し出自体は非常に魅力的だが、しかし彼女の店というのが美味《うま》くもない料理を出す店ならば話は別だ。修業なのだから美味い料理を出す店、少なくともチャップより腕のある料理人がいるところでなければ働く意味はない。

チャップがそんなふうに考えていると、ルテリアは自信あり気に右の拳から親指を立てた。

「はい！　名代《なだい》辻そばです！　旧王都で一番の食堂です!!」

「え!?　い、一番ですか……？　す、凄《すご》い自信ですね………」

これはまた随分と大きく出たものだ。

王都ほどではないものの、アルベイルにも一流と呼ばれる店は存在する。

彼ら一流店の料理人が出す料理は貴族向けの最高級料理。調理技術も、使用している食材も全てが最高峰のもので、平民が一生口にすることのない貴重な香辛料も大量に使う。

一流店の料理は大衆食堂で出されているような料理とは一線を画すものであり、そもそもからして比べるようなものでもない。最早《もはや》全く別のジャンルだ。

だが、ルテリアは当たり前だというように何の躊躇《ちゅうちょ》もなく頷いて見せた。

「ええ、間違いなく一番です！　貴族街のレストランにも負けません！」

「確かに、本当にアルベイルで一番の店なら頭を下げてでも働かせてもらいたいくらいですが、しかしレストランでもない食堂が一番とは……」

その先の言葉は失礼なので流石に飲み込んだが、しかしルテリアの言葉に対しては懐疑的だ。彼女の身内贔屓《びいき》というのも多分にあるだろうし、大衆食堂が一番だとはどうしても思えない。

ルテリアにもその気持ちは伝わっている筈だが、彼女はそれでも自信ありげな様子だ。

「疑われるのも無理はありません。でも、うちのそばを食べてもらえれば私の言葉が嘘《うそ》ではないと分かる筈です！　明日、朝になったら迎えに来ますから、一緒に辻そばまで行きましょう、チャップさん！　ご馳走《ちそう》させてもらいますよ!!」

「ええ………？」

チャップはまだ了承していないというのに、ルテリアはもう決定事項であるかのようにうんうんと頷いている。

ルテリア・セレノ。彼女はこんなに押しの強い人物だっただろうかと、チャップは呆《あき》れ半分に絶句していた。

数百年前のこと。とあるストレンジャーが一日の時間を正確に計る為の魔導具、時計というものを作り、世界中に広めた。

今や都市部において時計はあって当たり前のものとなったが、この旧王都アルベイルには世界最古の時計が現存している。教会が管理する時計塔だ。

この時計塔は二時間ごとに大鐘楼を鳴らすように作られているのだが、人々が寝静まった夜中は安眠の妨げになるので鳴らないようになっている。次に鐘が鳴るのは、翌日の朝六時だ。

今日も朝の六時きっかりに鐘が鳴り、その鐘と同時に多くのアルベイル市民が起床する。チャップの起床時間も勿論《もちろん》六時だ。

起きて、まだはっきりと意識が覚醒せぬまま厠《かわや》へ行って用を足し、顔を洗って着替えを始める。そして朝食を摂《と》りながらゆったりとした朝の時間を過ごすのが最近の日課だったのだが、今日は着替えが終わってすぐさま来客があった。

「チャップさん、おはようございます！　ルテリアです！」

そう、昨日もここへ来たルテリアだ。朝も早くから元気そうにニコニコと笑っている。

彼女は確かに昨夜、チャップのことを迎えに来ると言っていたが、時刻はまだ六時半。恐らく彼女自身は六時の鐘よりも前に起きてここへ来たのだろう。

昨日の今日でまさか本当にこんなに早く来るとは思っていなかったもので、玄関の扉を開けたチャップは半ば呆れてルテリアのことを見つめていた。

「…………は、早いですね」

たまたま起きていたから良いようなものの、自分がまだ寝ていたらどうするつもりだったのか。と、そういう意地悪な言葉は飲み込み、チャップは静かに呟いた。

チャップの顔が若干引き攣《つ》ってい《ひ》ることに気付いたのだろう、ルテリアは少しだけ申し訳なさそうな表情で頷く。

「ごめんなさい。でも、朝の営業が始まってからだと店長もチャップさんとお話しする時間が取れないと思ったんです。だからご迷惑だとは思ったんですけど早朝に来させていただきました」

「その店長さんという人は、俺が来ることを知っているんですか？」

「ええ。店長、意気込んでましたよ。チャップさんの夢のことを伝えたら、その夢に恥じない美味いそばを出さなきゃなって」

つまり、彼女はあの時、家にも帰らずまた店に引き返して店長に報告したということか。そう考えると何だか申し訳なくなってくる。

しかもだ、チャップが料理関連のギフトを持っていないことはルテリアも伝えているだろうに、その店長はチャップの夢を馬鹿にすることなく受け入れてくれたようだ。

「そう、ですか……」

この時点でチャップはナダイツジソバに対して好印象を持ったが、肝心の料理を食べてみるまでは軽々に頷く訳にはいかない。

働くのならやはり尊敬出来る、学ぶべきことの多い料理人のいる店で。贅沢《ぜいたく》なことを言っているのは百も承知だが、その条件だけは絶対に譲れない。

「さ、行きましょう、チャップさん。ご案内します」

ルテリアに促され、チャップも彼女に続き部屋を出る。こんな早朝に外出するのは久々だ。

そうして歩くこと約三〇分。ルテリアに連れて来られた場所は、はたして、旧王城を囲う堅牢《けんろう》な城壁、その一角であった。

「着きましたよ、チャップさん。ここがうちのお店、名代辻そばです」

振り返ってそう言うルテリアに対し、しかしチャップは全く言葉を返せない。驚愕《きょうがく》のあまり声を失ってしまったのだ。

内部まではっきりと見える透明な板張りの店。ランタンもないのに煌々《こうこう》と明かりが灯《とも》る店内。見たこともない異国の文字が大きく迫力ある筆致で書かれた大看板。店の表に設置された透明なケース内に安置された、何かの料理を象《かたど》った精巧な蠟細工《ろうざいく》の数々。

確かにレストランのように大きな店ではない。むしろ小ぢんまりとしている。だが、これほど豪《ごう》奢《しゃ》な作りの店は古今東西見たことも聞いたこともない。

あの透明な板の壁一面だけでいくらぐらいするだろうか。あんなものはこれまで見たこともなかったが、例えるなら宝石で出来た板のようなものだろうか。あれを売れば平民用の家くらいは簡単に建つだろう。金満商人や上位貴族ならば競って欲しがる筈だ。

店内を明るく照らしているのは恐らく照明の魔導具だろうし、表のケース内に鎮座する蠟細工も一流の職人が手掛けた仕事と見て間違いない。

この煌《きら》びやかな店の何処が大衆食堂なのだろうか。一流レストランも顔負けではないか。仮に王族が訪れたとて何の不思議もない。

「…………すみません、ルテリアさん」

店の前に二人並んで突っ立ったまま、チャップは静かに口を開いた。

「はい、何でしょう？」

「ナダイツジソバは一流のレストランなんですか？」

そう質問すると、ルテリアは凄い勢いで首を横に振る。

「そんな、とんでもない！　大衆向けの食堂ですよ。料理だってどんなに高くても一〇〇〇コルもしないんですから。一番安いかけそばなんて三四〇コルなんですよ？」

「さ、三四〇コル！　ですって!?」

流石にそれは安過ぎる。大衆食堂でも一品頼めば一〇〇〇コル近くはするものだし、成人男性が満腹になるまで食べれば三〇〇〇コルくらいは使うだろう。酒も付ければ五〇〇〇コルはいく。

蠟細工で見た料理は量もそこそこあった。あれが三四〇コルだなどと、どういう冗談だろうか。

難しい顔をして訝《いぶか》しむチャップに、ルテリアは苦笑を向けた。

「確かに大衆食堂にしても値段は安いと思いますけど、でも料理の味自体は一流ですし、食材も確かなものを使っています。決して変なものは使っていません。そこは信じてくださいね？」

「え、ええ、勿論……」

「それよりも早く入りましょう、チャップさん。中で店長が待っています」

そう言ってチャップの腕を引いて入店するルテリア。

チャップは自動で開閉する魔導具の戸に驚き、次いで店内に歌を流す魔導具に驚く。

ここまで数多くの魔導具を使うような店は一流レストランでもそうそうないだろう。これが大衆食堂だと言うのなら、これまでチャップが一流レストランだと認識していたものは大衆食堂以下ということになる。

自分のルーツを卑下したくはないが、実家の食堂などこの豪奢な店と比べれば掘っ立て小屋みたいなものだ。この店はチャップが常識として認識している大衆食堂とはかけ離れ過ぎている。

もう、店に入る前から驚かされっぱなしだが、何より驚いたのは店内に漂う香りだ。

これまで嗅いだことのない美味そうな香り。ふんわりと柔らかく鼻腔《びこう》を満たす、肉でも野菜でもないこの香り。これは恐らくは海産物由来のものだろう。旧王都の近くに海はないから、保存用に干したものか、きつく塩漬けにしたものを使っているのだろうが、本来味気のない保存食でよくぞここまで丸く優しい、何より美味そうな香りのものを作れるものだ。

ただ単に店内に漂う香りを嗅いだだけ。だが、それだけのことでも、チャップはこの店の料理人が唯《ただ》ならぬ腕の持ち主だと見抜いていた。

ルテリアの話によると、この店では店主であるユキト・ハッシロという人物がたった一人で調理を担当しているのだという。

つまり、その店主こそがこの香りの元を生み出している料理人の正体。これまで名前を聞いたことはないが、王都あたりの一流レストランか、宮廷の厨房で腕を磨いた凄腕の料理人ではないだろうか。在野のままここまで来たということはあるまい。

ここが本当に大衆食堂であったとしても、その腕そのものは大衆食堂の料理人のそれとは隔絶した差がある筈。

店の規模自体は確かに大衆食堂。店内はそこまで広い訳ではないし、料理の値段もべらぼうに安い。だが、その実、提供している料理は一流レストランと何ら遜色がない。まだ食べていないがそれは分かる。自身の料理人としての本能がそう告げているからだ。

これは舐《な》めてかかっては痛い目を見る。何せチャップはここで働くかもしれないのだ。これから店内で起こることの全てに敏感に注意を向けなければ。

チャップは途端に緊張感に襲われ、ゴクリと息を呑んだ。

「店長！　昨日言っていたチャップさんです！　早速お連れしました！」

チャップの緊張に気付いていない様子のルテリアが弾んだ声を厨房に飛ばす。すると、中から一人の男性が出て来た。歳《とし》の頃は二〇代半ばといったところか。黒髪黒目に少し日焼けした肌。このあたりでは見ない人種だが、チャップと同じヒューマンらしい。

これがユキト・ハツシロ。恐らくは他国の出身なのだろう。とすれば、彼が修業してきたのは国外のレストランなのだろうか。明らかにカテドラル王国の流儀から外れた店舗に、ソバという聞いたこともない料理のことを考えれば、きっとそうなのだろう。

チャップが色々考え込んでいると、ユキト・ハツシロが微笑を浮かべながら慇懃《いんぎん》に頭を下げた。

「いらっしゃいませ、名代辻そばにようこそおいでくださいました。当店の店長、ユキト・ハツシロと申します。ルテリアさんから貴方《あなた》のことは聞かせていただきました。チャップさんですね？」

一流店の従業員のような乱れのないキッチリとした礼。言葉遣いも丁寧で礼節を弁《わきま》えており、とても大衆食堂のそれとは思えない。やはり当初の見立て通り、王宮の厨房か一流レストランで修業を積んだ人なのだろう。

こちらも無礼があってはならないと、チャップも慌てて頭を下げる。

「あ、そ、そうです。ど、どうも、はじめまして……チャップです…………」

「何でも、当店で一緒に働いていただけるとか。しかも料理の心得がおありになる。近頃は忙しくて新たな従業員を探していたんです。いやあ、助かりました」

ユキト・ハツシロが言い終わるや、矢継ぎ早にルテリアが口を開く。

「あ、でもですね、店長、チャップさんはいずれ独立される時の為の修業として働きたいそうなんです。だから、うちのおそばが美味しいというのは絶対条件らしいですよ？」

「え!?　ちょ、ルテリアさん!!」

チャップは慌てふためいて首を横に振った。

確かに似たようなニュアンスのことは言ったかもしれないが、しかしそこまで偉そうに上から目線の言葉を口にした覚えはない。それに何より、チャップは修業させてもらう側、まだ半人前にもなっていない若輩で、そんな流しの凄腕料理人のようなことなど言う筈がない。

「俺、そんなことは、その………」

ルテリアの言葉を否定しようとしてしどろもどろになっていると、ユキト・ハッシロがチャップに先んじて言葉を続けた。

「今日はまず、うちのそばを食べていってください。その上で、一緒に働けるかどうか判断していただければと思います。それでいいですか、チャップさん？」

「え、いや、あの………」

何だか思わぬ方向に話が進んでいる。いや、流されている。

この流れは良くない。このままいくと、チャップの印象は偉ぶった勘違い野郎ということになってしまう。だが、どう言えば誤解だと伝わるのか。

チャップがあたふたしている間にも話は進む。

ユキト・ハッシロはもう一度ニコリと微笑《ほほえ》むと、右手を広げて空いている席を差した。

「ここで立ち話も何ですから、お席へどうぞ。ルテリアさん、お水お願い」

「はい、かしこまりました！」

ユキト・ハツシロとルテリア。仕事のスイッチが入った二人が途端にキビキビと動き始める。

結局、何の言葉も返せず誤解も解けず、チャップは促されるまま席に着いた。

「こちら、メニューになります。お好きなものを注文なさってください」

そう言って、卓上に置いてあるメニューを取り、こちらに手渡してくるルテリア。こんなふうに表になったメニューを手渡されるなど、まるで一流レストランのようだ。

「あ、これはご丁寧に、どうも……」

礼を言い、チャップはメニューを受け取る。妙に光沢があって厚みと硬さのある、やけに写実的な料理の絵が描写されたメニューだ。

チャップはまじまじとそのメニューに目を通す。

温かいソバのカケソバから始まり、ワカメソバ、ホウレンソウソバ、テンプラソバ。

冷たいソバはモリソバから始まり、トクモリソバ、ヒヤシタヌキソバ、ヒヤシキツネソバ。

ゴハンモノという謎のカテゴリーにはカレーライス。

全てチャップの知らない料理。驚くべきことに、一品たりとも分からない。

ホウレンソウソバの上に載っている葉物野菜が、北の寒村で作られているサヴォイかな、というのがかろうじて分かるくらいで、それ以外は本当に何も分からない。麺ですらスパゲッティではないということしか分からない。

一切合切何も分からず、どの料理がどんな味なのかということも全く見当がつかない。この分からない尽くしの中から、一体どの料理を食べればよいのか。

チャップが眉間にシワを寄せて難しい顔で悩んでいると、ユキト・ハツシロが苦笑しながら助け舟を出してくれた。

「お悩みでしたら、新メニューの冷しきつねそばなんかはどうですか？」

「ヒヤシキツネソバ……」

言われるがまま、メニュー上のヒヤシキツネソバの絵に目を向ける。

ソバの麺の上でドンと主張強く鎮座する、二枚の謎の三角形。

他には深緑のペラペラした何かと、刻まれた野菜らしきものもそれぞれ一摘《ひとつま》み載っているが、見た目はやはり三角形の迫力に負けている。この茶色い大きな三角形は一体何者だろうか。

「もうそろそろ夏ですからね。これからの季節は冷たいそばが美味いんです。どうですか、よろしければ召し上がってみませんか？」

「あ、では、それでお願いします……」

この店のことはチャップには何も分からない。店主がヒヤシキツネソバなるものをおすすめするということは、それが今最も食べ頃だということなのだろう。

チャップは黙ってユキト・ハツシロの言葉に従うことにした。

ヒヤシキツネソバ。見た目からは味の想像すら付かない。はたして如何《いか》なる代物なのか。そのことを考えるだけでワクワクするが、同時にドキドキもする。

異なる文化圏から来た未知の料理を口にすることに若干の不安は残るが、しかし今は料理人としての好奇心の方が勝っていた。

カテドラル王国ではない、他国の料理。これに触れることで、チャップは料理人として今より一段も二段も上に行ける筈だ。

「冷しきつねそば一人前、かしこまりました。お料理が出来上がるまで少々お待ちください」

ユキト・ハッシロは慇懃に頭を下げると、厨房に戻って行った。

そして、彼と入れ替わるよう、今度はルテリアが盆にコップを載せて戻って来る。

「お水どうぞ」

そう言ってルテリアが持って来てくれたのは、氷が浮いた水がなみなみと注がれた、木材でも陶器でもない透明なコップだった。

「これは……ッ!?」

度肝を抜かれたチャップは、ルテリアに礼を言うことも忘れてその水を凝視する。

もう夏も間近だというのに、どうして水に氷が浮いているのか。この時期にこんなものを用意出来るのは高位貴族か王族のみ。恐らくは魔導具か氷魔法の使い手の仕事だろう。水自体も一切濁りのない無色透明。まるで春先に清流から汲《く》んだ雪解け水のようだ。

それにこのコップ。まず間違いなく表の透明な板と同じ素材だろうが、あれがまさかコップに加工可能だとは。こんな芸術品のようなものを実用するなど、何たる贅沢か。まるで有名な陶工の皿を使って食事しているかのようだ。

どうして大衆食堂を謳《うた》う店でこんな代物が出て来るのか。まさかチャップの為だけに特別に用意したとでも言うつもりだろうか。

相手方の真意が摑《つか》めぬまま、チャップは震える手でコップを手に取る。

冷たい。キンキンに冷えている。

氷のおかげだろう、まるで真冬の川に手を突っ込んだかのように冷たい。今はまだ夏前だが、もう少し時間が経ち、真夏の太陽が燦々《さんさん》と輝く時期にこれが飲めればさぞ幸せなことだろう。

こんな、貴族が飲むようなものをチャップのような金もない平民が飲んでもいいのだろうか。

葛藤は尽きないが、覚悟を決めてグビリ、と一口水を飲む。

清流を思わせる水が舌の上を流れる。やはり、冷たい。

そして水に何の雑味もない。川の水にしろ井戸水にしろ、生水であれば普通は一度煮沸してから飲むものだが、それでも雑味が抜けないのが常だ。

だが、この水はどうか。何と澄んだ味。見た目と同じで何処までも透き通っている。

「美味い……」

水が美味い。ただただ、そのことが衝撃だった。

水は全ての食の根源。何の誤魔化《ごまか》しも利かないものがこんなにも美味いとは。チャップの生涯において、きっと、これが一番美味い水だ。

チャップがただの水一杯に圧倒され、言葉を失っていると、不意に、横から声がかかる。

「お待たせいたしました、冷しきつねそばです！」

ハッと我に返り顔を上げると、いつの間にか横にルテリアが立っており、チャップの前にゴトリとどんぶりを置いた。

そして何故だかもうひとつ同じどんぶりを横の席に置き、彼女もそこに座る。

「え？　ルテリアさん、どうしたんです？」

チャップが不思議そうに見つめていると、彼女は「えへ」といたずらっぽい笑みを浮かべた。

「朝のまかないです。私も食べさせていただきますね」

「あ、ああ、そういうことですか……」

「そうですそうです。チャップさんも食べてくださいね。では、いただきまーす！」

卓上の筒から木片を取り出し、それを中央のスリットに沿ってパキッと割ったルテリアは、その二本の棒を使って器用に、そして豪快に音を立ててソバを啜《すす》り始める。

可憐《かれん》な女性とも思えないような、ずぞぞ、という粗野な音を立て、しかし幸せそうに笑顔を浮かべながらソバを食べるルテリア。

チャップもかつては食堂で働いていた男だ。その表情を見ているだけで分かる。あれは本当に美味いものを食べている人間の顔だ、と。

未熟者ではあるが、しかし一人の料理人として、チャップは真摯に眼前の料理と向き合う。

ヒヤシキツネソバ。ともすれば黒にも近い濃い茶色のスープに沈んだ灰色の麺と、その上に主張強く鎮座する二枚の茶色い三角形。

プロの料理人を目指しているだけあって、チャップはかなり食材には詳しい。この店のメニューを見て、ホウレンソウソバに使われているのが北の寒村でしか作られていない野菜、サヴォイだということもどうにか見抜いた。食材や料理を見る目は確かだという自負がある。

しかしながら、このヒヤシキツネソバに使われている食材は徹頭徹尾何も分からない。こんな麺にすると灰色になるような穀物も知らないし、スープに使われている海産物が何かということも分からない。スープの色が濃いのに濁りが一切なく透き通っている理由も分からない。何より、この二枚の三角形が肉なのか野菜なのかすらも分からない。全くの謎。

これはチャップに対する挑戦だ。お前も料理人を目指す者ならば、この謎を解いてみろ、と。

無論、ユキト・ハッシロにそんな意図がないことは分かっている。だが、他ならぬ料理の方がチャップにそう語りかけて来るのだ。この程度のことも分からないような奴《やつ》が、このナダイツジソバで働くつもりなのか、と。

自分より腕の劣る料理人には師事したくない、などと生意気な思い上がりをしていたのは他ならぬチャップ自身。その思い上がりを逆手に取られてチャップは今、試されているのだ。ナダイツジソバという店に、そして眼前のヒヤシキツネソバに。

自分が試されていると思うと、途端に緊張感が込み上げてくる。

思わずゴクリと息を呑みながら、チャップは木片が詰まった筒に手を伸ばす。ルテリアがそうしていたように、スリットに沿ってパキリと木片を割って二本の棒にする。

これもまた初めて目にする不思議なカトラリーだ。ナイフでもフォークでもスプーンでもない棒二本で食事をするとは、一体どの国の文化なのだろう。少なくともカテドラル王国のものではないし、文化的に共通点の多い周辺国のものでもないだろう。まさかとは思うが、別の大陸のものという可能性もある。

海を越えた先にある別の大陸。この大陸はおろか、カテドラル王国すらも出たことのないチャップでは想像も付かない世界だ。

国が違えば文化も違う。国同士の距離が遠ければその分だけ差異も大きくなる筈。別大陸ともなれば完全なる異文化。きっと、このソバという料理はカテドラル王国には存在すらしていない食材を使用しているのだ。そうに違いない。

全く未知の料理が目の前にある。料理人ならばこの状況に魂が滾《たぎ》らない筈がない。

覚悟を決めて、棒をヒヤシキツネソバに突っ込む。まずはスープの底に沈んだ麺を不器用な手付きでどうにか摑み上げた。

精密な細切りで形を揃えられたソバにスープがよく絡み、キラキラと輝いている。

一流の料理人は味だけでなく料理の見た目にも拘《こだわ》ると言われているが、この麺はまるで宝石だ。ほんのりとした灰色が、よく磨かれたゾイサイトを思わせる上品さを醸し出している。

その宝石のような麺を、これまた不器用な手付きでどうにかこうにか口に運ぶ。チュルチュルと音を立てながら唇と舌で麺を手繰り、そのまま、ずぞぞ、と啜り込み、咀嚼《そしゃく》。

冷やされてキュッと締まった麺の強いコシ。同じく冷やされたことで際立ったスープの塩味《えんみ》。そして口内を満たして鼻に抜ける複雑な香気。

麺は微《かす》かに甘く、香りは独特で何処か牧歌的。上手く処理しているのだろう、スープの香りは海産物特有の生臭さが一切出ておらず、何処までもスッキリ爽やかだ。

「ううん、美味い……ッ！」

思わず唸《うな》る。

美味。何たる美味か。これまで食べたどんな料理とも方向性が違う。同じ麺料理である筈のスパゲッティともだ。

ただ腹を満たす為だけに量ばかり多いのでもなく、ただ保存性を上げる為だけに固いのでも塩辛いのでもなく、ただ高価な食材を使ってポテンシャルのみで勝負をしているのでもない。食材の持ち味を適切な調理法で引き出し、調和させ、悪い部分を欠片《かけら》も出すことなく極上の味に仕上げている。紛《まご》う方《かた》なき一流の仕事。

たった一口食べただけだが、チャップは理解してしまった。ナダイツジソバ、この店は間違いなく旧王都で一番の名店だ。カテドラル王国全体で考えても確実に五本の指には入る。

そしてユキト・ハツシロ。彼は尋常の料理人ではない。これまでチャップが出会った料理人の中でも一番の腕を持っている人だ。この人の下で働くことが出来れば、チャップは料理人として今より遥《はる》か先に進むことが出来るだろう。

この時点でもう、チャップは是が非でもナダイツジソバで働かせてもらおうと、そう心に決めていた。最初は向こうから働いてほしいと言ってきたかもしれないが、そんなことは関係ない。チャップはこの一口でナダイツジソバに、ユキト・ハツシロの腕に惚《ほ》れ込《こ》んでしまったのだから。であるならば、誠心誠意頭を下げて、弟子にしてくださいと必死に頼み込むのが筋。このヒヤシキツネソバを食べ終えた時、チャップは確実にそうするだろう。

その為にも今はまず目の前のヒヤシキツネソバを味わい尽くさねばならない。出された料理は最後まで食べるのが人としての礼。尊敬に値するものには礼をもって接するのが道理。

麺、スープ、共に美味。さて、次に手を付けるのは、あの謎だった三角形だ。

二本の棒を使って三角形を持ち上げると、確かな重みを感じる。この三角形、どうも長時間煮込まれたものらしく、棒で摑んだ部分からジュワジュワと止《と》め処《ど》なく煮汁が溢《あふ》れ出《だ》す。

三角形全体がテラテラと輝いているのだが、これは恐らく油の輝きだろう。だとすれば、焼き目が見えないのは何故か。まさか油に漬けたのだろうか。

この煮汁のように、疑問はいくらでも湧いて出るが、見ているだけでは答えに辿《たど》り着《つ》かない。やはり実際に食べてみなければ。

チャップは大きな口を開けて三角形にかぶり付く。

その瞬間である。

ジュワワワワッ！

まるで焼き立ての霜降り肉のように、チャップの口の中で大量の汁が溢れ出した。

甘辛《あまから》くて濃い味の奔流が口内で暴れ出す。あのペラリとした三角形の一体何処に、ここまでの汁が隠れていたのだろう。荒れ狂うような味の大河だ。

ソバのスープが味のベースになっていることは間違いないが、しかしそれより遥かに濃い味付けである。だが、スープを煮詰めて濃縮したのだろうか。それとも調味料を追加して味を濃く調節したのか。ただ単純に塩を追加するだけではこの味の深みは出まい。そこに油の旨味も加わることで味にコクが生まれ、この濃い味が奇跡的にまとまっている。

ともすれば暴力的ですらある甘辛い汁が舌の上を流れて滝の如く喉の奥へと落ちてゆく。

「ッッッッ!?」

口にものを含んでいるので声も出せず、しかしチャップは目を見開いて大いに驚愕していた。

ここまで乱暴に味覚を刺激する美味、こんなものが存在するという事実を叩き付けられ、あまりのことに衝撃を受けたのだ。

こんなものは今まで食べたことがない。完璧にチャップの既成概念を叩き壊された。

チャップはこれまで、美味とは上品なものであると思い込んでいた。繊細な食材を使い、繊細な技で繊細に仕上げる。それこそが美味の極地であると。

だが、この三角形はどうか。繊細さや上品さとは対極にある豪快さと乱暴さで強引に、そしてストレートに味覚に訴えてくる。しかしながらこれもまた美味。そう、間違いなく美味なのだ。
ジュワジュワと甘辛い汁を吐き出す三角形を存分に咀嚼し、ゴクリと嚥下《えんげ》してから、チャップは
ワナワナと肩を震わせつつ口を開く。
「う、美味い……ッ！　何なんだ、これは!?」
半分ほど欠けた三角形を見つめたまま、隣にルテリアがいることも忘れて大声を出すチャップ。
これはどうしたことか、食べてみてますます謎が深まってしまった。ソバとはまた違った、この
独特の食感。これは肉でも魚でも野菜でもない。しからば何と言えばいいのかは未だ分からず。
まるでこのヒヤシキツネソバが自分の無知を嘲笑《あざわら》っているかのようで非常に悔しいのだが、しか
し同時に、嫌というほど自分の不勉強、未熟さを思い知らされた気がする。
料理の世界は何処までも奥が深く、チャップでは底など見ることも叶《かな》わない。
世界にはまだまだ未知の料理が眠っており、美味は尽きず。探求は生涯続く。独立などはまだま
だ先の話だろう。今はただ、ひたすらにこのナダイツジソバから学ぶのみだ。
「それ、味が染みてて美味しいでしょ？　お揚げさんですよ」
啞然《あぜん》とした様子で三角形を見つめているチャップの姿が目に入って気になったのだろう、ルテリ
アが顔を上げてそう声をかけてきた。
「オアゲさん？」
人どころか生物ですらない食べ物に『さん』付けとは不思議なことだが、しかしこの三角形の圧
倒的なまでの存在感、美味さを考えれば得心はいく。オアゲさん。そう称されて然《しか》るべきものだ。
先ほどから驚きっぱなしのチャップが面白いのだろう、ルテリアは微笑みながら言葉を続ける。

「油揚げですよ、油揚げ。それ、お豆の加工品なんです」

その言葉を聞き、チャップはまたもや強烈な衝撃を受けた。

「ま、豆!?　これが……豆!?　本当ですか!?」

聞いたところで俄《にわ》かに信じられるものではない。

濃厚な味付けがされているので豆の風味が薄いのは勿論のこと、豆らしき食感もないし、見た目に豆の面影を感じるところもない。何せ、豆の欠片すらも見当たらないのだから。

仮に豆を擦り潰したのだとしても、ここまで豆っぽさを感じなくなるものなのだろうか。というか、そもそも豆をどう加工すればこんなものが完成するのか。

驚愕のあまり呆然《ぼうぜん》とするチャップを見て、ルテリアは苦笑していた。

「驚きますよね？　私も初めて日本……いえ、店長の故郷で食べた時は驚きました」

その言葉を聞いて、チャップは神妙に頷く。やはりユキト・ハツシロの故郷、つまり異国からもたらされた未知なる食材だったのだ。あまりに異質で異端だが、間違いなく一流の美味。一人の料理人として、これだけ好奇心が刺激されるものはない。

「信じられません……。一体、どうやって豆からこんなものを作るんですか？」

チャップはルテリアに質問してみたのだが、しかし彼女は途端に困ったような表情を浮かべた。

「あー、っと？　それは、私もちょっと知らないです……」

「あ、そ、そうですか……」

容姿を見れば分かるが、彼女は恐らくこの大陸の出身。先ほどの話からしてユキト・ハツシロの故郷には行ったことがあるようだが、それでもオアゲさんの作り方を知らなくても無理はない。

「ごめんなさい。でも、店長なら知ってる筈ですよ？」

チャップは若干気落ちしていたものの、その言葉を聞いてすぐ気を取り直した。

「えッ、本当ですか!?」

「多分。ちょっと訊いてみますね。てんちょーう！　ちょっといいですかー？」

ルテリアがその場から立ち上がり、厨房にいるユキト・ハツシロに声をかける。

「んー？　なーにー？」

気負っている自分とは裏腹に、ごくのんびりとした声が返ってきたもので、チャップは思わず苦笑してしまった。意地悪な言い方をすれば気を抜いているのだろうが、要は自然体なのだろう。

この少し、いやかなり変わった店と料理、そして店主から多くを学び、いずれは立派な料理人になろうと、チャップは腹を決めた。

これは余談だが、後の世でチャップは麺料理の大家と言われるようになるのだが、それはあと二〇年ほど先の話である。

新従業員チャップくん、期待しています！

ルテリアが自身のツテを使って連れて来た青年、チャップ。

何でも、彼の実家は食堂を営んでおり、前職であるダンジョン探索者ギルドの職員になる前は、その実家の店で厨房《ちゅうぼう》に立ち、料理の修業をしていたのだという。

ダンジョン内の事故で両足を失ったというから、ちゃんと働けるのだろうかと若干不安だったのだが、元の足と同じように動いてくれる魔法の義足があるから日常生活は問題ないとのこと。いやはや流石《さすが》はファンタジーの異世界である。

チャップ青年は将来的には独立して、自分の店なり屋台なりを持ちたいとのことで、両足を失ってギルドを退職した後は、その為《ため》に修業出来る店を探していたそうだ。

雪人《ゆきと》は当初、チェーン店の仕事でも料理の修業になるのだろうかと不安に思っていたのだが、試しに出してみた冷しきつねそばを食べ終わるや、彼は今にも土下座せんばかりの勢いで深々と頭を下げ、何卒《なにとぞ》弟子にしてくださいと頼み込んできた。

チャップ青年曰《いわ》く、冷しきつねそばを食べて、自分との隔絶したレベルの差を知り、衝撃を受けると共に感激したのだという。自分もいつかこんな斬新な料理が作ってみたい、自分が作った料理を皆に美味《おい》しいと言ってもらいたいと、そう熱弁していた次第。

意気込みと熱意溢《あふ》れる青年、チャップは早速翌日から辻《つじ》そばで働き始めた。

実家の食堂で働いていたというだけあって、彼の働きぶりは新人ながら実に見事。異世界の流儀ではない辻そば式の運営形式にも難なく適応し、初日から接客に配膳にとテキパキ動いてくれた。

また、将来は料理人志望というだけあって、厨房の方にも頻繁に出入りし、少しでも時間があれば雪人の仕事を観察し、あれやこれやと質問をしてくる熱の入れ様。そういうチャップの意欲的な姿勢は雪人にとっても好ましく、しばらくは仕事を覚えてもらい、いずれ時が来れば厨房にも立ってもらおうと思い、懇切丁寧に指導している。

まだ始めたばかりなので、今はまだそばを茹《ゆ》でても伸びたり生煮えだったりするのだが、もうしばらく修業を続ければ、かけそばくらいは任せられるようになるのではなかろうか。

ホールについてはルテリアに一日の長があるものの、調理に関してはやはりチャップの方が才能を感じさせてくれる。店内での役割分担がはっきりしてきたというところだろうか。

彼もルテリア同様、通いで店に来ることになったのだが、三食まかないを付けるという話には随分と喜んでいた。チャップによると、食費が浮くことよりも、雪人の料理を食べて研究する機会を得られるのが嬉《うれ》しいのだそうだ。

独立後にどのような形態の店を出すのかはまだ決まっていないらしいのだが、どうなるにしろ名《な》代《だい》辻そばで学んだことを活《い》かした店にしたいのだという。

チャップによると、料理の基本となる出汁《だし》については特に興味を引かれているようで、昆布や鰹《かつお》節《ぶし》だけでなく、野菜や動物の骨からも良質な出汁が取れることを教えると、彼は目を輝かせて雪人の言ったこと一言一句を一切洩《も》らさぬようメモしていたくらいだ。

こういう熱心な姿勢は、雪人にとっても良い刺激になる。チャップ青年の熱い期待に応えられるよう、雪人も褌《ふんどし》を締め直さなければならないだろう。

この世界にそばという植物そのものが存在しない以上、彼が将来開く店がそば屋ということはあり得ない。ギフトの性質上、彼にそば粉を分け与えることも出来ない為、仕方がないのだが、しかしチャップが辻そばの魂を受け継ぎ、また、それを次代にも継承してくれれば幸いだ。

ともかく、ルテリアと二人だけではそろそろ店を回すのもキツくなっていたので、このタイミングでチャップが加わってくれたことによって店はまたスムーズに回るようになってきた。

このままチャップが順調に成長してくれれば、ホールと厨房の両方で活躍出来る万能な従業員になってくれることだろう。近い将来、大型新人ルテリアと並び立つチャップの姿が脳裏に浮かぶようで、何とも微笑《ほほえ》ましい。

ギフトが次のレベルに上がり、メニューにビールが追加されれば、また嵐のような忙しさに逆戻りしてしまうかもしれないが、その時は更にもう一人従業員を雇ってもいいかもしれない。幸いにして資金の方にはもう一人分くらいの余裕はある。

名代辻そば異世界店の成長はまだまだ止まらない。旧王都に名代辻そば在りと、そう言われる日もそう遠くはないだろう。

若いチャップ同様、雪人も意欲が衰えることはない。目指すは旧王都で一番愛される店だ。

名代辻そば従業員チャップとまかないのわかめそば

チャップがナダイツジソバで働くようになり五日が経《た》った。

実際に働いてみて分かったことなのだが、この店はとにかく忙しい。何しろ朝に開店したら夜の閉店時間になるまでずっと店を開けており、しかもいつ何時も客足が途切れることがないのだ。

忙しさのあまり、他の飲食店のように明確に昼休憩の時間が決まっていたり、夜の仕込みで一時的に店を閉じる時間すらもないときている。

ここまで人気の店は、旧王都広しと言えど、そうそうあるものではない。

仮の話、対抗馬がいるとすれば、貴族街で一番人気のレストラン『ラ・ルグレイユ』か、大通りに店を構える老舗《しにせ》『大盾亭』くらいだろうか。

だが、ラ・ルグレイユは予約制なのでツジソバほど店内が混み合う訳ではないし、大盾亭は店舗が広く従業員も多いので店自体は比較的スムーズに回っている。

どちらと比べても、忙しさとしてはやはりツジソバに軍配が上がるのではないだろうか。

同じ大衆食堂でも、地元の人たちやたまに訪れる程度の人間を相手にのんびりのどかにやっていたチャップの実家とは全然違う。

都会の店全てがこんなに忙しいとは思わないが、やはり人気店は違うものだ。

望みだった飲食店でこうやってあくせく働いていると、俺は今、ちゃんと自分の人生を生きているんだぞという実感が湧いてくる。

ダンジョン探索者ギルドに勤めていた頃はその逆で、ダンジョン調査が終わった時はいつも、今日もどうにか死なずに済んだ、と安堵《あんど》していたものだ。

同じチャップの人生で、同じ生に対する実感の筈《はず》なのに、そのベクトルが全く違うように思えるのだから不思議である。

若輩者が言うことではないかもしれないが、これが人生の妙味というやつだろうか。

忙しさに流されるようにして、あっという間に過ぎてゆく日々。毎日ともかく忙しいのだが、しかしそんな中でもユキトとルテリアは合間合間に細かく時間を作り、決して手を抜くことなく仕事を教えてくれる。大きなミスでもない限りは頭ごなしに怒られるようなこともない。

前の職場を揶揄《やゆ》する訳ではないが、実に雰囲気の良い職場だ。

料理人の多くは弟子に技術を伝授する際、技は目で見て盗めと言うものだが、ユキトの場合はちゃんと口頭での説明を交えながら実演して見せてくれるので、チャップとしては非常に助かっている。ロクな指導もなく、自分も仕事をしながら料理人の仕事を盗み見て、後からその時のことを思い出しつつ模倣するというやり方にはどうしても限界があるものだ。

また、チャップも気になったことはあれやこれやと遠慮せず質問するのだが、その質問を無視することなくちゃんと答えてくれるのもありがたい。

ナダイツジソバの調理は見たこともない、扱い方も難しい魔導具を沢山使うので、チャップはまだそれらを十全に使いこなせず、ソバを茹《ゆ》でても生煮えだったり伸びたりしてしまう。今は不甲斐《ふがい》ない有様だが、いずれは完璧に仕事をこなせるようになるだろう。その証拠に、ユキトも筋は悪くない、これからの練習次第だと言ってくれているのだから。

通常業務に、調理の練習。この五日間はそれだけで目まぐるしく過ぎ、今日もまた、あっという間に時が過ぎる。つい先ほど開店したばかりだと思っていたら、もう昼下がり。

客足が落ち着いた時間帯が過ぎ、そろそろ陽《ひ》が傾いてくる夕刻。あと三〇分もしないうちに今度は夜のお客が訪れ、店がまた混み始める。

このナダイツジソバでは三食まかないが出るのだが、三人揃《そろ》って食べるのは開店前の朝の時間帯だけ。ホールに従業員がいない状態を避ける為《ため》、昼と夜はそれぞれ空き時間をずらして別々にまかないを食べている。

今は店主のユキトが夜の分の仕込みに取り掛かり、ルテリアがテーブルの拭き掃除などをしているので、チャップが一人でまかないを食べる時間だ。

今日のまかないはツジソバレギュラーメニューのワカメソバ。このメニューはまだ食べたことがないと、チャップがユキトにリクエストして作ってもらったものだ。

まかないという形でツジソバのメニューを食べ、研究する。チャップにとってのまかないとは、ただ単に腹を満たす為だけのものではなく、味覚を磨き料理に対する考察も兼ねた修業なのだ。

厨房《ちゅうぼう》の奥、従業員がいつもまかないを食べる時に使う場所までどんぶりを運び、一人でワカメソバと向かい合う。店内の喧噪《けんそう》から切り離された、実に静謐《せいひつ》な時間だ。

ツジソバの基本とも言えるカケソバには、トッピングとしてひと摘《つま》みのネギとワカメが載っている。今回食べるワカメソバとは、そのカケソバのワカメを大盛りにしたものである。

ツジソバで働くようになってから初めて食べた海藻、ワカメ。ユキトの話によると、国によっては海の雑草扱いされて食材だと認識すらされていないのだという。世界的に見ても、ワカメは食べるより捨てる国の方が多いのだと。

こんなに美味《うま》いものが見向きもされていないとは、何とも嘆かわしい。そして、そんな食材に焦点を当てたナダイツジソバの着眼点たるや、何と素晴らしいことか。

そんなワカメをハシで摑《つか》み、口に運ぶ。クニクニコリコリとした不思議な食感で、ソバツユの風味と相まって、口の中を濃厚な磯《いそ》の香りで満たしてくれる。調和しているのだ。

それもその筈、ソバツユのダシにはワカメと同じコンブという海藻が使われている。更に言えば同じダシに使われているカツオブシも海の魚だ、親和性は当然抜群である。

「うぅん、美味い……」

その美味に、チャップは思わず唸《うな》った。

これまでの人生ではあまり食べてこなかった海産物。それがこれほど美味いというのは衝撃であり、発見であり、幸運な出会いでもある。

内陸部の田舎町《いなか》で生まれ育ち、成人して出て来た場所も内陸部の旧王都。チャップはこれまで海と縁遠い人生を歩んできたが、その海には地上と同じだけ、いや、もしかすると地上以上に美味なるものが数多《あまた》存在しているのかもしれない。

流石《さすが》、全ての生命の母と言われる海。美味なる食材、未知の味覚が眠る宝庫。これを修業中に知れたということはとても大きい。料理人としての大きな財産だ。

次はワカメと一緒にソバも啜《すす》る。

ずる、ずるるる……。

フォークに巻き付けて食べるスパゲッティとは違い、音を立てながら口で勢い良く啜り込んで食べるソバ。ルテリアはこの食べ方が粋なのだと言っていたが、それも頷《うなず》ける。心なしか、こうやって食べた方がより風味が口の中に広がる気がするからだ。

ワカメのコリコリとした弾力と、ソバの心地よい嚙《か》み応え。これもやはり調和している。咀嚼《そしゃく》しているとソバの独特で牧歌的な香りが鼻に昇ってくるのも実に良い。

仮の話、スパゲッティの麵をソバツユに沈めたとしても、ここまでの調和を見せることはまずないだろう。このソバの麵だからこそソバツユと合うのだ。この組み合わせだからこそ足し算ではなく掛け算の美味が生まれるのだ。

「店長が作ったソバは本当に美味いんだよなあ……」

ソバを味わいながら、しみじみと呟《つぶや》くチャップ。ユキトが作ってくれたソバは、やはり抜群に美味い。これぞ至高だ。

チャップも練習で幾度かソバを作らせてもらったのだが、やはりユキトのように上手《うま》くいかなかったのは前述の通り。

厨房の中には時間を計る魔導具もあるのだが、まだ使い方がよく分からず、時間設定を間違えてソバを茹で過ぎコシが死んでしまったり、逆に茹で時間が足りなくて麺の中がグニグニの生だったりするのだ。ユキトは練習だからしょうがないと言ってくれるものの、せっかくのソバを己の未熟さで殺したという罪悪感は拭えない。

また、ソバツユにしてもカエシとダシの配合が難しく、これを正確にやらないと妙にしょっぱかったり、或《ある》いは薄かったりするソバツユが出来上がる。厨房には液体の量を正確に計るカップもあるのだが、チャップはしょっちゅう目盛りを読み違えて配合に失敗してしまう。

それらの作業をユキトは流れるような手付きで滞ることなく完璧にこなしてゆくのだが、チャップの場合はどうしても時間がかかってしまう。しかも時間をかけたのに全然上手くいかない。

チャップが失敗して落ち込む度、ユキトは、これは慣れだから焦っちゃだめだよ、練習を繰り返して身体《からだ》で覚えるんだよ、と、そう言ってくれるのだが、自分としては己の不甲斐なさが浮き彫りになるようで歯痒《はがゆ》い想《おも》いをしている。

だが、いずれは自分も店長のような完璧なソバを作れるようになりたい。その為にはいつまでもへこたれている暇などない。日々是修業、まかないすらも己の糧だ。

そんなふうに気持ちを強く持ちながらソバを啜るチャップ。ワカメは半分だけ残して、麺は一旦全部食べてしまう。

そうして残ったワカメ半分とソバツユ。チャップは麺のなくなったソバツユに三振りほどシチミトウガラシを振りかけると、カレーライス用の皿を持って炊飯器へ向かった。

「美味そうだなあ、今日もツヤツヤだ」

パカリと炊飯器の蓋を開け、ホカホカと湯気を立てるコメを見つめながら、チャップはゴクリと生唾を飲み込んだ。

ソバ同様、このナダイツジソバでしか見たことがない謎の穀物、コメ。ユキトやルテリアはゴハンとも呼んでいるが、これがまた滅法美味い。

コメ自体はさほど主張の強いものではなく、粒立っていて嚙み締めればモチモチとしてほのかな甘みが感じられる程度。しかしながらスープやおかずと合わせると万能の親和性を発揮する。特にしょっぱいものとの組み合わせが抜群に優れていると、チャップは個人的にそう思う。

そんなコメをこんもりと皿に盛る。ここにカレーはかけない。今回はコメのみで食するのだ。

再び席に着き、まずはコメを一口。幾度か咀嚼してコメの食感と風味を楽しんでから、そこへすかさずソバツユを流し込む。シチミトウガラシによってピリッと引き締まった味に変貌したソバツユがコメと絡み合い、そのまま喉の奥へと流れ落ちてゆく。

「ふいぃー……」

思わず熱い吐息が口から洩《も》れる。

コメとソバツユ。シンプルながらも味わい深い組み合わせだ。コメの食べ方としてカレーライスは確かに美味いが、この食べ方だとコメのポテンシャルを直《じか》に感じる。

この食べ方を教えてくれたのはルテリアだが、彼女には感謝する他ない。ツジソバの食材を自由に使ってこんな食べ方が出来るのは、従業員だけの特権なのだから。

そのまま若い勢いに任せてコメとソバツユを喰《く》らうチャップ。

最後は口一杯にコメを頬張《ほおば》ると、それを一気にソバツユで流し込む。粘着力の強いコメがソバツユの水分でサラサラと解《ほど》け、その粒立ちを際立たせながら胃の中に落ちてゆく。

ソバツユの最後の一滴まで飲み干し、空になったどんぶりをゴトリと置き、冷たい水で口内を洗い流し、食事を締める。

今回のまかないも大満足であった。

「あー、美味かったぁ……」

そう言うチャップの顔には、隠し様もない満足そうな笑みが浮いている。

現状で毎日こんなに美味いものを食べているからだろう、思い返すと、ギルド職員だった時代は一食一食を大切にすることなく、ロクなものを食べていなかった。

ダンジョンに潜っている間は味など度外視した保存食のみで、良くても気休め程度に火で干し肉を炙《あぶ》ったりするだけ。街に帰れば将来の為に倹約し、安いが味の悪い食堂や、保存食と大差ないようなものばかり食べていた。

今なら分かるが、それでは料理人にとって重要な舌が育つ筈がない。このツジソバで日々ユキトが作る極上のまかないを食べていると、そのことを強く実感する。

まるで遠い過去のようになってしまった己のギルド職員時代に想いを馳《は》せ、感慨に耽《ふけ》りながらチャップが空になったどんぶりを見つめていると、不意に、横から声がかかった。

「チャップさん、もう食べ終わった？　次、私が休憩入るからチャップさんは接客頼める？」

そう言って現れたのは、疲労した様子で少しだけ息を弾ませたルテリアである。

チャップが食事をしていたのは僅か一五分くらいのことだったが、それでも一人でホールの仕事をするのはしんどかったのだろう。

チャップとてナダイツジソバの従業員、彼女ばかりを働かせる訳にはいかない。

「分かりました。丁度食べ終わったんで交代します」

チャップはもう一口水を飲んで息を整えると、立ち上がってホールへ向かおうとした。が、その背にルテリアがまたも声をかけてくる。

「あ、そうだ、チャップさん、ちょっといい？　今日のまかないって何だった？」

問われて、彼女も大概食いしん坊だなと苦笑しながらチャップは答えた。

「ワカメソバですよ。俺はやりませんでしたけど、ワカメのおかわり無制限だそうです」

背後から聞こえる「やったぁ！」というルテリアの声に再度苦笑しつつも、チャップは気持ちを引き締めてホールへ向かった。

遂に来た！ ビールだ!!

新従業員チャップが加わって丁度一週間が経《た》った。

やる気溢《あふ》れる新人チャップは獅子奮迅《ししふんじん》とも思える働きを見せ、店の回転率が目に見えて向上してきた次第。厨房《ちゅうぼう》では盛り付けを手伝い、ホールに出れば接客に配膳に会計にと東奔西走する。それでいて弱音のひとつも吐かないのだから凄《すご》いものだ。

自分のキャパシティ以上の無理はしないという前提で、彼にはこれからも精力的に働いてもらいたい。雪人《ゆきと》としても指導に熱が入る。

ルテリアによるとこの世界の識字率はそう高くないらしく、市井《しせい》には読み書き計算が出来ない人も結構いるそうなのだが、その点チャップは実家の食堂で父母に仕込まれ、しっかりと勉強していたので即戦力になってくれた。

まだレジスターの扱いには四苦八苦している様子だが、それも時間の問題。今はとにかく回数をこなして慣れてもらうのが先決だ。

チャップのやる気に触発されたものか、近頃はルテリアも張り切っている様子で、実に良い相乗効果であると言えよう。

ともかく、店の回転率が上がるということは、当然来客が増えるということ。チャップの働きもあり、雪人のギフトは遂《つい》にレベル七に上昇した。

レベルアップしたギフトの詳細は次の通り。

ギフト：名代辻そば異世界店レベル七の詳細
名代辻そばの店舗を召喚するギフト。
店舗の造形は初代雪人が勤めていた店舗に準拠する。
店内は聖域化され、初代雪人に対し敵意や悪意を抱く者は入ることが出来ない。
食材や備品は店内に常に補充され、尽きることはない。
最初は基本メニューであるかけそばともりそばの食材しかない。
来客が増えるごとにギフトのレベルが上がり、提供可能なメニューが増えていく。
神の厚意によって二階が追加されており、居住スペースとなっている。
心の中でギフト名を唱えることで店舗が召喚される。
召喚した店舗を撤去する場合もギフト名を唱える。
今回のレベルアップで追加されたメニュー：ビール
次のレベルアップ：来客五〇〇〇人（現在来客九八五人達成）
次のレベルアップで追加されるメニュー：コロッケそば

遂に、遂に来た。今回のレベルアップにより、遂にビールがメニューに追加されたのだ。

異世界で広く流通しているエールビールよりも明らかに数段美味《うま》いラガービール。

そこまで酒を嗜《たしな》む方ではない雪人にもはっきりと分かる、これは異世界の酒呑《さけの》みたちの間に革命をもたらすものだ、と。

ルテリアやチャップによると、この異世界にもラガーは存在するそうだ。

が、しかし、その製法はウェンハイム皇国という、カテドラル王国とは極めて険悪な仲の、かつては戦争までした間柄の国が独占しているのだという。

そのラガー、製造は国が囲うブリュワーのみに許されており、出来上がったビールも王侯貴族が独占していて、一般には全く流通していないのだそうだ。

憎たらしいことにこのラガーが滅法美味い為《ため》、ウェンハイム皇国は外交の場でラガーの力を使うことも多々あるらしい。

ウェンハイム皇国のブリュワーたちは、一体どんな思いでビールを作っているのか。

彼の国の王侯貴族は上から下まで揃《そろ》ってロクなものではない。良識を疑うような連中ばかりだ。

ルテリアもチャップも口を揃えてそう言っていた。

ならず者国家、ウェンハイム皇国。雪人のギフトは悪人を寄せ付けぬものだが、出来れば今後も関わり合いにはなりたくないものだ。

ともかく、辻そばのメニューに酒呑み垂涎《すいぜん》のビールが追加された。

ギフトレベルの上昇を確認したのが閉店後なので、ビールの販売は翌日からだが、しかし明日の夜は大いに荒れることだろう。

流石《さすが》に朝から酒呑みで店内が溢れたりはしないだろうが、しかし夜に来店したお客は驚くに違いない。それまでは料理しか出さないと思っていた店に、いきなり前触れもなくべらぼうに美味い酒が出ているのだから。

しかもだ、見た目が慣れ親しんだエールビールとほぼ同じなので抵抗感なく頼めるだろうし、飲めばその美味さに驚き周囲に喧伝《けんでん》する筈《はず》だ。ナダイツジソバのビールという酒、これはエールより遥《はる》かに美味いものだ、と。

明日を経て、その次の日の来客は、口コミ効果によって爆発的に増加するに違いない。皆がビールを飲ませてくれと辻そばに押しかけること請け合いだ。

これからしばらくの間、夜の営業は戦争になる。ルテリアにもチャップにも、その覚悟をしてもらわなければならないだろう。

まだ加入したばかりのチャップには少々酷な話だが、それでもやってもらわなければ店は十全に回らない。彼も立派なこの店の戦力、しかも一番の若手なのだから期待を寄せるのは当然だろう。明日からの働きにおいては、是非とも気張ってもらいたいものだ。

それにビールだけではない、次のレベルアップでは待望のコロッケそばが追加される。

名代辻そばの象徴とも言える一杯、コロッケそば。

カラリと揚がったサクサクのコロッケ。そばつゆを吸って少しだけしんなりとしたコロッケ。どちらもビールによく合うのだ。それはもう抜群に合う。ある種の調和だ。

これが追加されれば、いよいよもって異世界の人たちのビール熱は最高潮に達することだろう。その歓喜を想像すると嬉《うれ》しい半面、自分の手腕で乗り切れるのだろうかと怖くなるくらいだ。

だが、それでも雪人が歩みを止めることはない。この世界の人たちに辻そばを大いに楽しんでもらう。それこそが雪人最大の望みなのだから。

女公爵ヘイディ・ウェダ・ダガッドと最高に美味いビール

カテドラル王国は大陸でも屈指の大国だが、実は国土の中にひとつだけ自治領を抱えている。それがウェダ・ダガッド自治領だ。

ヒューマンの勢力圏内にあるカテドラル王国にあって、このウェダ・ダガッド自治領を治めているのはヒューマンではない人種、ドワーフである。

酒を愛し、職人仕事を愛する剛毅《ごうき》の種族、ドワーフ。その見た目は、端的に言うのなら『小さいおじさん』だ。

その容姿はヒューマンやエルフとほぼ変わらず、背丈は大人でもヒューマン換算で一〇歳前後の子供くらいのものか。

だが、前にも横にも突き出した大きな腹は樽《たる》のようだし、手足は短いが老いも若きもとにかく筋骨隆々、ギッチリと幹が詰まっている。

だが、なにより特徴的なのは彼らのひげだろう。ドワーフは皆、赤子以外は子供だろうが老人だろうがたっぷりとひげを蓄えているのだ。ヒューマンやエルフでは考えられないことだが、女性にまで立派なひげが生えている。彼らのひげは頭が禿《は》げ上《あ》がろうと生涯生え続けるのだという。

しかも種族の特性として若い頃から顔が老けており、加えて子供時代から浴びるように酒を飲むので皆、一様に声が酒焼けしているらしく、見た目で若者と老人の区別がつかないのだそうだ。

無論、同じドワーフ同士だと区別もつくらしいのだが、他の種族にはさっぱりである。

ドワーフは主に大陸の南、連合国家であるデンガード連合を構成する一国、フォーモーリアという小国を中心に栄えている種族なのだが、五〇〇年近く前に内乱があり、その結果として、それまで国内で力を持っていたウェダ氏族が国を追われることとなった。

この時は異世界から現れた異端のストレンジャー、炎の巨人スルトが猛威を振るい、大陸中が荒れに荒れていた時期。スルト自体は他のストレンジャーに討ち取られたものの、大陸の統一国家が滅亡したこともあり、混乱はその後もしばらく続いていた。

国から追放され、大陸中を放浪するウェダ氏族。流れ流れて行き着いた先は、当時まだ勃興したばかりの新たな国、カテドラル王国。

カテドラル王国の北東にはダガッド山という巨大な岩山があるのだが、樹木もあまり生えておらず、動物や虫もあまり生息しておらず、掘っても掘っても有用な鉱床が発見されなかった為《ため》、人も寄り付かず国に捨て置かれていた次第。

永きにわたる旅の果て、遥《はる》かな故郷フォーモーリアから地の果てのような荒涼としたダガッド山に辿《たど》り着《つ》いたウェダ氏族。

国外から集団で来て人里やその近辺に勝手に集落を作り、住み着いてしまっては諍《いさか》いの種にもなろうが、彼らはこのダガッド山を終《つい》の棲家《すみか》と決め、腰を下ろした。

彼らはまず、硬い岩盤をくり貫《ぬ》いて地下都市を築くと、ヒューマンの調査では見つけられなかった各種の鉱床を探し始め、剛毅の範疇《はんちゅう》を逸脱した驚異的な執念で鉱床を発見するに至る。

ウェダ氏族のドワーフたちは、僅か一〇〇年足らずでこの不毛の地を職人の街に造り替えた。

しかも、ここで更にウェダ氏族の地盤を磐石《ばんじゃく》にする、とある出来事が起こる。これまで世に存在しなかった新種の酒、エールの発明だ。

ドワーフは人種的な特性として、製鉄や鍛冶をはじめとした職人仕事に特化したギフトを授かりやすいのだが、ある時、ウェダ氏族の中に酒造のギフトを授かった者が現れた。その男が後にエールという新たな酒の製法を発見、確立したと言われている。

これまで、麦というものは粉に加工してからパンや麺といったものに調理して食べるか、そのまま家畜の飼料にするものだとしか思われていなかった。だが、件《くだん》の男はそんな麦を使って酒を作るという偉業を成し遂げたのだ。

その当時の常識では、酒といえばワインのような果実から造るものが当たり前で、穀物を酒にしようなどという発想はそもそも存在していなかったのだという。それ以外は、ごく一部の地域で蜂蜜を発酵させた酒が造られていたくらいか。

そんな凝り固まった常識を打ち破り、天才的な発想で新たな酒を創造したウェダ氏族は、当時としては斬新な概念である特許料と引き換えに全世界にエールの製造方法を公開し、今日に至る莫大《ばくだい》な利益を生み出すことに成功したのだ。

国を問わず大陸全土、いや、世界中で作られている麦。そんな麦を酒の原料として使えるというのだから、これが広まらない筈《はず》がない。

そして爆発的な勢いで世界中に広まったエールは、今や酒の代表格とまで言われている。

これはウェダ氏族のドワーフでも頭首一族の者にしか知らされていないことなのだが、当時エールを発明した男は、実のところドワーフではない。

その男の正体は、ミドルアースという異世界から転生してきたヒューマンのストレンジャーだ。

彼はダガッド山の付近に転生したのだが、周りに何もなくて途方に暮れていたところをウェダ氏族のドワーフたちに保護されたのだという。

彼は自身の存在が露見することで騒がれたり、或《あ》いは貴人だからと担ぎ出されることを嫌い、王国に自分の存在を秘匿したままドワーフたちに紛れて暮らすことを選んだ。

純血のヒューマンだった彼だが、生来背が小さい小太りのおじさんだったので、ドワーフたちに紛れても何ら違和感はなかった。事情を知らない者からすると、普通にドワーフの一員としか思えなかったくらいだ。

彼は助けてもらった恩義に報いるべく、神から授かった酒造のギフトを用い、その当時はアーレスに存在しなかったエールを製造、それをドワーフたちに振舞った。

その原初のエールが抜群に美味《うま》かったそうで、ドワーフたちは一発でこの酒に惚《ほ》れ込《こ》んだ。

何よりも酒が好きなドワーフたちは必死の形相で彼に頼み込み、エールの製造方法を伝授してもらったのだという。

その後、ドワーフたちは結局彼のような至高のエールを造り出すことは出来なかったものの、それでもエール自体の醸造には成功し、今日に至るという訳だ。

これは今から約四〇〇年前の話だが、事実を知る頭首一族は今でも彼に、そして彼を自分たちのもとに遣わしてくれた神に多大なる感謝を捧《ささ》げているのだという。

話がここで終わればめでたしめでたしと締めることも出来たのだろうが、何事も表があれば裏もある。ドワーフたちの思わぬ偉業の裏で頭を抱えたのは、他ならぬカテドラル王国だ。

というのも、カテドラル王国は当初、ドワーフたちがダガッド山に住み着くことを正式に許可していなかったのだ。

自分たちの国に他国から大勢のドワーフたちが流入してきて、しかも勝手に住み着くなど混乱の元になるだけ。建国したばかりのカテドラル王国にはドワーフ相手に人員を割く余力もなく、その動向を注視していたのだが、彼らは何故《なぜ》か不毛の土地、ダガッド山に腰を据えた。

あの場所には資源もなく植物もあまり育たない。ヒューマンより丈夫な肉体を持つドワーフとて早晩枯れ果てて朽ちるだろう。あの過酷な環境に適応出来る筈がない。

そう思い、カテドラル王国はあえてドワーフたちのことを放置することにした。言うなれば彼らは難民だが、別に庇護《ひご》も求められておらず、自ら滅びに向かうのなら荒れ地の不法占拠くらいは大目に見てやろう、と。

それが当初の予想を覆し、偏執的とも言える根気で次々と鉱脈を掘り当て、エールという金の卵まで手に入れたドワーフたち。

結果、ダガッドの地はカテドラル王国内で一、二を争う産業地帯へと成長した。いや、成長してしまったと、そう言った方が良いだろうか。

カテドラル王国内で俄《にわ》かに力を持ち始めたウェダ氏族のドワーフ。しかしながら彼らは王国が居住を認めていない、名目上は難民ということになっている。

だが彼らはカテドラル王国内で資源を採掘し、それを金銭に替え始めた。更にはエールという新たな酒の特許料でガンガン外貨を得ている始末。

国が正式に国民と認めていないのだから税金も取れず、ドワーフたちが築いた巨万の富は、しかし一銭たりとも国庫に入ることはない。カテドラル王国としては、これが痛かった。

問題はそれだけではない。ウェダ氏族が内乱でフォーモーリアの地から追放された者たちだということはカテドラル王国側でも掴《つか》んでいるのだが、しかしその事件からもう一〇〇年以上も経《た》っている。ドワーフの寿命はヒューマンとそう変わらないから世代交代が済んでいるということだ。先祖の恨みが薄れるには十分な時間だろう。

彼らが本国と和解してカテドラル王国内にフォーモーリアの飛び地など造られては一大事。さりとて力で強引に服従させようとすれば確実に内戦が起きる。下手をすればフォーモーリアがその内戦に介入してくる恐れさえあった。

この由々《ゆゆ》しき事態を打開する為、当時のカテドラル王国はウェダ氏族のドワーフたちを正式に王国の国民と認定、ダガッド山一帯をウェダ氏族の自治領とし、未来永劫《みらいえいごう》他の貴族たちがダガッドの地に干渉しないことを約束、そして氏族の頭首に爵位を与えた。貴族としては最高位の公爵だ。

更には土地から名前を取り、新たな家名ダガッドを彼らに与えた。流石《さすが》に税は取るが、それも常識の範囲内となった次第。

カテドラル王国としてはかなり彼らに譲歩した苦渋の決断だったが、それでも落ち着くべきところに落ち着いたと言えよう。少なくとも内戦が勃発するような事態や、他国の飛び地が出来るような事態は回避したし、税の上納も約束させたのだから。

そんな出来事があってからおよそ四〇〇年。ウェダ氏族と、そしてダガッドの地は未《いま》だ自治領という体制を保っている。

エールの特許によって今でも外貨で潤い、領地外からの依頼で職人仕事も尽きず。さりとて国政には興味がないので王都の権力闘争には参加せず。

過去の約束により他の領主からちょっかいを出されることもなく。カテドラル王国内にありながらも独立独歩を貫いている。王都からは遠い、各辺境伯たちが治める土地よりも自由にやっていると言えるのではないだろうか。

今やウェダ・ダガッド公爵家と言えばカテドラル王国内における力の象徴。先のウェンハイム皇国との戦争も、ウェダ・ダガッド公爵家の力がなければ負けていたとまで言われているほどだ。

一流の職人を数多く抱えるウェダ・ダガット領。彼らが製造する一級の武具や兵器が今日のカテドラル王国軍を支えている。

国にとって今やウェダ・ダガッド領のドワーフたちは欠かせない存在だ。

ウェダ・ダガッドに悪意を向けてはならない。末永く友誼《ゆうぎ》を保つべし。

それは、ウェダ氏族をカテドラル王国に併合した当時の国王の言葉である。

この言葉はカテドラル王家で子々孫々語り継がれるものであり、歴代国王が守るべき戒律としてきたものだ。無論、当代の国王であるヴィクトル・ネーダー・カテドラルもそれは心得ているし、王弟であるハイゼン・マーキス・アルベイルも兄と共に当時国王だった父からその薫陶を受け、今でも忘れることなく胸に刻み込んでいる。

当代のウェダ・ダガッド領主は女公爵ヘイディ・ウェダ・ダガッド。カテドラル王国内では女傑として知られているドワーフだ。

そんな彼女が、どういう訳か急に旧王都アルベイルへ行くことになった。

ウェダ・ダガッド公爵がこれより数日以内にアルベイルへ向かうので、よしなに頼む。

王家からの通達でウェダ・ダガット公爵の来訪を知ったハイゼンは、四〇〇年前の王家のように頭を抱えることになった。

全く予想もしていなかった突然の、それも不意打ちのような通達。この通達文を読んだハイゼンは、慌ててアダマントを呼び付けて相談する羽目になった。

「兄上、無体なことをせんでくれ……」

アダマントが来るまでの間、執務室で一人、ハイゼンは深いため息をついた。


「俺たちドワーフはよう、カテドラル王国にゃでっけぇ恩があるんだよ」

ヘイディの父、前ウェダ・ダガッド公爵オズマン・ウェダ・ダガッドは生前、酔う度に決まって同じことをヘイディに話して聞かせた。

「当時は国交もねぇフォーモーリアから追ん出されて流れて来た御先祖様《ごせんぞ》たちを、この国のヒューマンたちは追い出すこともなく住み着くことを許してくれた。それにちょっかいかけてくることもなく一〇〇年も自由にやらせてくれたんだぜ？　きっと、長い放浪生活で弱ってた御先祖様たちが持ち直すまで待っててくれたんだろうよ。何とも懐がふけぇじゃねぇか、おい」

「父ちゃん、その話はこないだも聞いたよ。つまんねぇから別の話しとくれよ」

とヘイディは毎回返すのだが、父はお決まりのようにその苦情を一笑に伏す。

「んがっはっはっは！　まあまあ聞けって！　俺らドワーフが正式にカテドラル王国の国民として認められることになった時だってよう、税だって常識的なもんだったし、領地は自治領扱いにしてくれたんだぜ？　おまけに一族の長《おさ》には公爵位ときたもんだ！」

「裏になんか政治があったんだろ？　あたいらドワーフの腕が欲しかったとか、山から採れる鉱石が欲しかったとかじゃねーの？」

「それでもだよ！　いや、むしろそんくらいのことにゃあ応えてみせるのがドワーフの心意気ってもんじゃあねーか、おい？　でっけぇ恩があるんだ、多少無茶《むちゃ》なこと言われたくらいじゃ首を横に振っちゃあいけねえ。でも、でもだぜ、ヘイディ？」

「何だい、父ちゃん？」

「無茶通り越して理不尽なこと言われたら、そんときゃおめぇ、しっかり考えんだぜ？　俺らは確かにカテドラル王国に恩義があるが、別に奴隷じゃあねぇんだ。いざって時はしっかり首を横に振るんだぞ、ヘイディ？　本当の本当に大事なことはよう、最後は自分の魂に従って決めるんだ」

「いざって時っていつだい、父ちゃん？」

「あん？　そりゃあれだ、おめぇが公爵を継いだ後からのことだよ。えれぇ立場には常に責任がつきまとうからな。今から覚悟しときな」

「あたい公爵なんかやだよ。貴族なんかめんどくせぇ。毎日金槌《かなづち》握って金床の前でカンカンやってる方がいいよ、あたい」

「んなこと言ったって。俺のガキはおめぇしかいねぇんだ。おめぇが継ぐしかねーだろ？」

「い、や、だ、ね！　養子でも取るか、今から母ちゃんとがんばっとくれよ！　あたい、弟のことすんげぇ可愛《かわい》がるからさ！」

「バーロー！　何言いやがるんだおめぇは!!　あんなクソババァ今さら抱けるか!?」

父がそう叫ぶと、決まって台所から怒り心頭の母が包丁を握ったまま顔を出して睨《にら》んでくる。

「誰がクソババァだボケッ！　ぶっ殺されたいのかい、クソジジィ!!」

「ひぃぃ、母ちゃん!?」

そうして父が脅《おび》えた声を出しながら平身低頭母に謝るのがいつもの流れだった。

くだらないが、実に楽しい家族の団欒《だんらん》だったことをヘイディは今でも鮮明に覚えている。

そんな愛すべき馬鹿野郎の父が流行《はや》り病でポックリ亡くなってから約三〇年、ヘイディは不本意ながらも公爵位を継ぎ、彼女なりにウェダ・ダガッド領を治めていた。

家庭ではとことん馬鹿親父《おやじ》だったが、ウェダ氏族にとっては偉大なる長であった大オズマン。未だ大ならぬヘイディは自身の夫である入り婿、ポトマックの力を借りてようやく公爵として無難に仕事をこなせる程度の未熟者だ。

氏族の者たちは長たるヘイディを立ててくれるが、自身ではそろそろ引退も視野に入れている。

ヘイディには息子が二人いて、ありがたいことにどちらも変に曲がらず立派に育ってくれた。親馬鹿かもしれないが、息子たちは母親であるヘイディよりもずっとしっかりしている。夫ポトマックの血が濃いのもあるだろうが、父祖と神の加護があったに違いない。

多少は親の贔屓目《ひいきめ》もあるかもしれないが、彼らのどちらが次の公爵になろうと、ウェダ氏族が揺らぐことはないだろう。

ヘイディも一応は貴族、しかも公爵だ。公爵の欠かせない務めとして、ウェダ・ダガッド領謹製の武具を半年に一度王家に納品しなければならない。

何せウェダ・ダガッド領は領民丸ごと職人集団という土地。カテドラル王国内に出回っている武具の半分はウェダ・ダガッド産だと言われているほどである。

一度王都に集められたウェダ・ダガッド領製の武具は、その時々の状況によって各地の騎士団や砦《とりで》に適宜配備されるのだ。

王家に納める武具の納品は公爵本人が、つまりはヘイディが自分で行う必要があるのだが、次の納品あたりで国王に隠居の相談をするのも良いかもしれない。ヘイディも還暦間近、老骨に鞭打《むちう》って働くのもそろそろ限界だろう。

本格的に夏が始まる直前、梅雨《つゆ》が明けたばかりの初夏の時期、ヘイディは夫を含む家臣団と共に武具の納品をしに王都へと向かった。

王都に到着後、納品自体は滞りなく済み、後は王に挨拶をして帰るだけとなったのだが、いつもなら簡単な雑談だけで済む話が今回は少し事情が違った。

王城の執務室で向かい合い、茶を飲んでいたヴィクトル王とヘイディ。それぞれ後ろには大臣と夫が控えている。

「ところでな、ウェダ・ダガッド公爵、ものは相談なのだが」

軽い雑談が終わり、後は形式的な挨拶をして帰るだけとなった時、王はふと、こんなふうに話を切り出してきた。

「ん？　改まって何だい、王様？」

と、まるで友人に接するように気安い言葉を返すヘイディ。ドワーフという人種は誰に対してもかしこまることなくこのように接するので、王や大臣がそれを咎《とが》めることもない。それに咎められたところで改めるつもりもない。

仮にヘイディ以外のドワーフが公爵だったとしても、ヘイディと同じようにする筈だ。

何せドワーフは剛毅の人種。その程度で変わるのなら苦労はない。

「次の納品なのだが、二割ほど増産してもらうわけにはいかんだろうか？」

そう言いながら、納品項目が記された目録のようなものをヘイディに手渡してくる王。

いつもの納品に加え、石弓や大弓、矢の大幅な増産、大盾と設置型の盾、長槍《ながやり》、ストレンジャーにより伝来した『魔導式てつはう』の追加、ミスリルバリスタの設置。他にも色々と追加されているが、確かにいつもの仕事量の二割増しといったところか。

徐々にではなく、いきなりの増産。どうにもキナ臭いものを感じる。

目録に目を通したヘイディは憮然《ぶぜん》とした様子で眉間にシワを寄せた。

「…………二年前、いや、せめて一年前に言ってくれたんなら、こんくらいどうにか用意出来ないこともなかったんだけどねえ」

目録を見て分かったが、これは何処《どこ》かの砦に対する軍備の増強だ。ウェンハイム皇国との戦争が終結した今、別の国と険悪な雰囲気にはなっていない筈だ。これはどういうことなのだろう。

ヘイディがちらりと王を見ると、彼は難しそうな顔をしていた。

「やはりいきなりでは厳しいか？」

「こっちもいい加減でやってるわけじゃねえ、ちゃんと計画ってもんがあるさね。そりゃうちの職人どもは仕事が増えたって喜ぶと思うよ？　あいつらは熱い鉄打つのが大好きなんだから。だけどね、鉄でもミスリルでも考えなしに吐き出しちゃあ、うちの領が干上がっちまう。近頃は採掘量も減ってきてんだ、そこにいきなり増産ったってねえ……」

「まあ、こちらも無理を言っている自覚はある」

国王の顔を睨みながら、ヘイディは目録をパンパンと指の背で叩《たた》く。

「それにこれ、どういうことなんだい？　これじゃあまるで、戦に備えてるみたいじゃないか……」

カテドラル王国はウェンハイム皇国のような侵略国家ではない。まさかこちらから何処かに攻め込む為の準備とは思わないが、それでも理のない戦争をしようとしているのなら断じて首を縦に振る訳にはいかない。

ヘイディ個人の話ではなく、ドワーフは理もなく血を流すことを許す人種ではない。それで王の不興を買うことになろうとも断じて否だ。

父が生前、口を酸っぱくして言っていた『いざって時は首を横に振る』場合には、ヘイディも氏族の長としてそうしなければならない。

ヘイディの言葉から感じるものがあったのだろう、王は説明するように事情を語り始めた。

「影から情報が入っていてな、皇国がまた怪しい動きを見せているらしい。杞憂《きゆう》で終わればそれに越したことはないが、万が一ということもある。ウォーラン砦の軍備を増強しておきたいのだ」

カテドラル王国にとっての怨敵、ウェンハイム皇国。自分たちこそが、かつて大陸を制覇した覇王ウェンハイムの正統なる後継者であると臆面もなく吹聴《ふいちょう》するけしからん国。

休戦協定が結ばれてからは表立って争うことはなかったが、それでも水面下で牽制《けんせい》し合う状況が長年続いている。その危うい均衡が遂《つい》に破られる時が来たというのか。いや、今はその手前、ギリギリの瀬戸際なのだろう。

自治領とはいえ、ウェダ・ダガッド領もカテドラル王国を構成する一員。ならば国を護《まも》るのに否やはない。だが、それにしてもだ。

「つったってねえ……」

先にも言及したが、増産するにしても計画というものが必要になる。まともな準備期間も与えられず、いきなり資源を吐き出せ、仕事量を増やせと言われても困ってしまう。国王も国王で困っているのだろうが、それはお互い様だ。

「素材が足りぬのなら王家が蓄えている分を出してもいい。頼めぬか？」

「素材があるんなら、そっちの職人衆でどうにかなんないのかい？」

王都には国中から人が集まる。その中には在野の職人もいるし、王家が抱える国選の職人たちもいる。ドワーフほどではないにしろ、彼らの腕も捨てたものではない筈だ。

だが、ヘイディがそう切り出しても、国王は難しい顔をするばかり。

「無理をさせれば鉄の加工はどうにかなるだろう。だが、ミスリルの加工は無理だ。王都の職人衆だけでやるのなら丸二年はかかる。これればかりはドワーフに頼むしかない」

「まあ、意地悪な質問だったかね」

難しい顔の国王に対し、ヘイディはそう言って苦笑する。

そう、今回のこの増産項目、ミスリルの加工が何よりのネックなのだ。

エルフが好むような魔素溜《だ》まりにしか発生しない魔法銀ミスリル。鉄より頑丈で魔力を蓄える性質があり、武具に精製すれば強力な半面、加工がとても難しく、一切の揺らぎなく魔力を込めて槌《つち》を振らねばならぬ繊細な金属だ。

この均一に魔力を込めて槌を振る作業は見た目以上に難易度が高く、ヒューマンの職人では一日に一時間も作業が続かないとされている。

職人系ギフトの持ち主が多いドワーフならば、少なくとも彼らの倍は仕事が出来よう。

「なら、鉄だの鋼だのはそっちでやっとくれ。ミスリルだけに集中していいんなら半年でもどうにかなるかもしれないさね」

ただ、それでも余裕はないだろう。普段は一般向けの仕事をしている職人などもミスリルの加工に回し、工房の稼動時間も増やして寝る時間も削り、それでようやくどうにかなる仕事量だ。端的に言えば、職人たちに無茶をさせなければならない。

職人たちだけと言わず、ウェダ氏族のドワーフは皆、気のいい奴《やつ》らばかりだ。ヘイディが頼めば嫌な顔ひとつせず協力してくれるだろう。

それに何より、亡き父の言葉がある。多少無茶を言われたくらいじゃ首を横に振ってはいけないという、あの言葉が。

「いいよ。やってみようかね」

重々しく、しかしヘイディが確かに頷《うなず》いたのを見て、ヴィクトル王も俯《うつむ》けていた顔を上げた。

「おお、まことか？」

「あたいはつまんねぇ嘘《うそ》は言わねえよ。前の戦争の時の忙しさに比べれば、これくらいはどうってことない筈さね」

ウェンハイム皇国との戦争時代、生前の父が長だというのに寝る間も惜しんで槌を振って鉄を叩き続けていたのをよく覚えている。子供ながらにヘイディもその作業を手伝ったものだが、あの時はウェダ・ダガッド領全体がそんな感じだった。

あの時期のことを考えれば二割の増産などまだましな筈。氏族全体の力を結集すれば、昼も夜も寝る時間すらもなく働く、そんな状況に陥ることはないだろう。

ヘイディの色よい返事に、それまで険しかった国王の顔も心なしか綻んでいるように見える。

「感謝する。この礼は何が良い？　何ぞ望みはあるか？」

「大した望みなんかねぇよ。まあ、金の方はきっちり上乗せしてもらうけどね。頑張ってくれる職人どもに給金弾んでやんなきゃいけないからねぇ」

実際に働いてくれるのは領地の職人たちなのだから、まずは彼らの働きに報いてやらなければならない。それは長としての義務だ。

王もそれは心得ているらしく、すぐさま頷いて見せる。

「勿論《もちろん》だとも。その上で更に礼をしようぞ。本当に望みはないのか？　余の力で叶《かな》えられることならば何でも良いぞ？」

「そんな安請け合いしちまっていいのかい？　あたい、とんでもねぇこと言うかもしれないよ？」

「構わんさ。こちらも無理を言っている。ならばそちらも多少の無理は言う権利がある。まあ、あまり悪辣なことを言われても困るがな」

「お、言ったね？」

「おうとも」

「なら、この国で一番美味い酒、飲ませてくんな」

ヘイディ自身はさして金に執着はない。金庫から溢《あふ》れるほど金を持っていたとしても、あの世まで金を持って行ける訳でもなし、息子たちもすでに成人し、各々自立して稼いでいるのだから、大金を残してやる必要もない。

仮に夫を残して自分の方が先に亡くなったとしても、彼の面倒は息子たちのどちらかが見てくれるだろう。自分と夫の葬式代だけ残しておけば、それ以上の抱えきれないような金は必要ない。だから正当な報酬以外に何か追加報酬が貰《もら》えるのだとすれば、それは金よりも美味い酒がいい。ドワーフは人種的な特性として、老いも若きも浴びるほど酒を飲む。酒こそが命の水なのだ。美味い酒を飲めば活力も湧くし仕事に力も入る。

「酒か……」

ヘイディの望みが意外だったのだろう、王は途端に考え込むような様子を見せた。

「あたいらドワーフが造る酒よりもうめぇ酒が飲みたい。あんたのコレクションの中にならあるんじゃないかい、そんな酒が？」

ドワーフはワインもエールも造るし、薬品を使って火酒も造る。自画自賛ではないが、それらの酒はヒューマンが造るものよりも数段美味いという自負がある。

もしかすると王家の酒蔵には何百年も眠って熟成を重ねたヴィンテージワインがあるかもしれないが、そういう酒を出すとなれば、下手をすると普通に金を払うより高くつく。

はたしてそのような貴重な酒を国王が独断で出してくれるものか。

「ふうむ、美味い酒なあ…………」

困り果てた様子で頭を抱える国王。その様子がどうにも気の毒に見えて、ヘイディは苦笑しながら彼に助け舟を出した。

「まあ、ないだろうね、そんな酒は。あたいらドワーフのエールより美味い酒なんてこの世にないさね。冗談だよ、冗談。忘れて……」

と、ヘイディの言葉の途中で、それを遮るように国王が顔を上げて口を開く。

「…………いや、ある」

「あ？」

「余の蒐集品《しゅうしゅうひん》の中にはない。だが、心当たりはある」

「まっさかあ」

ドワーフが大恩あるストレンジャーより製法を授かったエール。それより美味い酒などある筈がない。ウェンハイム皇国で造られているというラガーは、巷《ちまた》に溢れる粗製乱造のエールよりも数段美味いそうだが、それでもドワーフ謹製のエールに敵《かな》うものではないだろう。

ヘイディだけと言わずウェダ氏族の全ドワーフがそう思っている。それだけ自分たちの造るエールに自信を持っているということだ。

しかし、国王はヘイディの「まさか」という言葉を否定することもなく唐突にこう訊《き》いてきた。

「貴公は王都の第三研究所を知っているか？」

「あれだろ、確かギフト研究してるとこ……」

王都の研究所に興味はないが、ヘイディも一応公爵としてそれくらいのことは知っている。

知ってはいるが、しかしそれが何だというのか。

不思議そうな顔をしているヘイディを他所《よそ》に、国王はそのまま言葉を続ける。

「そう、それだ。今、その第三研究所から室長が一人、アルベイルに出向していてな。つい先日、実に面白い報告書を送ってきよった」

「ふうん。で、それが何なのさね？」

「その報告書にはこう書いてあったのだ。ナダイツジソバの新たなメニュー、ビール。これは天上の雫《しずく》とも呼べる至高の酒、これに勝るものはない、と。これを飲んだが最後、巷に溢れるエールが酒のなりそこない程度にしか思えなくなるそうだ」

「は？　え？　何て？　ナダイ？」

いっぺんに言われたもので、ヘイディは彼の言葉がいまいち理解出来なかった。ナダだがツジだかのビールが天上の雫で巷のエールが酒のなりそこない。国王は一体何を言っているのだろうか。

混乱するヘイディに対し、国王は苦笑しながら言葉を返す。

「ナダイツジソバだ、ウェダ・ダガッド公爵。ナダイツジソバ」

「ナダイツジソバ？　何だね、そりゃあ？」

ナダイツジソバ。まるで聞いたこともない言葉だ。その言葉の響きすら聞き馴染《なじ》みがない。文化的に隔たりがある遠国の言葉だろうか。

「余は報告書で読んだだけで、実際に行ったことはないのだがな、どうもこのカテドラル王国で最も美味い料理と酒を出す店らしいぞ、ナダイツジソバは」

国王があまりにも自信満々にそう言うので、今度はヘイディが苦笑してしまった。

「あっはっは。王様、んなわけないだろう？　料理は知らねぇけど、あたいらドワーフのエールより美味い酒ってのはちょっと話を盛り過ぎだよ」

だが、ヘイディがそう訴えても、国王はその自信を微塵《みじん》も崩すことなく微笑を浮かべている。

ナダイツジソバ。そんな聞いたこともない店に一体何があるというのだろうか。

ヘイディは俄かにその店に興味が湧いてきた。


ドワーフ謹製のエールよりも美味いという謎の酒、ビール。

ヘイディというドワーフの長を目の前にしながら、しかしヴィクトル王が臆面もなくそう言い切るもので、ヘイディは当初カチンときていたのだが、詳しい話を聞いて俄然《がぜん》興味を持った。

国王が言っていたナダイツジソバなる食堂。その店主がまさかのストレンジャーで、提供している料理も酒も含めて店舗ごとギフトで召喚しているのだという。

そのストレンジャーの名は、ユキト・ハッシロ。

彼が召喚した店は異世界に実在した店の再現。つまり、ビールというのはこのアーレスには存在しない、異世界の酒ということだ。

異世界の酒が滅法美味いということは身をもって知っている。何故《なぜ》なら、ドワーフが世界に広めたエールは、他ならぬストレンジャーから製法を授かったものなのだから。

ストレンジャー直伝というだけあって、ドワーフが造るエールは巷に溢れる粗製乱造のエールよりも遥かに美味い。その美味さたるや、滅多《めった》に世に出回ることのない、ウェンハイム皇国謹製のラガーにも負けないものだと自負している。

ユキト・ハッシロがナダイツジソバなる店で出しているというビール、これは如何《いか》ほどのものなのだろうか。一人の酒豪として何としても飲んでおかねばならないだろう。

ヘイディは領地の職人たちに武具増産のことを伝える為、王都に連れて来た夫と、家臣団の半数を先にダガッド山へ返し、自身は護衛の為に残ってくれた数名の家臣のみを引き連れてそのまま王都を出立、旧王都アルベイルへと向かった。

王都からアルベイルへは馬車を使って二〇日くらいだろうか。

だが、早くビールが飲みたくて辛抱堪《たま》らないヘイディは馬車ではなく馬の背に乗ってそのまま旧王都へと向かい、僅か一週間足らずで現地に到着した。国王がハイゼン大公に出した早馬に遅れること、僅か一日の早業である。

アルベイルに到着したヘイディ一行は、貴族としての礼節など最初からないものであるかのように無視して、まるで乗り込むように旧王城を訪れた。

討ち入りもかくやという勢いで乗り込んだヘイディたちを出迎えてくれたのは、何処かうんざりしたようなしかめっ面を浮かべたハイゼン大公である。

「ウェダ・ダガッド公爵……。アルベイルに来るのは別に構わんのだがな、陛下からの早馬が到着したのはつい昨日だぞ？　たった一日では歓待の準備もままならん。もう少しこちらのことも考えてはもらえんか？」

王城の執務室とそっくりな造りになっている旧王城の執務室でヘイディと向かい合い、深くため息をつきながらそう言うハイゼン。

彼にしてみれば、国王から知らせを受けた昨日の今日でいきなり公爵という大物貴族が自領に来たのだから、それは泡を食う筈だ。

しかもだ、国王からわざわざ早馬まで使ってヘイディを歓待してくれと言われている。彼にとっては突然降りかかった面倒事。それはいい迷惑だろう。

ヘイディも一応は貴族なので彼の苦労も分かるが、今回は異世界の未知なる酒という誘惑には勝てなかった。美味い酒の魔力に抗《あらが》えるドワーフなどいないのだからしょうがない。

多少バツが悪そうに苦笑しながら、ヘイディはハイゼンに顔を向けた。

「大仰にウェダ・ダガッド公爵なんて言わなくてもいいよ。こないだ会った時も、ヘイディって呼び捨てで構わないって言っただろ、ハイゼン？　それにね、あたしゃ美味い酒さえ飲ませてもらえれば堅っ苦しい歓待なんていらないんだよ。そんなもんは貴族ごっこが好きな、お高くとまった王都の連中にでもやってやりゃいいさね」

領地を持たぬ王都の法衣《ほうえ》貴族たちは自分たちが直参だと思っているのでエリート意識が強く、逆に地方や辺境の貴族は外様《とざま》だと思っているので粗野な田舎《いなか》者と馬鹿にする傾向が強い。無論、実際にはそんなことはないのだが、これは法衣貴族独特の感覚だと言えよう。

法衣貴族の中にも良識を持った者はいるが、そういう者たちは少数派で、多くは煌《きら》びやかな王都にいる自分たちこそが本物の貴族であり、田舎貴族など似非《えせ》貴族、芋臭くて相手にしていられないと、そう言って憚《はばか》らないのだ。

ヘイディにしてみれば、王都の法衣貴族など領地運営もせず権力闘争に躍起になってばかりいるダニの集団のように思える。そんな何の益にもならないことをしている暇があるのなら、もっと国民の為に働け、この穀潰《ごくつぶ》し共が、と。

ヘイディの言葉にそういう皮肉が込められていることはハイゼンにも分かるらしく、彼は渋面を作りながら首をすくめて見せた。

「……相変わらず貴公は口が悪いな。まるで町場にいる無頼のようだ。それでよく王都の貴族連中と喧嘩《けんか》にならんものだな？」

そう言われて、今度はヘイディが首をすくめる。

「へっ。王都のアホ共からすると、ドワーフのことなんざ言葉の通じない山猿だと思ってるんだろうさ。まあ、あたいとしては下心見え見えのうざってえ連中が寄って来ないから、かえってありがてぇくらいなんだがね」

「図太いものよな。ある意味羨ましくなる」

神経質で細かいことを気にする、何ともハイゼンらしいセリフだ。王都の貴族たちの取るに足らない噂《うわさ》に悩み、わざわざ国王にまで申し開きをしたくらいなのだから、これも皮肉でも何でもない本心からの言葉なのだろう。

彼の気苦労を思って苦笑を浮かべながら、ヘイディは改めて切り出した。

「それよりだよ、ハイゼン。あんた、ストレンジャーを囲っているそうじゃないか？　美味い酒を出すストレンジャーをよ」

国王がこの場限りの話、秘中の秘としてヘイディに教えてくれた、この国に現れた新たなストレンジャー、ユキト・ハツシロ。

前回のストレンジャーと同じ地球という世界から来た彼は、ハイゼン大公により発見され、そのままこの旧王都で保護されているのだという。本人と直接言葉を交わした訳でもないので真偽がどうかは分からないが、ユキト・ハツシロも旧王都に腰を落ち着けたいと言っているらしい。

つまり、彼が出すものを口にしたければ、嫌でも旧王都に来なければいけないということだ。ドワーフは美味い酒の為ならば何処へでも足を運ぶ。どんなに険しい山だろうが荒れ狂う海だろうが執念で越えるし、同じ国内ならば端から端まで移動するのも苦だとは思わない。

だからこそヘイディはこうして旧王都くんだりまで出向いたのだ。

ハイゼンは渋面のまま言葉を返す。

「人聞きの悪いことを言うな。別に囲ってなどおらん。確かに保護はさせてもらったが、後は好きにやってもらっている。その貴重なギフトや知識を独占するようなこともしていない。現に、ハツシロ殿は客を選《よ》り好《ごの》みしておらん。彼の前では、私であろうと下町の小僧であろうと等しく一人の客でしかない。人の貴賤《きせん》など関係ないのだよ」

それが事実だとすれば、何とも素晴らしい経営方針だ。実にドワーフ好みである。

ヘイディは胸中でハツシロ某《なにがし》に賛辞を送りつつ、ハイゼンの前にずい、と身を乗り出した。

「それで相談なんだがね、ハイゼン？」

「ああ、ああ、分かっておる。ユキト・ハツシロ殿の店、ナダイツジソバでビールを飲ませろと言うのだろう？　陛下からの文にしたためられておったわ。無茶を聞いてもらう礼に美味い酒を飲ませてやってくれとな。具体的にはストレンジャーが出す異世界の酒、ビールを、と」

万事心得ているというふうに頷くハイゼン。彼は変にゴネたりしないので話が早い。

「ならよろしく頼むよ、ハイゼン。一緒に来た家臣の連中にも飲ませてやりたいんだけど、別にいいよな？　貴族風に言うなら『よしなに』ってやつだ」

ヘイディが茶化しながらそう言うと、ハイゼンは緩慢な動作で首をすくめて見せた。

「似合わん言葉だの、ウェダ・ダガッド公爵」

「うるせぇやい」


ユキト・ハツシロなるストレンジャーがギフトによって召喚したという異世界の食堂、ナダイツジソバ。ビールの味とはまた別に、その異世界の店がどういう造りになっているのか、どの程度のものなのか、一人の職人として見極めてやろう。

そんなふうに思っていたヘイディだったが、いざ実際に店を目の前にすると、そんな見極めるなどというのが思い上がりであることを理解した。いや、理解させられたとでも言うべきだろうか。

「こいつぁ、また……」

その先を言えず、言葉を失うヘイディ。

眼前に聳《そび》えるナダイツジソバ。ドワーフという職人集団の長であるヘイディをして、その店舗の異様さに圧倒されてしまった。

通りに面した前面の壁一面を板ガラスにするという豪奢《ごうしゃ》な造り。ガラスというのは一般に出回っているようなものではなく、上位貴族や都会の教会など、ごく一部のみでしか使われていない貴重品で、その製法が発見されたのも近年のこと。まだガラス職人というのはそう多くない。

この店で使われているガラスは歪《ゆが》みも濁りも一切なく、気泡のひとつさえ入っていない。実用品として使われているのが信じられない、まるで芸術品のようだ。

仮にウェダ・ダガッド領のガラス職人が同じものを製作しようとしても、ここまでの精度で作ることは出来ないだろう。およそ人の手で成せる技だとは思えなかった。

それに、店の前に置かれているガラスケース。強度的には脆《もろ》い筈のガラスを組んでケースにするという発想にも驚くが、その中に置かれた料理の蠟細工《ろうざいく》も実に見事。

鮮やかな色に精緻な造形。しかも表面に削った跡が一切見えない。普通は型を使えばバリが出るから削らなければならず、どうしても削って荒れた跡が残る。これを作った職人は、型すら使わずこれを作ったということなのだろうか。

この蠟細工、店で出す料理の見本として表に出しているのだろうが、これは貴族が蒐集していてもおかしくない、さながら調度品のような見事な出来だ。

透明なガラス越しに店内の様子が見えるのだが、壁も床も木材とも石材とも思えぬほどピカピカで、テーブルも椅子も型押ししたかのように寸分違《たが》わず同じ形だ。僅かな狂いさえ見当たらない。

これは何だ。本当にただの食堂なのか。異世界ではたかが食堂でさえもここまで豪奢に、そして緻密に造るとでもいうのか。

ヘイディ同様、帯同している護衛のドワーフたちも言葉を失っていた。

この店の異質さは職人でない者にも分かるだろうが、職人の人種たるドワーフにはもっと深くその異質な部分が分かってしまう。この店に秘められた製造技術や建築技術が、アーレスのそれを遥かに凌駕《りょうが》していると。

聞いたところによると、この店は貴族向けのレストランですらない、異世界では一般的な大衆食堂。ただの食堂ですらこれだというのなら、異世界の城などはどうなっているというのか。何か禁忌に触れるような気がして、考えるだけで身震いがする。

「……どうだ、気になるか、ウェダ・ダガッド公爵？」

ハイゼンにそう声をかけられたところで、ヘイディたちはようやくハッと我に返った。

「あ、ああ、こんなもん見ちまったらね……」

「店主のハツシロ殿曰《いわ》く、異世界の街ではこのような店は別に珍しくも何ともないらしい。それどころかむしろこの店など控え目な造りだそうで、行くところへ行けば全面がガラス張りになっているような、天空に届かんばかりの塔などもあるそうだ」

「が、ガラス張りの塔だぁ!?」

「うむ。しかもその塔がダンジョンや神殿でもなく、人が働く職場であったり、或いは生活する為の集合住宅になっておるそうだ。更に都会の一等地では、その巨塔が林立しているらしくてな。地球という異世界、まこと凄《すさ》まじきものよ」

その言葉を聞いて、ヘイディは我が耳を疑った。

全面がガラス張りになっている巨塔の家。そんなものはドワーフの英傑や天才たちがどれだけ知恵を絞って技術の粋を駆使したとしても建てられるものではないだろう。

仮に資金と建材と時間が無限にあったとしてもまず無理だ。必ず建設途中でガラスが割れ、床が崩れ柱が砕け、結果的に全てが崩れ落ちてしまうだろう。

天までとはいかずとも、そしてガラスを建材に使わずとも、城より高くて巨大な建物を建設するだけでも難しい。見せかけだけはそれっぽく建造出来るかもしれないが、大きな地震でもくればそれだけで倒壊することは想像に難くない。

地球という異世界、技術面では確実にアーレスより先を進んでいる。それも何十年どころの騒ぎではない、下手をすれば何百年、何千年先を行っているかもしれない。ハイゼンの言う通りだ。凄まじいというその一言に尽きる。

再び唖然《あぜん》として固まってしまったヘイディたちを見て、ハイゼンが苦笑していた。

「そこでゆっくりしているのはあまり勧めんぞ、ウェダ・ダガッド公爵? 今回は急遽《きゅうきょ》のこと故、一時間しか店を貸し切っておらん。それも先方に無理を言って時間をいただいたのだ。流石にそれ以上は市民たちから恨まれるでな」

危うく忘れてしまうところだったが、今日ここに来た本来の目的は、異世界の酒、ビールを飲むこと。職人として異世界の建築物や技術には確かに興味があるものの、そのことはまた後でじっくりと考えればいい。

今日はとにかくビール。頭を切り替えていかなければ。

「さ、方々、行こうぞ」

そう言って歩き出すハイゼンの背に続くヘイディたち。ハイゼンが店に近付くと、誰も手を触れていないというのにいきなり店のガラス戸が開いた。

「「「うお……ッ」」」

ヘイディは我慢したが、護衛の若いドワーフたちが思わず声を上げる。

まさか戸を開くというその為だけに魔導具を設置しているとは。しかも戸を開け閉めするものと人が来たことを感知するもの、最低でも二種類の魔導具が使われている。

戸や扉が自動で開く魔導具、これはドワーフだけと言わずアーレスの職人でも造れるだろう。しかしながらそれを実現するのにはもっと大きな、それこそ人の背丈ほどもある装置が必要になるものと思われる。

だが、見たところ、このガラス戸に使われているのはごく小型の装置がひとつだけ。一体、何をどうすれば二種類もの機能をこんなに小さく収めることが出来るのだろうか。魔導具職人ではないヘイディの頭ではさっぱり思い付かない。

さっきからずっと驚かされてばかりだが、ハイゼンの言う通り時間は限られている。ここで立ち止まっている暇はない。

ハイゼンに続いてヘイディが店内に入り、それに続いてお互いの護衛たちが合わせて六名ばかり入店。外に残ったハイゼンの護衛二名が門番よろしく表に立って店の護りに就いた。

ここはハイゼン大公のお膝元だが、訪れているヘイディは国内でもトップの貴族。万が一のことを考えれば警備を敷かない訳にはいかないのだろう。

一行がぞろぞろと連れ立って入店すると、金髪の若い女性と茶髪の青年、ヒューマンの給仕二人が笑顔で出迎えてくれた。

「いらっしゃいませ！　名代辻《なだいつじ》そばにようこそお越しくださいました！」

「い……いらっしゃいませ！」

女性の方は自然な様子で朗らかに笑みを浮かべているが、青年の方は若干緊張している様子だ。きっと、貴賓が訪れると聞いて緊張しているのだろう。

生粋の王侯貴族である王弟ハイゼンはともかく、ヘイディなどは公爵と言っても自身のことを貴族だとも思っていない。

自分から見ても貴族としては異端。その自覚はある。現に今も、もっと近所のおばちゃんに接するような態度で構わないのに、などと思っているのだから。

国王やハイゼンから伝え聞いたユキト・ハツシロの特徴は黒髪黒目のヒューマンの男性。

だが、一行を出迎えた二人は黒髪でもなければ黒目でもない。片方などはそもそも男性ですらない。だとするのなら、件のハツシロ某は何処に行ってしまったのだろうか。

と、ヘイディがそんなことを疑問に思っていると、ハイゼンが女性の方に声をかけた。

「突然このようなことを頼んですまぬな。ところで、ハツシロ殿はどうされたのかな？」

「店長なら厨房《ちゅうぼう》におられます。今日は団体さんがお越しということで、完全に調理の方に回るそうです。今はまだ大丈夫でしょうから、お呼びいたしましょうか？」

そう訊かれて、ハイゼンは首を横に振る。

「いや、結構。無理を言って押しかけたのはこちらだからな。彼の仕事を邪魔するつもりはない。ハツシロ殿にはそなたから後でよろしく伝えておいてくれんか？」

「かしこまりました。さ、皆様お席へどうぞ」

そう促され、一行は店の中央に置かれたU字のテーブルに八人並んで座った。ヘイディはハイゼンの隣の席だ。

テーブルも椅子も簡素な作りだが、随分と機能的に作られているのが分かる。特に椅子などは背もたれのない丸椅子で、わざわざ座面にクッションが使われていた。使用者の尻が痛くならないよう工夫されているのだ。

ガラス張りの塔は無理でも、こういう工夫ならばすぐにでも取り入れられる。ヘイディは早速、頭の中のメモ帳にこの椅子のことを書き記すことにした。

ハイゼンは椅子に座るや、すぐさま注文を始めた。

「すまんのだが、まずはビールを四人分頼む。ビールはドワーフたちに、私たちは水で結構」

「かしこまりました。店長、注文入りました！　ビール四です！」

「あいよ！」

厨房の奥から威勢の良い男性の声が返ってくる。

これが異世界人ハツシロ某の声。何とも若々しく活力を感じる声だ。

ドワーフは他の人種に比べて背が低いので、厨房を覗《のぞ》き込むのは難しいが、それでも背筋を伸ばすと中で誰か人影が動いているのが見えた。

給仕の女性はハイゼンに頭を下げると、そのまま厨房に向かう。

ヘイディはハイゼンに向き直ると、彼の小脇を肘で突《つ》いた。

「何だいハイゼン、あんたせっかく来たのに飲まないのかい？」

小さな声で「やめんか」と抗議しながらハイゼンは渋面で言葉を返す。

「まだ昼間だぞ？　それに公務も残っているのだ、飲むわけがなかろう」

何とも真面目なことである。ハイゼンらしいと言えばらしいが、ヘイディにしてみるとキッチリし過ぎていて面白味《おもしろみ》がない。

「ヒューマンてのはそんなもんなのかねえ。あたいらなんぞは、酒飲んだ方が逆に調子いいくらいなんだけどねえ……」

「それは貴公らドワーフだけだ。ヒューマンだけと言わず、他の人種も普通は酒を飲めば正体をなくす。そうなればもう、一日仕事にならん」

「ヒューマンだのビーストだのは難儀なもんさね」

「だから、それが普通なのだ」

憮然とした様子でそう言うハイゼンに、ヘイディはもう一度「難儀さね」と返す。

そんなふうにヘイディがハイゼンといくつか言葉を交わしていると、二人の給仕が盆にジョッキとコップを満載して戻って来た。

「お待たせいたしました。こちらビールと……お水になります。お料理の方、ご注文が決まりましたらお申し付けください。ごゆっくりどうぞ」

言いながら、給仕の女性が黄金の液体で満たされたガラスのジョッキをヘイディたちドワーフの前に置いていく。

そのジョッキをまじまじと見つめるヘイディ。

表の板ガラス同様、やはりこのジョッキも濁りや気泡、歪みといったものは一切ない。均整の取れた、そして実用性を重視した質実剛健な形状だ。

どのジョッキも狂いなく全て同じ形をしているので、恐らくは型に流し込んで成形したのだろうが、それにしても実に見事。これぞ職人の仕事。

ともすれば芸術品として通用しそうなほど透明度の高いガラスを見事に実用品へと落とし込んでいる。これを作った職人は、日常的に使うものの何たるかをよく分かっているようだ。もし目の前にその職人がいたとしたら、一も二もなく自領にスカウトしていたことだろう。

ジョッキ自体も見事なものだが、真に注目すべきはそこに満たされた酒だ。

きめ細やかなクリーム状の白い泡の下では、何の濁りもない、煌めくような黄金色の液体がシュワシュワと気泡を立ち昇らせている。

一見しただけだとエールのようにも思えるが、しかしそのクオリティの差たるや。

全く濁りもなければ粒の欠片《かけら》も沈んでいないエールなどあるだろうか。

ドワーフのエールはストレンジャー直伝の手法を守っているだけあって、品質は世界でも最高峰だという自負がある。実際に飲み比べてみるとはっきり分かるが、巷に溢れる粗製乱造のエールとは段違いの美味さだ。

煮沸と濾過《ろか》を繰り返して磨いた水を使用するし、麦芽についてもエールに最も適した品種を使用している。醸造中も職人が付きっきりで作業し、樽や瓶に詰める時ですら片時も目を離さない。

しかしそれでも僅かな濁りは取り除けないし、手作業なのでどうしても麦芽の欠片が混入してしまう。完成したエールを更に濾過すれば粒も完全に取り除けるのかもしれないが、それをやってしまうとエールの気が抜けるし、味わいも大きく損なわれる。端的に言うと品質が低下するのだ。だからあえて濁りも粒も取り除かない。

それに比べてこのビールはどうか。ジョッキ同様、向こう側が透けて見えるほどの透明度で麦芽の粒など欠片も見当たらない。

だが、完成した酒を濾過した訳ではないということは、このひっきりなしに立ち昇る気泡と、上面に溜《た》まった滑らかな泡を見れば分かる。

確かに見た目は酷似しているが、これは明らかにエールとは別物だ。エールの上位互換、とでも言えばいいだろうか。

ゴクリ、と、意識せずにヘイディの喉が鳴る。このビールとやら、実に美味そうだ。いや、確実に美味い。これで不味《まず》ければ詐欺だ。

これだけの酒を前に、いつまでも考察してなどいられない。ヘイディは辛抱堪らずジョッキを手に取った。

「うおッ、つ、冷てぇ！」

瞬間、その冷たさに思わず驚きの声が洩《も》れる。

何とこのジョッキ、氷の如くキンキンに冷やされているのだ。恐らくは中のビールも真冬の清流が如くキンキンに冷えているのだろう。

ドワーフだけと言わず、この世界の常識として酒は常温で飲むもの。酒を冷やすという発想そのものがない。そもそも冬ではない季節に何かを冷やすという行為は、氷の魔法使いかそれ専用の魔導具を使わなければ出来ないことで、とても金がかかる贅沢《ぜいたく》なことなのだ。

冷やされた酒を飲むのはヘイディにとって初めてのこと。一体、どんな味わいなのだろうか。

僅かな逡巡《しゅんじゅん》を経て、しかし女は度胸とビールを喉の奥へと流し込む。

ゴッ……ゴッゴッゴッゴッゴ…………………。

何とも爽快にして豪快な音が喉から響く。

「んんん!!」

飲みながら、ヘイディは目を見開いて唸《うな》った。

まず滑らかでクリーミー、そしてほのかにフルーティーな泡が口内に溢れ、それを押し流すように苦味とシュワシュワとした刺激を伴った液体が舌の上を滑り、喉を経て怒涛《どとう》のように胃の腑《ふ》へと落ちてゆく。一切の雑味がなく、冷やしたことで鋭いキレが生まれた味、舌を包み込むような濃厚でまろやかなコク、そして嚥下《えんげ》する時の実に爽快な喉越し。

全てがドワーフのエールを遥かに凌駕している。

「ぶはあぁぁ――――ッ、うんめぇ――――ッ!!」

その隔絶した美味さを前に、ヘイディは感動のあまり獣じみた雄叫《おたけ》びを上げた。

美味い。美味過ぎる。これは単なる酒ではない。国王が言っていたことは本当だったのだ。これはまさに天上の雫、神の飲み物だ。

「うるさいぞ、公爵!」

隣で水を飲んでいたハイゼンが抗議してきたのだが、そんなものはビールの美味さに興奮しているヘイディの耳には全く入らない。

「何なんだい、こりゃあ!? これが酒だってんなら、今まであたいらが飲んできた酒は何だったんだ!? 本当に酒のなりそこないだったたってのかい!?」

ヘイディは一息に捲《まく》し立てた。

たった今飲んだビール。これは間違いなくヘイディにとって生涯最高の酒だ。

その意味するところはつまり、ドワーフのエールがこのビールに敗北したということに他ならない。自分たちのエールの方が美味いと虚勢を張ることは出来るかもしれないが、しかし自分の味覚に、何よりドワーフの矜持《きょうじ》にかけて嘘をつくことは出来ない。

これは確かにドワーフのエールよりも美味い、この地上で最高の酒であると言えよう。

正直、ドワーフにエールの製法を伝授してくれたストレンジャーに申し訳なくなるくらいに美味い。これが僅差であったのなら悔しがることも出来ただろうが、ここまでの大差をつけられてはそんな惨めったらしい考えなど吹き飛んでしまう。

「公爵、食堂で騒ぐな。唾が飛ぶ」

嫌そうな表情でそう言うハイゼンだが、その声を掻《か》き消《け》すように、ビールを飲んだ護衛のドワーフたちが次々に驚きの声を上げる。

「うわあ、うんめぇ！」

「おいおい何だよこれ、最高じゃねえか!!」

「エ……エールよりずっとうめぇ!!」

彼らも一介の酒飲み、ビールに対する賞賛に嘘偽りは微塵もない。

見苦しい言い訳はせず、負けは素直に認め、反省を次に活《い》かす。それがドワーフの心意気だ。

このビールという至高の酒が、実のところエールと同じ麦酒だということは国王から聞き及び、ヘイディも知っている。

酒としてはエールもビールも同じ方向性。ならばきっとビールの要素をエールに活かせる部分もある筈なのだ。

今日はこのビールを大いに飲み、大いに学ばせてもらう。今はまだこのビールには遠く及ばないかもしれないが、それでもドワーフのエールとて捨てたものではない。もっと美味くする方法が絶対に存在する筈なのだ。

とりあえずすぐにでも真似《まね》出来そうなところでは、どうにかしてエールを冷やすことか。確か長男夫婦の次女が氷魔法のギフトを持っていたと記憶している。帰ったら取り急ぎあの子にエールを冷やしてもらおうかと、ヘイディは考えを巡らせながらも手を上げて給仕の女性を呼んだ。

「ちょいと姉ちゃん、注文いいかい!?」

「はい、只今《ただいま》！」

「ビールのおかわりくんな！」

ヘイディが言うと、それに倣うように護衛のドワーフたちも声を合わせた。

「「「俺も!!」」」

「それと何かビールに合う料理ないかい？」

空《す》きっ腹《ぱら》に酒ばかり流し込むのも空虚なものだ。この店は料理の方も滅法美味いと聞く。酒と肴《さかな》は切っても切れないもの、二杯目からは美味い料理を食べながら美味い酒を楽しみたい。

ヘイディの注文に給仕の女性が僅かに逡巡する。

「うーん、そうですね……。でしたらカレーライスなど如何《いかが》でしょうか？　香辛料を沢山使ったスパイシーなカレーライスに爽快なビール、合うと思いますよ？」

ドワーフは職人集団の筈なのに、何故だか料理方面の職人があまり育たない。

肉でも野菜でも適当にぶつ切りにしたものを串に刺し、がっつり塩を振って焼くだけで済ます超手抜き料理が基本だ。味付けも塩が濃いか薄いかだけ。贅沢をする時は塩に加えて胡椒《こしょう》のような香辛料を少しだけ混ぜる。

つまりドワーフにとっての贅沢な料理とは、香辛料を使った料理のことなのだ。ウェダ氏族のドワーフの本流は香辛料の本場デンガード連合にあるので、それも当然のことと言えよう。

給仕の女性が言うカレーライスなる料理に香辛料がふんだんに使われているのであれば、これほど酒と相性の良いものもないのではなかろうか。

「じゃあ、そのカレーライスってやつ人数分くんな」

ヘイディがそう注文すると、ハイゼンが慌てて手を上げて注文を訂正した。

「あ、今はカレーライスという気分ではないので私は結構。私の分は……そうだな、テンプラソバをいただこうか」

護衛の騎士たちは訂正しなかったので、彼らはカレーライスでいいのだろう。テンプラソバなるものも美味いのだろうが、給仕のおすすめはカレーライス。今日はそれを喰《く》らう。

「かしこまりました！　店長、ビール四、天ぷら一、カレー七です！」

「あいよ！」

厨房のユキト・ハツシロ含め、店員の三人がそれぞれキビキビと動き始める。何せ八人分の注文を一気に捌《さば》くのだ。ゆっくりしている暇などない。

ヘイディは鼻に抜けるビールの余韻を楽しみながら、憮然とした様子で隣に座っているハイゼンに声をかけた。

「なあ、ハイゼン？」

「何だ？」

「あんたの兄貴に言っといておくれよ、こんな美味い酒飲んだら否が応にもやる気が出てきちまったってさ。二割の増産くらい軽くこなしてやるさね」

エールを超える美味い酒。ドワーフにやる気を出させるには十分な報酬だ。当面の仕事が終われば、尽力してくれた職人衆の親方たちを労《ねぎら》う為、彼らを連れてこの店にビールを飲みに来るのもいいかもしれない。きっと彼らも喜ぶだろう。

「どちらにしろ帰路で王都は通るのだろう？　自分で直接言ってはどうなのだ？　私はしばらく王都へ行く用事はないぞ？」

「あたいらにも王都でのんびりしてる暇なんかないいんだよ。目下やらなきゃいけねぇこともあるし、ここに来てやってみてぇことも出来ちまったんだから」

ビールを参考にしたエールの改良、今日見た魔導具の再現。大まかなところではその二つが今後やりたいことだが、それはきっとヘイディの余生を全部かけた大仕事になるだろう。何せアーレスよりも技術的に遥か先に進んだ世界の魔導具と、天上の雫が如く美味なる酒を目指すのだ。

目標自体はシンプルでも、その道程は大海を往《ゆ》くが如く果てしない。もしかすると孫子の代まで仕事を引き継いでしまう可能性すらある。だが、それでも火が点《とも》ってしまったこの熱き職人魂を静めることなど誰にも出来やしない。

今はまだヘイディのみがやる気になっているだけだが、詳細を説明すれば領地の仲間たちもきっと同じように魂を滾《たぎ》らせてくれることだろう。何せ、彼らも根っからの職人なのだから。

ヘイディのそういう情熱が分かっているのかいないのか、ハイゼンはただ静かに「ふむ」と頷いて見せた。

「ビールに刺激でも受けたかね？」

「ビールだけじゃねえ、この店はとんでもねえビックリ箱だよ。この目で見て、この手で触れて、この舌で味わったもん全部刺激になったさね。こちとらちょっと前まで引退考えてたのにねえ、おかげさんであれもやりたいこれもやりたいと次から次へアイディアが湧き出てきちまう」

本当は魔導具がもっと転がっていそうな厨房の中も見てみたいのだが、流石にそれは憚られる。厨房は料理人の戦場であり聖域。余人が軽率に踏み入って良い領域ではない。職人は素人《しろうと》が土足で職場に入って来るのを嫌うもの。ヘイディも一介の職人なのでそれは分かる。

「やる気は結構。目標が出来たのだから老け込まずに済む。良かったではないか」

「バーロー、良くなんかねえってんだよ。せっかく老後はのんびり過ごそうと思ってたのに、この分じゃ死ぬまであくせく働くことになっちまうよ」

その後、ヘイディたちは初めて口にしたカレーライスのとんでもない美味さに驚き、それをビールで流し込む美味さに更に驚き、一時間で一人頭五杯ものビールを飲み干した。

ウェダ・ダガッド領に帰ったヘイディたちが、ナダイツジソバでの美味なる出会いを自慢気に仲間たちに話し、皆が悔しがったことは言うまでもない。

この五〇年後、ウェダ・ダガッド領はカテドラル王国で最も栄えた最先端の都市になってゆくのだが、それはまだ当分先の話である。

特別編　一〇年後のチャップ

その日の営業が終わり、店の清掃もほぼ終わった午後一〇時。場所はいつも従業員たちがまかないを食べている厨房《ちゅうぼう》の奥。

緊張した面持ちで見守るチャップの前で、このナダイツジソバの店長でもあり、自らの師でもあるユキト・ハッシロが、一心不乱にカケウドンを啜《すす》っている。

その場にいるのはチャップとユキトだけではない。二階にいるルテリアを除く全てのナダイツジソバ従業員がこの場に集結している。今日は休みだった者たちまでもが、この場に立ち会いたいとわざわざ来てくれた。

ちなみにルテリアは今、二階で息子のトウヤを寝かしつけている。

緊張感が漂う中、ユキトが食べているのは、チャップが自作した渾身《こんしん》のウドンだ。このウドンにはナダイツジソバの食材は一切使っていない。水の一滴すらもだ。

「ふぅ……」

店長はウドンのツユまで全て飲み干すと、熱さを感じさせる息を吐きながらどんぶりとハシを置き、チャップに向き直った。

思わず、ドキリ、と心臓が跳ね上がる。

チャップの決意は変わらない。だが、この後にユキトが言う言葉如何《いかん》で、自身の今後、行く末が決まるようで気が気ではなかった。

緊張感からカラカラに喉が渇き、ゴクリと息を呑《の》むチャップ。

表情を固くしているチャップを見て、思わずといった感じで苦笑を浮かべながら、ユキトがゆっくりと口を開いた。

「…………美味《うま》かった。よくここまでのものを作ったね、チャップくん」

ユキトがそう言った瞬間、今まで無言で見守っていた従業員たちからワッと歓声が上がった。

「いよっしゃ、やったやった！」

「やりましたね、チャップさん！」

「マジですか!?」

「すげぇ！　店長を唸《うな》らせた!!」

「信じられない！　本当に自分だけであんなツユを作るなんて!!」

興奮した様子で、皆が口々にチャップに声をかける。

どんな結果になろうと今日で最後。だが、チャップはその最後に全力をかけていた。これまでナダイツジソバで修業し続けた一〇年という時間を全てユキトにぶつけようとしていた。

その努力を見ていたから、皆、これだけ興奮しているのだ。

チャップのがんばりを見ていたのは、何も同僚たちだけではない、店長であるユキトもちゃんとその姿を見ていた。

「しかし、驚いたよ。本当に和風の……ああ、いや、俺の故郷の味を再現出来ているね。これなら何処《どこ》に出しても恥ずかしくない、立派なうどんだ」

そう言うユキトの声に、チャップに気を遣うような忖度《そんたく》の色は見られない。本当に、本心からチャップのウドンを褒めてくれているのだ。

「ありがとうございます！」

自分の料理を褒めてもらうのは嬉《うれ》しいことだが、やはり師である店長に認められ、そして褒められることが何より嬉しい。彼が美味《おい》しいと、そう言ってくれるだけで自信が湧いてくる。

「うどん自体はアルベイルで手に入る食材でも作れるだろうけど、しかしこのつゆは凄《すご》い。アルベイルにいながら、よくここまでのものを仕上げたもんだ」

空になったどんぶりに目をやりながらそう言うユキト。

彼が言うように、このツユを完成させるのには並々ならぬ苦労があった。何しろ、ダシにしろカエシにしろ、アルベイルでは満足に食材が揃《そろ》わない。

ダシに使うカツオブシとコンブは海産物で、しかもカツオブシについてはカツオという魚の身に特殊な加工を施してやらねばならない。

また、カエシについては味の根幹を成すショウユを作っているところがそもそもカテドラル王国内に存在していないという始末。

だが、これらの問題を解決してくれたのは、他ならぬこのナダイツジソバである。

「ショウユについてはアリオンさんから、カツオブシとコンブについてはタリオンさんから譲っていただきました」

もう四年も前になるだろうか。かつてこのナダイツジソバで働いていたチャップの後輩、アリオンとタリオンの兄弟。彼らはナダイツジソバで味わったソバツユの魔力に魅せられ、三年ほど店で働いてから独立、故郷の漁村に戻り、それぞれショウユ造り、並びにカツオブシ造りを始めた。

チャップは彼らがナダイツジソバを辞めた後も定期的に手紙のやり取りを続けていたのだが、つい一年ほど前に、ようやくお客に出せるレベルのショウユやカツオブシが出来上がったということで、店に長期休暇を申請してわざわざ現地に赴きショウユとカツオブシ、ついでにコンブも天日干しにしたものを譲ってもらったのだ。

「出汁《だし》については干しきのこも入ってるんじゃない？」

ユキトにそう問われ、店長はやはり分かっているとチャップは頷《うなず》く。

「干しキノコも良いダシが出るんで、自作のやつを入れてみたんです」

「そっか。でも、このつゆの甘み、これについては？」

「はい。昔、店長が所蔵している麺料理の本を見せてもらったことがありますよね？」

店の二階にあるユキトの部屋には、彼の故郷の言葉で書かれた料理関連の蔵書が何冊もある。休日になると時間の許す限りその本を見せてもらっていたものだ。文字は読めずとも、一緒に載っている絵を見ているだけでも楽しかった。

「ああ、あれね。ルテリアに翻訳を頼んでたやつだよね？」

チャップはそうだと頷く。

確かにユキトの本は見ているだけでも楽しいものだったが、やはり見続けているとどうしてもちゃんとした内容が知りたくなるのが人の性。ユキトの故郷の言葉も、こちらの言葉も分かるルテリアに頼み、めぼしいところはちょくちょく翻訳してもらっていたのだ。

ちなみにだが、ユキトの蔵書の中からショウユとカツオブシの造り方を翻訳してもらい、それをアリオンタリオン兄弟に教えたのもチャップである。

「その本に書いてあったことを思い出したんです。ツユに使うミリンがない場合、代用でハチミツを使うこともあるって。だから、俺は普通にハチミツを使うんじゃなくて、ミリンが酒の一種だということも加味して、北方の群島国家から仕入れたミードを使ってみたんです」

「ミード？　確か……ハチミツで作った酒だったたっけ？」

ミードはハチミツと水を混ぜたものを発酵させて造る原始的な酒だが、何故《なぜ》だかこの大陸では製法が根付いておらず、北方の群島国家でしか造られていない。密造酒としてミードを造っている者はいるかもしれないが、質の良いものはやはり群島国家から仕入れるしかないのだ。

「ええ。ミードならハチミツの甘さだけじゃなく、酒の要素もある。こいつは俺の思った通り、ウドンツユにただのハチミツ以上の深みを与えてくれました」

「工夫したんだね」

「他にも工夫があって、作ったばかりのカエシを瓶に入れてしばらく寝かせてみました」

やはりこれもユキトの蔵書から得た知識だが、作ったばかりのカエシというのは味に何の深みもない。だから瓶に入れて土間の土に埋めて三週間ばかり寝かせる。結果、カエシは瓶の中で熟成され、味に深みが生まれるのだ。

「なるほど。うん、味がよく慣れてるよ。十分に熟成して何とも玄妙な味わいだ」

「ウドンの麺はどうでしたか？」

チャップが訊《き》くと、ユキトは「うん……」と頷いてから口を開いた。

「うどんは確かにコシが命なんだけど、生地を練る時にあんまり力を込め過ぎると、必要以上に固くなってしまうんだ」

「分かります。俺のウドンも最初の頃はそういう麺になっていましたから」

ユキトの蔵書によると、ウドンのコシを生む為《ため》に、腕より力が出る足を使って生地を練る方法があるのだという。チャップは流石《さすが》に食べ物を足で踏み付ける行為に抵抗を感じたので、その分腕に力を込めて生地を捏《こ》ねていたのだ。

が、最近では、これは必ずしも正しい方法ではないのだと思い至った次第。

「コシが強いうどんも最初は歯応えがあっていいんだけど、食べ進めてるとゴリゴリし過ぎててアゴが疲れてくるんだよね。でも、このうどんは違う」

「何回もウドン作りに挑戦して分かったことなんですが、力任せに生地を練るより、丹念に水を打ちながら少し力を抜いて生地を練った方がもっちりとした麺になるんです」

長時間ウドンを打っていると、どうしても腕が疲れて次第に力が入らなくなってくる。そんな状態で打ったウドンが、何故だかいつもより美味く感じた。

そこで『力を抜く』というポイントに気付いたチャップは、普段のウドン打ちでも意識して力をセーブし、現在のもっちりとしたウドンに辿《たど》り着《つ》いたのだ。

チャップの説明を聞き、ユキトも満足そうに頷いている。

「俺もうどんは打てるけど、ことうどん打ちに関してはチャップくんの方がずっと上だね。独学でよくここまで美味いうどんが作れるようになった」

その言葉を聞いた途端、チャップは苦笑して首を横に振った。

「独学なもんですか。俺のウドンに詰まっているもの、これは全てこのナダイツジソバで学んだことですし、全て店長に教えてもらったことですよ」

ダシという新たな概念。ショウユをはじめとした未知の調味料の存在、スパゲッティ以外の様々な麺類。全て、このナダイツジソバに来なければ知らなかったものであり、それらを使った料理の数々は全てユキトから教えてもらったもの。

チャップを料理の道に導いてくれたのは実家の食堂だが、チャップを一廉《ひとかど》の料理人に育て上げてくれたのはこのナダイツジソバであり、師であるユキトだ。

だが、ユキトの人柄なのだろう、彼は決して自分は師であるなどという顔はせず、いつも謙虚で驕《おご》ることなくどんな賛辞に対しても謙遜をする。

「いやいや、そんな……」

今回もやはり苦笑しながら謙遜するユキト。だが、今日ばかりは彼に謙遜してもらう訳にはいかない。今日だけは、ちゃんと師匠としての顔をしてもらわなければ。何故なら、チャップは今日でナダイツジソバを辞めるのだから。独立して、これからは己の料理道を歩むと決めたのだから。

「店長には感謝してもしきれません」

「チャップくん……」

「この一〇年間、本当にお世話になりました。この御恩と、ナダイツジソバで学んだことは生涯忘れません」

言いながら、チャップは両手でユキトの手を取る。

「俺の生涯において、貴方《あなた》はたった一人の料理の師です。本当に……本当にありがとうございました……ッ！」

ナダイツジソバで働くようになってから一〇年。その万感の想《おも》いが胸の奥から溢《あふ》れ出し、熱い雫《しずく》となって目から零《こぼ》れた。ポタポタ、ポタポタ。涙がどうにも止まらない。

チャップの気持ちが胸に染みたのだろう、ユキトは嬉しそうに笑い、気持ちの強さに比例するよう力強くこちらの手を握り返してきた。

「チャップくん、きみはもう一人前の料理人だ。自信を持っていい。これから先、何処へ行ったたってきみは自分の腕一本でやっていける」

「ありがとうございます……ッ！」

「うちを辞めた後は、屋台の料理人になるんだったね？」

「はい！　屋台を引いて、世界各国各地の人たちに自分の料理を食べてもらおうと思っています。麺料理をお出しする屋台です」

何処かの街に根を下ろし、店を構えて地域の人たちに料理を提供するのも料理人の道。チャップの実家の食堂がそうであり、修業を積んだこのナダイツジソバがそうであった。

しかしチャップはそれとは異なる道を選ぶことにしたのだ。屋台を引き、国境を踏み越えて様々な国へと赴き、各地の人々に料理を振舞う放浪の道を。

地元に根差した店であれば、地元の人たちは当然通える。旅の暮らしをしている者や、街には住んでおらずとも近隣に住む者であれば通うことも出来るだろう。

だが、そこから離れた場所に住む者や、普段遠出することもない者、或《ある》いは人里から隔絶された僻地《へきち》に住む者たちはどうか。彼らが地元の料理以外の味に触れる機会は滅多《めった》にない。チャップはそんな人たちにも自らが足を運ぶことで料理を届けられるよう、屋台という形を選んだのだ。

無論、屋台を引いて放浪生活となれば、店を構えるのとはまた違う苦労も出て来るだろう。さしあたり思い付くのは、やはり仕入れの問題だろうか。

飲食店の仕入れというものは、肉でも野菜でも基本的には馴染《なじ》みの卸を通すもの。だが、放浪生活をしながら食材の仕入れをするとなれば、そういう訳にもいくまい。やはりその土地土地で都度卸を訪れ仕入れをしなければ。

信頼関係を築いていない初見の卸と取引をするのだから、毎度良い食材を回してもらえる保証はないし、金額をふっかけられることもあるだろう。

それに何より、ショウユやカツオブシといったものをどうするかだ。まさか仕入れの度にアリオンタリオン兄弟の村に足を運ぶ訳にもいかない。どうにかして彼ら兄弟以外にもショウユ、カツオブシを作ってくれるような職人さんを探さなければ。

考えるだけでも前途は多難。苦労は目に見えているが、しかしチャップはそれでも放浪の道という選択を変えようとは思わなかった。

屋台にしろ、店舗を構えるにしろ、独立後の第一歩は大なり小なり必ず苦労する筈《はず》だ。同じ苦労をするのであればやはり当初の目的、各国各地の人たちに自分の料理を食べてもらおうという気持ちを優先させようと、そう思い至った次第。

無論、全てが自己流という訳でもなく、ナダイツジソバのやり方を踏襲しようと思っているところもある。それは、お客の貴賤《きせん》を問わないということだ。

貴族であろうと平民であろうとお客の身分は問わないし、貴族や裕福な人間だからと特別扱いはせず平等に扱う。そのルールに従えない者はお客として扱わない。

ただ、ユキトのようにギフトの力で良からぬ人間を弾《はじ》き出すようなことは出来ないので、そこはチャップの立ち回り次第ということになるだろう。暴力、或いは権力を使って横暴なことをしようとする輩《やから》はどんな国にもいるものだが、そういう輩に対する立ち回りは今から考えておく必要がある。そこはチャップが屋台を始めるにあたっての課題である。

前途は洋々、しかして順風満帆とは言い難《がた》く。

これからチャップが歩む道の先には、きっと様々な困難があるだろう。理不尽なことも危険なことも納得が出来ないことも、時には苦汁を舐《な》めることすらあるだろう。場合によっては生命が脅かされることすらもあるに違いない。

だが、チャップはそれでも己の道を往《ゆ》くと決めたのだ。このナダイツジソバのように、皆が美味いと言ってくれる料理を作る一流の料理人になる為に。

チャップがナダイツジソバを辞めて独立するということ、そしてどういう気持ちで辞めるのかということは半年も前からユキトに伝えてある。

「これから旅の暮らしになることを考えると、チャップくんとはもう滅多に会えないか。本当は長年働いてくれたきみの前途を祝うべきなんだろうけど、でも、寂しくなるね……」

しみじみそう言うユキトの目元には、薄《う》っすらと涙が滲《にじ》んでいた。

チャップがナダイツジソバに勤めて一〇年だ。ルテリアを除けば最も古い従業員で、今やユキトが休日の場合は店を取り仕切る立場。もう一人でどんなメニューも作れるようになった。後輩の従業員たちもチャップのことを良き兄貴分として慕ってくれている。

そんなチャップが店を辞めるというのだ。これまでどんな従業員たちが辞めてもずっと残ってきたチャップが。

別に永遠の別れになる訳ではない。いずれはアルベイルに帰って来ることもある。

チャップ自身、皆にそう言ったたし、皆もそうとは分かっていても、やはり別れは別れ。次は何年後に会えるか分からないし、中には本当に今生の別れになってしまう従業員もいる筈だ。

本当はこの場の全員でチャップの独立を祝うべきなのだが、目前に迫った別れの気配が濃厚になったこともあり、今は皆が瞳を潤ませている。

「チャップさん！　俺、チャップさんが教えてくれたこと、絶対に忘れません！」

「私もチャップさんが作ってくれたまかないの味、絶対に忘れません！」

「俺は田舎《いなか》から身ひとつで出て来て、でも何も取柄がなくて、何処行っても働かせてくれなくて、それなのに同郷だからって理由だけでチャップさんが店長に採用してやってくれって頼み込んでくれて、それで、それで、それで………」

皆が口々にチャップとの別れを惜しむ中、坊主頭のドワーフの青年が男泣きに泣き出した。二年前から店で働き始めたフランツだ。

「泣くなってフランツ。泣くより笑ってくれ。そっちの方が俺も嬉しい」

当事者ではない筈のフランツが自分よりもおいおいと泣くもので、チャップは思わず苦笑し、涙が引っ込んでしまった。

チャップが慰めるようにポンポンと彼の背を叩《たた》くと、フランツは一層激しく涙を流し始める。

「はい、はい………」

日頃から涙もろい男ではあるが、どうにも感傷的になっているらしく、今日はいつにも増してわんわんと泣くフランツ。これはしばらく泣き止まないだろう。

やれやれ、とチャップが苦笑していると、人垣を掻《か》き分《わ》け、一人の少女が前に出て来た。まだ一〇歳くらいにしか見えない少女だが、額に角があり、臀部《でんぶ》には尻尾、そして肌の所々に爬虫類《はちゅうるい》のような鱗《うろこ》が張り付いている。

明らかにヒューマンではない。

「………チャップさん」

そう言って静かに口を開く少女。

「シャオリンちゃん」

その姿を認めたチャップが、彼女の名を口にする。

彼女の名はリン・シャオリン。

ここより遥《はる》か遠く、デンガード連合を構成する一国、三爪《さんそう》王国から来た魔族という人種の少女であり、チャップに次ぐ古株の従業員だ。ちなみにエルフと同じ長命の人種であり、子供の姿ではあるが実年齢は一〇〇歳を超えている。

彼女もまた最初期から勤務しており、チャップとは良き友人だ。何せ一〇年を共に戦った戦友、彼女とてこの別れに対し感慨はひとしおだろう。

「寂しくなるわ……」

「そうだね、俺もだ」

「これで永遠のお別れというわけでもないんでしょう?」

「勿論《もちろん》さ。諸国を巡って腕を磨いて、もう一度皆に俺の料理を食べてもらいたいしね」

今はまだ無理でも、いずれは師であるユキトをも唸らせる絶品の料理を作ってみたい。それはチャップにとっての数少ない野望のひとつだ。

「それは何年後になるの?」

シャオリンにそう問われても、しかしチャップは曖昧に苦笑するばかりだった。

「分からないけど、まだ元気に歩けるうちには戻るつもりさ」

少しばかり茶化《ちゃか》してそう言うチャップ。

師を唸らせるほどの料理なのだ、その完成を見るのは、はたしていつのことになるか。一朝一夕でいかないのは言うに及ばず、もしかすると一生ユキトには及ばないのかもしれない。

だが、それでもチャップは前に進むのだ。このナダイツジソバの先に続く、己の道を。

そういう内心を見抜いたものらしく、シャオリンは微笑《ほほえ》みながら頷いて見せる。

「……そう。なら、それまで私、このナダイツジソバで待ってる。三〇年でも、四〇年でも待ってるから、必ず帰って来てね」

まるで牢獄《ろうごく》に囚《とら》われる夫の釈放を待つ妻のような言葉だが、生憎《あいにく》チャップとシャオリンはそんな色っぽい間柄ではない。

「ああ、必ず戻るよ。その時はシャオリンちゃんにも俺の……」

と、チャップの言葉の途中で、いきなり、

「チャップ！　お前、ツジソバ辞めるってマジか!?」

「チャップさん、俺らに何も言わず辞めるなんて水臭いじゃないすか！」

「本当に独立するんですか、チャップさん!!」

もう閉店しているのに、そんなことを言いながら若者の一団が店内に雪崩《なだ》れ込《こ》んで来た。彼らはチャップより先にナダイツジソバを辞め、それぞれ己の道を歩き始めた後輩たちだ。

彼らもまた、従業員時代はチャップの世話になった者たち。きっと従業員の誰かからチャップが今日でナダイツジソバを辞めると聞き及び、こうして駆け付けて来てくれたのだろう。

まさか店を辞めた彼らまでチャップとの別れを惜しんで来てくれるとは。これもひとえに、チャップがこの店で培ってきた人徳のことだろう。

「愛されてるねえ、チャップくん」

そう言ってユキトが苦笑するもので、チャップも同じように苦笑してしまった。

どうにも騒がしい別れになってしまったが、湿っぽくなるよりは余ほどいい。

この日はそのまま店でチャップの送別会となり、翌日、チャップは二日酔いでガンガン痛む頭を抱えながら古巣であるナダイツジソバを、そして人生の半分の時間を過ごしてきたアルベイルを後にした。

皆が見送る中、意気揚々と街を出たチャップ。とりあえず次に行くのは実家の食堂と決めているが、その次のことはまだ候補さえ絞っていない。

風の向くまま気の向くまま。誰に行き先を委ねることもない一人旅。

こんな旅の生活を続けていくうち、チャップは伝説の放浪料理人と呼ばれるようになるのだが、それはまだまだ先のことである。

MFブックス

名《な》代《だい》辻《つじ》そば異《い》世《せ》界《かい》店《てん》 1

2023年10月25日　初版第一刷発行

著者　西村西
発行者　山下直久
発行　株式会社KADOKAWA
〒102-8177　東京都千代田区富士見2-13-3
0570-002-301（ナビダイヤル）
印刷・製本　株式会社広済堂ネクスト
ISBN 978-4-04-683006-7 C0093

企画　株式会社フロンティアワークス
担当編集　吉田響介（株式会社フロンティアワークス）
ブックデザイン　鈴木 勉（BELL'S GRAPHICS）
デザインフォーマット　AFTERGLOW
イラスト　TAPI岡

本シリーズは「小説家になろう」（https://syosetu.com/）初出の作品を加筆の上書籍化したものです。

この作品はフィクションです。実在の人物・団体・事件・地名・名称等とは一切関係ありません。